KB275465

신곡

|천국|

신곡

|천국|

La divina commedia: Paradiso

단테 알리기에리 장편서사시　김운찬 옮김

LA DIVINA COMMEDIA : PARADISO
by DANTE ALIGHIERI (1321)

일러두기

1. 각 곡 앞의 짤막한 해설은 독자의 이해를 돕기 위해 옮긴이가 붙인 것이다.

2. 『신곡』은 「지옥」, 「연옥」, 「천국」의 세 부분으로 이루어진 노래로, 각 노래는 세 개 행이 한 단락을 이루는 〈3행 연구(聯句)〉로 구성되었다. 열린책들의 『신곡』에는 3행마다 행수를 번호로 표기했다.

3. 인명과 지명 등 고유명사는 해당하는 나라 언어의 발음을 따르는 것을 원칙으로 하되, 이탈리아와 밀접하게 관련된 경우에는 이탈리아 발음을 따르고 각주로 풀이했다.

4. 고전 신화의 고유명사는 라틴어 이름을 기준으로 하였지만, 발음의 차이가 거의 없거나 군소 인물의 경우 그리스어 이름을 따랐다.

5. 『성경』에 나오는 고유명사 표기나 번역은 〈한국 천주교 주교 회의〉의 새 번역 『성경』(2005)을 기준으로 하였으며, 교황이나 성인의 이름은 학계의 라틴어 표기 방식을 따르되 일부는 관용을 따랐다.

이 책은 실로 꿰매어 제본하는 정통적인 사철 방식으로 만들어졌습니다.
사철 방식으로 제본된 책은 오랫동안 보관해도 손상되지 않습니다.

신곡 |천국|

7

제1곡

단테는 천국에 대한 노래를 시작하기 전에 먼저 아폴로에게 이 마지막 위대한
작업에 월계관을 씌워 달라고 기원한다. 눈부신 빛과 아름다운 노래 속에 베
아트리체는 하늘들을 응시하고, 단테는 베아트리체를 응시한 채 하늘로 날아
오른다. 단테의 질문에 베아트리체는 하늘나라에서는 인간의 이성으로 이해
할 수 없는 일들이 가능하다고 대답한다.

모든 것을 움직이시는 분의 영광은

온 우주에 침투하지만 어떤 곳에는

많이, 또 다른 곳에는 적게 비춘다.　　　　　　　　　3

나는 그 빛을 가장 많이 받는 하늘에

있었고, 그 위에서 내려오는 사람이라도

말로 표현할 수 없는 것들을 보았다.　　　　　　　　6

우리의 지성은 원하는 것에 가까이

다가갈수록 너무 깊이 빠져, 기억이

그 뒤를 쫓아가지 못하기 때문이다.　　　　　　　　9

하지만 내가 그 성스러운 왕국에서

마음속 보물로 만들 수 있었던 것이

이제 내 노래의 소재가 될 것이다.　　　　　　　　12

오, 훌륭한 아폴로여, 이 마지막 작업[1]에서

그대가 사랑하는 월계관[2]에 합당하도록

나를 그대 역량의 그릇으로 만들어 주오.   15

여기까지는 파르나소스의 한 봉우리로

충분했으나 이제는 두 봉우리와 함께[3]

나머지 싸움터에 들어가야 합니다.   18

내 가슴속에 들어와, 마르시아스[4]를

사지의 덮개에서 벗겨 냈을 때처럼

그대의 영감을 불어넣어 주소서.   21

오, 성스러운 힘이여, 그대가 나를

도와 내 머릿속에 찍혀 있는 복된

왕국의 그림자를 표현할 수 있다면,   24

1 「천국」의 집필을 가리킨다.

2 아폴로는 님페 다프네를 사랑하였는데, 그녀는 아폴로가 쫓아오자 도 망치다가 잡히려는 순간 강의 신인 아버지에게 애원하여 월계수로 변하였다. 그리하여 월계수는 아폴로의 나무가 되었고, 월계관은 승리를 상징한다.

3 파르나소스에는 두 개의 봉우리가 솟아 있는데, 키라(36행 참조)는 아 폴로의 봉우리이고 니사는 무사 여신들의 봉우리이다. 지옥과 연옥의 노래에 는 무사 여신들의 도움만으로 충분했으나, 천국의 노래를 위해서는 아폴로의 도움도 필요하다는 뜻이다.

4 반은 사람이고 반은 염소인 사티로스들 중 하나로, 아폴로와 누가 더 아 름다운 음악을 연주하는지 겨루다가 패배하였고 산 채로 가죽이 벗겨지는 벌 을 받았다.

내가 그대의 사랑하는 나무[5] 밑으로 가서

그 잎사귀 관을 쓰는 것을 볼 것이니,[6]

소재와 그대가 나를 합당하게 해줄 것이오.　　　　　27

오, 아버지여, 인간 의지의 부끄러움과

잘못 때문에 황제나 시인의 승리를

축하하려고 가지를 꺾는 일은 드무니,　　　　　30

페네이오스[7]의 잎은 누군가 자신에게

목말라 할 때, 즐거운 델포이의 신[8]에게

분명히 즐거움을 낳아 줄 것입니다.　　　　　33

작은 불티 뒤에 커다란 불꽃이 따르니,

아마 내 뒤에서 더 나은 목소리들이

키라[9]가 대답하도록 기도할 것입니다.　　　　　36

세상의 등불[10]은 여러 지점을 통하여

사람들에게 솟아오르지만, 네 개의 원을

5 월계수.

6 천국의 소재에 알맞은 시로 월계관을 쓰고 싶다는 것이다.

7 강의 신으로 다프네의 아버지이다. 여기서는 다프네가 변신한 월계수
를 가리킨다.

8 아폴로. 델포이에 아폴로에게 바쳐진 유명한 신전이 있었다.

9 아폴로의 봉우리이다.

10 태양.

세 개의 십자가로 연결하는 지점에서   39

가장 좋은 별과 함께 가장 좋은 길로
솟아올라, 자기 나름대로 세상의
밀랍을 주무르고 흔적을 남긴다.[11]   42

그리하여 저쪽은 아침, 이쪽은 저녁이
되었으니,[12] 저쪽 반구는 온통 하얗고
다른 쪽은 완전히 어둡게 되었을 때,   45

베아트리체는 왼쪽 편으로 몸을 돌려,[13]
독수리도 그렇게 응시하지 못할 정도로
뚫어지게 태양을 바라보고 있었다.[14]   48

최초의 빛살에서 나오는 두 번째
빛[15]이 위로 올라가려는 것처럼, 또한

11 계절에 따라 태양은 지평선의 서로 다른 지점에서 떠오르는데, 현재는
춘분 무렵이다. 따라서 지평선과 황도(黃道), 적도, 주야 평분선(平分線) 등 네
개의 원이 교차하여 세 개의 십자가 모양을 이루는 지점에서 떠오르고 있다.
그리고 태양은 〈가장 좋은 별〉인 양자리에 있으며, 또한 천지창조와 예수 그리
스도의 수태도 춘분 무렵에 있었으므로 〈가장 좋은 길〉을 가고 있다는 것이다.
12 연옥의 산이 솟아 있는 곳은 아침이 되고, 예루살렘은 저녁이 되었다.
13 지상 천국에서 베아트리체는 동쪽을 바라보고 있었으니, 지금은 북쪽
으로 몸을 돌려 태양을 바라본다.
14 독수리는 태양을 직접 응시할 수 있다고 믿었다.
15 반사된 빛을 가리킨다.

집으로 돌아가고 싶어 하는 순례자처럼   51

그녀의 몸짓은 내 눈을 거쳐 상상력을
자극하여 똑같이 만들었으니, 나는
우리의 능력을 넘어 태양을 응시하였다.   54

인간이 살아가도록 만들어진 장소인
이곳에서는 우리 능력에 허용되지 않는
많은 것들이 그곳에서는 허용되었다.[16]   57

나는 오래 견디지 못했으나 짧지도 않았으니,
용광로에서 나온 쇳덩이처럼 끓어오르며
주위로 불꽃들이 튀는 것을 보았다.   60

곧바로 마치 전능하신 분이 하늘을
또 다른 태양으로 치장하는 것처럼
낮에 다른 낮이 겹친 것처럼 보였다.   63

베아트리체는 영원한 바퀴들[17]에다
눈을 응시하고 있었고, 나는 태양에서

16   천국에서는 맨눈으로 태양을 직접 바라보는 것처럼 인간의 능력을 초
월하는 것이 가능하다는 뜻이다.
17   지구를 중심으로 회전하는 하늘들이다.

거둬들인 눈빛을 그녀에게 고정하였다.　　　　　　　　　66

그녀를 바라보면서 나는 내면적으로
마치 글라우코스[18]가 해초를 맛보고
다른 바다 신들과 동료가 된 것 같았다.　　　　　　　69

인간의 능력을 초월한다는 것은 말로
표현할 수 없겠지만, 은총이 그런 경험을
허용해 주는 자에게는 이 예로 충분하리라.　　　　72

하늘을 다스리는 사랑이여, 당신의 빛으로
나를 들어 올리셨으니, 내가 단지 영혼[19]
속에만 들어 있었는지 당신이 아십니다.　　　　　　75

당신께서 열망으로 영원히 돌리시는
바퀴가, 당신께서 조절하고 맞추시는
화음과 함께 나의 관심을 끌었을 때,　　　　　　　78

18　그리스 신화에 나오는 보이오티아의 어부로 우연히 불사의 효능이 있는 해초를 먹고 바다의 신이 되었다고 한다.

19　원문에는 〈당신이 마지막에 창조하신 것〉으로 되어 있는데, 이미 만들어진 육체 안에 하느님이 나중에 영혼을 불어넣는다는 관념을 반영한다. 단테는 지금 단지 자기 영혼만 올라가고 있는지, 아니면 영혼과 육체가 함께 올라가고 있는지 의아해한다. 〈나로서는 몸째 그리되었는지 몸을 떠나 그리되었는지 알 길이 없지만, 하느님께서는 아십니다.〉(「코린토 신자들에게 보내는 둘째 서간」 12장 3절)

하늘은 온통 태양의 불꽃으로 불타는
것처럼 보였으니, 어떤 비나 강물도
그토록 넓은 호수를 이루지 못했으리라.   81

그 신비로운 소리와 거대한 불꽃은 나에게
그 이유를 알고 싶은 욕망을 불붙였으니,
그토록 예리한 욕망은 느낀 적이 없었다.   84

그러자 그런 나를 꿰뚫어 본 그녀[20]는
감동한 내 영혼을 달래 주기 위하여
내가 질문하기도 전에 입을 열어   87

말을 꺼냈다. 「그대는 그릇된 상상으로
스스로 어리석어지니, 그것을 떨쳐 버리면
볼 수 있을 것을 보지 못하고 있어요.   90

그대는 지금 그대가 믿듯이 땅에 있지
않고, 제자리를 떠난 번개보다 빠르게
그대의 자리[21]로 돌아가고 있는 중이오.」   93

미소를 짓는 그녀의 간략한 말에

20 베아트리체.
21 영혼의 진정한 고향인 하늘을 가리킨다.

나는 처음의 의혹에서 벗어났지만,
안으로는 새로운 의혹에 휩싸여   96

말했다. 「그대는 내 커다란 놀라움[22]을
만족시켜 주었지만, 이제 어떻게 내가
이 가벼운 물체들을 통과하는지 놀랍군요.」   99

그러자 그녀는 자애롭게 한숨짓더니,
헛소리하는[23] 아이를 바라보는 어머니
같은 모습으로 나에게 눈길을 돌리고   102

말하기 시작했다. 「모든 만물 사이에는
서로의 질서가 있으니, 그것은 우주가
하느님을 닮게 만드는 원리이지요.   105

여기에서 높은 창조물들[24]은 영원한
가치,[25] 그러한 질서가 만들어진
목적이 되는 가치의 흔적을 봅니다.   108

내가 말하는 질서 속에서 모든 자연은

22   경이로운 화음과 눈부신 빛에 대한 놀라움과 의혹이다.
23   병에 걸려 헛소리를 하는.
24   천사들, 또는 철학자나 신학자들을 가리키는 것으로 해석된다.
25   창조주.

서로 다른 조건으로 그 원리에

더 가깝거나 멀게 기울어지게 되고,   111

그래서 존재의 넓은 바다에서

서로 다른 항구로 움직이며 각자

자신에게 주어진 본능을 간직하지요.   114

그것[26]은 달을 향하는 불에도 있고,

그것은 동물들의 마음[27]을 움직이고,

그것은 땅을 뭉쳐 하나로 만들지요.[28]   117

단지 지성을 갖지 않은 창조물들만

그 활[29]을 쏘는 것이 아니라, 지성과

사랑을 지닌 창조물들도 쏜답니다.   120

그렇게 모든 것을 배려하시는 섭리는

가장 빨리 도는 하늘을 감싸는 하늘[30]을

26   본능을 가리킨다.
27   원문에는 *cor mortali*, 즉 〈죽을 운명의 심장들〉로 되어 있는데, 이성이
없는 존재들을 가리킨다.
28   중력의 법칙을 의미한다.
29   본능.
30   최고의 하늘 엠피레오(「지옥」 2곡 20행 참조)를 가리킨다. 프톨레마이
오스의 이론을 토대로 한 가톨릭의 우주관에 의하면, 지구를 중심으로 아홉 개
의 하늘이 서로 다른 속도로 돌고 있으며, 그 너머에 엠피레오가 있다. 따라서

당신의 빛으로 언제나 평온하게 만들지요.   123

기쁨의 표적을 향하여 곧바로 화살을
날리는 활시위의 힘이 바로 그곳, 정해진
자리로 지금 우리를 데려가고 있답니다.   126

소재가 제대로 상응하지 못하기 때문에
형식이 예술의 의도와 어울리지 않는
경우가 실제로 자주 나타나는 것처럼,   129

그렇게 창조물은 좋은 방향에서 다른
방향으로 돌아설 힘[31]이 있기 때문에
때로는 그 길에서 멀어지기도 하고,   132

마치 구름에서 번개가 떨어지는 것을
볼 수 있듯이, 거짓 즐거움으로 인해
최초 충동[32]이 땅으로 가기도 하지요.   135

엠피레오는 아홉째 하늘인 〈최초 움직임의 하늘〉(라틴어로는 *Primum mobile*)을 둘러싸고 있는데, 〈최초 움직임의 하늘〉은 지구에서 가장 멀리 떨어져 있고 가장 빠르게 회전하면서, 그 안에 포함된 나머지 여덟 개의 하늘을 회전하게 만든다. 단테와 베아트리체는 엠피레오를 향해 그 하늘들을 하나씩 거쳐 올라간다.

31   자유 의지를 가리킨다.
32   선을 지향하고 하늘로 오르고자 하는 원초적 본능이다.

내 판단이 옳다면, 그대가 올라가는 것은
마치 강물이 높은 산에서 낮은 곳으로
흘러가는 것과 같으니 놀라지 마오.   138

아무 방해도 없는데[33] 그대가 아래에
앉아 있다면, 생생한 불꽃이 땅에서
잠잠한 것처럼 놀라운 일일 것이오.」   141

그리고 하늘을 향해 얼굴을 돌렸다.

33 아무런 죄의 흔적도 없는데.

제2곡

단테는 철학이나 신학의 교양이 부족한 독자에게는 「천국」이 어렵게 보일 수도 있다고 미리 말해 준다. 잘못하면 길을 잃고 헤맬 수도 있으므로 미리 돌아가라고 권한다. 단테와 베아트리체는 빠른 속도로 첫째 하늘인 달의 하늘에 도착한다. 단테는 달의 얼룩처럼 보이는 것이 무엇 때문인지 질문하고, 베아트리체는 신학과 철학, 물리학의 원리들을 들어 설명한다.

오, 귀담아듣고 싶은 욕망에 작은

쪽배에 앉아, 노래하며 나아가는 나의

배를 뒤따라오고 있는 그대들[1]이여,　　　　　　　3

넓은 바다로 들어서지 말고 그대들의

해변으로 돌아가기 바라오, 혹시라도

나를 잃고 헤맬 수도 있을 테니까.　　　　　　　6

내가 가는 바다는 아무도 가본 적 없고,

미네르바가 바람을 불고 아폴로가 이끌며

아홉 무사 여신이 큰곰자리를 보여 준다오.[2]　　　9

1　혹시라도 철학이나 신학의 교양이 부족한 독자들을 가리킨다. 그런 독자에게 「천국」의 노래들은 이해하기 어렵다는 것을 미리 알려 준다.
2　지혜의 여신 미네르바가 바람을 일으켜 돛을 부풀리고, 아폴로가 키를 잡고, 무사 여신들이 방향을 가르쳐 준다는 뜻이다.

이곳[3]에서 맛볼 수는 있지만 충분히

배부르지 않은 천사의 빵을 향해 일찍부터

목을 내밀고 있는 그대들 몇 사람[4]이여,   12

바닷물이 다시 잔잔해지기 전에

나의 흔적을 따라 넓은 바다를 향해

그대들의 배를 띄울 수 있을 것이오.   15

콜키스로 건너간 영광스러운 자들[5]이

밭을 가는 이아손을 보았을 때에도

그대들처럼 놀라지는 않았을 것이오.   18

거룩한 왕국[6]에 대한 영원하고 타고난

열망은 그대들이 보는 하늘처럼

아주 빠르게 우리를 데리고 갔다오.   21

3　지상 세계.

4　젊은 시절부터 영원한 진리(〈천사의 빵〉)를 맛보려고 노력하는 소수의
사람들이다.(『향연』 1권 1장 7절 참조)

5　이아손과 함께 황금 양털을 찾으러 떠난 영웅들, 즉 아르고나우타이를
가리킨다.(「지옥」 18곡 87행 역주 참조) 목적지 콜키스에서 이아손이 코로 불
을 뿜는 황소 두 마리에 굴레를 씌워 밭을 갈고 용의 이빨들을 뿌리자 거기에
서 병사들이 솟아나 서로 싸웠다.

6　원문에는 *deiforme regno*, 즉 〈하느님 형상의 왕국〉으로 되어 있고, 최
고의 하늘 엠피레오를 가리킨다.

베아트리체는 위를 응시하고 나는 그녀를
응시하였는데, 아마 화살이 발사되어
날아가 표적에 맞는 시간보다 빠르게   24

나는 놀라운 물체가 나의 시선을
끌어당기는 곳에 이르렀다. 그러자
내 마음을 감출 수 없는 그녀는   27

아름다운 만큼 기쁜 표정으로 나에게
말했다. 「우리를 첫째 별[7]로 인도하신
하느님께 감사하는 마음을 올리세요.」   30

마치 햇살이 부딪치는 다이아몬드처럼
눈부시고, 견고하고, 치밀하고, 깨끗한
구름이 우리를 감싸는 것 같았으며,   33

그 영원한 진주[8]는 우리를 받아들였는데,
마치 물이 빛살을 받아들이면서도
그대로 남아 있는 것과 같았다.   36

만약 내가 물체라면, 물체가 다른 물체로

7   지구에 가장 가까이 있는 달을 가리킨다.
8   달.

20

들어갈 때 어떻게 한 차원이 다른 차원을
포함하는지 지상에서는 이해하지 못하지만,   39

우리 인간의 본질과 하느님이 어떻게
하나로 연결되었는지 본질[9]을 알고 싶은
열망은 분명히 더욱 불타오를 것이다.   42

그곳에서는 인간이 믿는 최초 진리[10]처럼
증명되지 않았지만 그 자체로 자명한 것,
우리가 믿음으로 믿는 것이 눈에 보인다.   45

나는 말했다. 「여인이여, 나를 인간의
세계에서 벗어나게 해주신 분께 나는
더할 나위 없이 경건하게 감사 드립니다.   48

하지만 말해 주오. 저 아래 지상에서
사람들이 카인의 이야기를 지어내는
이 물체의 검은 흔적들[11]은 무엇입니까?」   51

9   하느님이 사람이 된 육화 *incarnatio*를 가리킨다.
10   하느님에 대한 관념, 또는 모든 진리의 원리로 해석된다.
11   달의 거무스레한 반점들을 가리킨다. 중세 사람들은 아벨을 죽인 카인
이 가시 다발을 짊어지고 가는 모습이라고 생각하였다.(「지옥」 20곡 124행
참조)

그녀는 약간 미소를 짓더니 말하였다.
「감각의 열쇠가 열어 주지 않는 곳에서[12]
인간들의 견해가 잘못 방황한다 하더라도   54

이제 그대는 놀라움의 화살에 찔리지
않아야 할 것이니,[13] 보다시피 감각의
뒤에서는 이성의 날개가 짧기 때문이오.[14]   57

그런데 그대는 어떻게 생각하는지 말해 보오.」
나는 말했다. 「여기서 다르게 보이는 것은 물체들이
희박하거나 빽빽하기 때문이라 생각합니다.」   60

그녀가 말했다. 「내가 반박하는 논의를 잘
들어 보면, 그대가 믿는 것이 완전히
오류에 빠져 있음을 분명히 알 것이오.   63

여덟째 천구[15]는 많은 별빛을 보여 주는데,
그것들은 질과 양에서 서로 다른
모습이라는 것을 관찰할 수 있지요.   66

12 정확하고 참다운 인식은 감각만으로 해결되지 않는다는 뜻이다.
13 이제는 더 이상 놀라지 않아야 한다.
14 감각만 뒤따르다 보면 이성이 멀리 나아갈 수 없다.
15 여덟째 하늘은 붙박이별들의 하늘이다.

만약 희박하고 빽빽한 것만으로 그렇다면,

단 하나의 힘이 모든 별에서 똑같거나

더 많거나 적게 분배되었을 것입니다.   69

서로 다른 힘은 형상 원리들[16]의 결과로

나타나야 하는데, 그대의 주장을 따른다면,

하나[17] 이외에 모든 원리가 무너질 것이오.   72

그리고 그대가 질문하는 얼룩의 원인이

만약 희박함 때문이라면, 이 행성은

장소에 따라 질료가 부족하거나, 아니면   75

마치 한 권의 책에 서로 다른 종이들이

겹쳐 있듯이, 한 물체에 두꺼운 곳과

얇은 곳이 함께 겹쳐 있을 것이오.   78

만약 첫 번째 경우라면,[18] 일식 때

햇살이 다른 희박한 것을 통과하듯이

그곳을 관통하여 비칠 것입니다.   81

16 스콜라 철학에서는 물체에서 질료 원리와 형상 원리를 구별한다.
17 단테가 말하는 희박하거나 빽빽한 농도의 원리.
18 그러니까 만약 달의 일부에서는 질료가 희박하고, 일부에서는 빽빽하
다면.

그런데 그렇지 않으니 다른 것[19]을
보아야 하는데, 만약 그것을 논파한다면
그대의 견해는 그릇된 것이 되리다.   84

만약 햇살이 희박한 곳을 통과하지
못한다면, 그와 반대로 빽빽한 곳을
통과하지 못하는 한계가 있어야 하고,   87

바로 거기에서 마치 뒷면에다 납을
감추고 있는 유리[20]에서 빛살들이
되돌아오듯이 햇살은 반사될 것이오.   90

이제 그대는 말하겠지요, 빛살이
다른 곳보다 더 뒤에서 반사되는
곳에서 더 어둡게 보인다고 말이오.   93

만약 그대가 시도해 본다면, 그대들
학술 흐름의 원천이 되는 실험을 통해
그런 반박에서 벗어날 수 있습니다.   96

19 두 번째 가설로, 밀도가 빽빽한 층들과 희박한 층들이 서로 겹쳐져 있
다고 한다면.
20 거울.

24

거울 세 개를 준비해 두 개는 그대에게서
똑같은 거리에 두고, 나머지 하나는
둘 사이에 좀 더 멀리 두어 보십시오.   99

거울들을 바라보고 그대의 등 뒤에다
등불 하나를 놓아 세 거울이 모두 비쳐
그대에게 빛을 반사하게 하십시오.   102

더 멀리에 있는 모습은 비록 똑같은
양으로 반사되지 않을지라도, 그대는
동일하게 반사된다는 것을 볼 것입니다.   105

그렇다면 마치 따뜻한 햇살이 비칠 때
눈[雪]의 재료[21]가 이전의 차가움과
빛깔[22]에서 벗어나 남아 있게 되듯이,   108

그렇게 남아 있는 그대의 지성 안에다,
그런 모습으로 그대에게 빛나게 될
생생한 빛을 불어넣어 주고 싶군요.   111

성스러운 평화의 하늘[23] 안에서

21   물.
22   눈의 차가움과 하얀 색깔.

돌고 있는 천체[24]의 권능 안에는
모든 사물의 존재가 담겨 있습니다.   114

수많은 별들이 있는 그다음 하늘[25]은
자신과 구별되면서 자신 안에 포함된
여러 별들에게 그 본질을 나눠 주지요.   117

다른 하늘들[26]은 서로 다른 방식으로
자체 안에 갖고 있는 서로 구별된 힘들을
고유 목적에 맞게 배치하고 확산시키지요.   120

우주의 이런 기관들은 그대가 보다시피
그렇게 단계별로 배치되어 있으니,
위에서 힘을 받아 아래로 작용합니다.   123

그대가 열망하는 진리를 향해 내가
이곳을 어떻게 지나가는지 잘 보아 두오,
나중에 그대 혼자 강을 건널 수 있도록.   126

23 엠피레오.
24 아홉째 하늘인 최초 움직임의 하늘이다.
25 여덟째 하늘인 붙박이별들의 하늘이다.
26 붙박이별들의 하늘 안에서 돌고 있는 다른 일곱 개의 하늘들을 가리
킨다.

거룩한 하늘들의 힘과 움직임은, 마치
대장장이에게서 망치의 기술이 나오듯이
축복받은 천사들에게서 발산되고,   129

수많은 별이 아름답게 꾸미는 하늘은
그것을 돌리는 심오한 정신의
모습을 취하고 그 봉인(封印)을 남기지요.   132

마치 먼지 같은 그대들 속에서 영혼이
서로 다른 기관들에 퍼져 적절하게
서로 다른 기능들을 수행하는 것처럼,   135

지성[27]은 자신의 선(善)을 많이 늘려
별들 사이에 퍼지게 하면서도, 자신은
자신의 통일성 위에서 돌고 있답니다.   138

그것이 생명을 부여하는 귀중한 몸체와
다양한 힘이 다양한 방식으로 연결되는데,
그대들 몸에 생명이 연결되는 것과 같지요.   141

거기에서 나오는 즐거운 본성으로 인해
눈동자에 즐거움이 생생하게 빛나듯이

27　천사들의 지성을 가리킨다.

그 뒤섞인 힘은 몸체에서 빛납니다.   144

거기에서 빛과 빛이 서로 다르게 보이는
것이지, 빽빽하고 희박함 때문이 아니오.
그것이 바로 자신의 선함에 알맞게   147

밝음과 흐림을 창출하는 형성 원리입니다.」

제3곡

달의 하늘에서 단테는 도나티 가문의 피카르다를 만난다. 달의 하늘에는 순결의 서원(誓願)을 하였지만 타인의 폭력으로 인해 서원을 완전히 채우지 못한 영혼들이 달의 하늘에 있다. 피카르다는 단테의 여러 질문에 대답한 다음 곁에 있는 영혼을 소개하는데, 황제 페데리코 2세의 어머니 코스탄차이다.

사랑으로 내 가슴을 불태웠던 태양[1]은

아름다운 진리의 감미로운 모습을

증명하고 검증하며 설명해 주었으니,　　　　　　　　3

나는 나 자신을 수정하고 확신했음을

고백하기 위하여, 알맞은 만큼[2]

고개를 똑바로 들고 말하려 하였다.　　　　　　　　6

그런데 한 영혼이 나타나 무척이나

내 관심을 끌었기에, 그를 바라보느라

나의 고백은 이루어지지 않았다.　　　　　　　　9

마치 투명하고 깨끗한 유리를 통해서나,

또는 바닥이 보이지 않을 정도로

1　베아트리체를 가리킨다.
2　베아트리체에 대한 경의에서 벗어나지 않도록.

깊지 않으며 맑고 잔잔한 물을 통해   12

우리 얼굴의 윤곽이 희미하게 반사되면,
새하얀 이마 위의 진주[3]는 우리의 눈에
뚜렷하게 보이지 않는 것처럼, 그렇게   15

여러 얼굴들이 말하고 싶어 하는 것을
보고, 나는 사람과 샘물 사이에 사랑을
불붙였던 것과 정반대의 착각에 빠졌다.[4]   18

나는 그들에 대해 알아차리고 곧바로
그들이 반사된 모습[5]이라 생각하여
누구의 모습인지 보려고 눈을 돌렸으나,   21

아무것도 보지 못하고 다시 눈을 돌려
미소 짓는 감미로운 안내자[6]의 거룩한
눈에서 타오르는 빛을 똑바로 바라보았다. 24

3 당시의 여자들은 가운데에 진주가 박혀 있고, 금이나 은으로 된 관(冠)을 머리에 쓰고 다니는 것이 유행이었다.

4 그리스 신화에서 나르키소스가 샘물에 비친 자신의 그림자를 실물로 착각하여 사랑에 빠졌던 것과는 정반대로, 단테는 실제의 얼굴들을 반사된 그림자로 착각하였다는 뜻이다.

5 거울이나 물에 반사되어 비치는 모습을 가리킨다.

6 베아트리체.

그녀는 말했다. 「그대의 어린애 같은 생각에
내가 미소를 짓는다고 놀라지 마오.
그대는 아직 진리에 발을 딛지 못하고,   27

으레 그렇듯 헛된 생각을 하고 있소.
그대가 보는 것은 진짜 실체들인데
서원을 어겼기에 이곳에 배치되었지요.   30

그러니 그들과 이야기하고 듣고 믿어요.
그들을 기쁘게 해주는 진리의 빛은
발길을 돌리도록 놔두지 않는답니다.」   33

그래서 나는 가장 말하고 싶은 것 같은
그림자[7]에게 몸을 돌려, 너무 많은 욕망에
어찌할 바 모르는 사람처럼 말을 꺼냈다.   36

「오, 참되게 창조된 영혼이여, 영원한 삶의
빛살 속에서, 맛보지 않으면 절대로
알 수 없는 달콤함을 느끼는 영혼이여,   39

7   단테의 아내 젬마와 사촌인 피카르다(「연옥」 24곡 10행 참조)의 영혼이
다. 클라라 수녀회의 수도자였던 그녀는 오빠 코르소(「연옥」 24곡 82행 참조)
에 의해 강제로 환속하여 정략결혼을 하였다.

그대의 이름과 그대의 운명을 내게
알려 주면 정말로 기쁘겠습니다.」
그녀는 곧바로 미소 짓는 눈빛으로   42

「우리의 자비는 올바른 욕망 앞에서
문을 닫지 않으니 당신의 모든 궁전[8]이
당신을 닮기 원하는 자비[9]와 같지요.   45

나는 저 세상에서 동정 수녀였습니다.
그대의 기억이 자세히 살펴본다면 내가
더 아름다워졌어도[10] 몰라보지 않으리니,   48

내가 피카르다라는 것을 알아볼 것이오.
여기에서 나는 다른 복된 자들과 함께
가장 느린 이 천구[11]에 행복하게 있지요.   51

오로지 성령의 즐거움 안에서만
불타는 우리 애정은 그분의 질서에
어울리게 형성된 것을 기뻐한답니다.   54

8 천사들과 축복받은 영혼들을 가리킨다.
9 하느님의 사랑이다.
10 천국에 올라왔기 때문에 더욱 아름다워졌다는 뜻이다.
11 달의 하늘은 지구에서 가장 가까이 있으면서 가장 느리게 회전한다.

이렇게 낮아 보이는 운명이 우리에게
주어진 것은, 우리의 서원에 소홀하여
일부를 채우지 못하였기 때문이지요.」   57

나는 말했다. 「그대들의 놀라운 얼굴 속에는
그대들의 옛날 모습을 바꿔 주는[12]
어떤 거룩한 것이 빛나고 있어   60

내가 곧바로 기억해 내지 못했군요.
하지만 그대의 말이 도와주니
내가 기억해 내기 한결 쉽군요.   63

그런데 말해 주오, 여기에서 행복한
그대들은 더 많이 보고 더 가까이 있기
위해[13] 더 높은 장소를 열망하는지요?」   66

다른 영혼들과 함께 약간 미소를 짓더니
그녀는 최초 불꽃의 사랑으로 불타듯이
무척이나 기쁜 표정으로 대답하였다.   69

「형제여, 사랑의 힘은 우리의 의지를

12　지상에 살았을 때의 모습을 알아볼 수 없도록 아름답게 만들어 주는.
13　하느님 곁에 더욱 가까이 있기 위해.

평온하게 하니, 단지 우리가 가진 것만
원하고 다른 것에 목말라 하지 않는다오.　　　　　　72

만약 우리가 더 높이 있기 원한다면,
우리 욕망은 우리를 이곳에 배치하신
그분의 뜻에 어긋날 것입니다.　　　　　　　　75

그런 일은 하늘에서 일어나지 않고,
그대가 사랑의 본성을 잘 살펴본다면
여기서는 필히 사랑 안에 있어야 합니다.　　　78

또한 성스러운 의지는 우리들의 의지와
하나를 이루고 있으니, 그 안에 있는 것이
이러한 축복받음에는 본질적이지요.　　　　　81

그러니 이 왕국에서 우리가 서로 다른 곳에
있는 것은, 우리의 의지를 당신의 의지로
만드시는 하느님과 온 왕국이 좋아합니다.　　84

그분의 의지 속에 우리의 평화가 있으니,
그분의 의지가 창조하고 자연이 만드는
모든 것이 흘러 들어가는 바다와 같지요.」　　87

그리하여 나는, 비록 최고 선의 은총이

똑같이 내리지 않을지라도 하늘에서는

모든 곳이 천국임을 분명히 깨달았다.　　　　　　90

하지만 한 가지 음식에 배부른 사람이

또 다른 음식도 먹고 싶어 이것에

감사하면서도 저것을 찾는 것처럼　　　　　　93

나는 말과 행동으로 그렇게 했으니,

그녀가 끝까지 짜지 못하였던 천이

무엇이었는지 그녀에게 알고 싶었다.[14]　　　　　96

그녀가 말했다. 「완벽한 삶과 높은 업적으로

높은 하늘에 계시는 여인[15]의 규율대로

그대들 세상에서 옷과 베일을 입는 것은,　　　　99

사랑이 원하는 뜻에 합당한 모든 서원을

받아들이시는 신랑[16]과 죽을 때까지

14　단테는 어떻게 피카르다가 서원을 끝까지 지키지 못했는지 알고 싶어
한다.

15　아시시의 성녀 클라라를 가리킨다(이탈리아어 이름은 키아라 Chiara,
1194~1253). 부유한 집안 출신이었으나 성 프란치스코의 감화를 받아 청빈한
수도 생활을 시작했고, 클라라 수녀회의 창설자가 되었다.

16　예수 그리스도.

밤낮으로 함께 있기 위해서입니다. 　　　　　　　102

그녀를 따르기 위해 아직 젊었을 때 나는
세상을 피하여 그녀의 옷 속에 숨었고,
수녀회의 길을 따르기로 약속하였지요. 　　　　105

그런데 선보다는 악에 익숙한 남자들[17]이
달콤한 수녀원 밖으로 나를 끌어냈으니,
이후 내 삶이 어땠는지 하느님이 아십니다. 　　108

우리 천구의 모든 빛으로 불타오르며
나의 오른쪽에서 그대에게 모습을
드러내고 있는 이 다른 영광[18]은 　　　　　111

나에 대한 내 말을 스스로 이해하시니,[19]
이분도 수녀였으나 나와 마찬가지로
머리에서 거룩한 베일을 빼앗겼지요. 　　　　114

그러나 자신의 의지나 훌륭한 관습에
거슬러 비록 세상으로 돌아갔지만

17　자기 집안의 남자 형제들을 가리킨다.
18　뒤에 이름이 나오는 황후 코스탄차의 영혼이다.
19　그녀 역시 피카르다처럼 타의에 의해 서원을 채우지 못했기 때문이다.

마음의 베일은 절대 벗지 않았으니,   117

이분이 바로 위대한 코스탄차[20]의
빛으로, 슈바벤의 둘째 바람[21]에게서
셋째 바람이자 마지막 권력을 낳았지요.」   120

그렇게 말하더니 「아베 마리아」를 노래하기
시작했고, 노래하면서 마치 무거운 물건이
깊은 물속으로 사라지듯이 사라졌다.   123

가능한 곳까지 그녀를 뒤쫓던 나의
눈은 그녀가 완전히 사라진 다음
더욱 큰 열망의 대상으로 향했으니,   126

완전히 베아트리체에게 집중되었다.

20 Costanza. 시칠리아 알타빌라Altavilla(프랑스어로는 오트빌
Hauteville) 왕가의 마지막 후계자로, 호엔슈타우펜 왕가의 황제 〈빨간 수염〉
프리드리히 1세(「연옥」 18곡 119행 참조)의 아들 하인리히 6세(1165~1197)
와 결혼하여 페데리코 2세(「지옥」 10곡 119행 참조)를 낳았다. 전설적인 이야
기에 의하면 그녀는 원래 수도자였는데, 억지로 결혼하여 황후가 되었다고
한다.
21 여기에서 바람은 격렬하지만 덧없는 황제의 권력을 상징한다. 첫째 바
람은 프리드리히 1세, 둘째 바람은 하인리히 6세, 셋째 바람은 호엔슈타우펜
왕가의 마지막 황제 페데리코 2세를 가리킨다. 페데리코 2세의 아들 코라도
4세는 황제의 자리에 오르지 못하였다. 슈바벤Schwaben은 독일 바이에른에
있는 지방의 이름으로 이곳이 호엔슈타우펜 왕가의 근거지였다.

하지만 그녀는 너무 눈부시게 빛났기에
처음에는 내 눈이 견디지 못하였고,   129

그래서 내 질문을 나중으로 미루었다.

제4곡

단테는 마음속에 두 가지 의문을 품고 있으나 차마 물어보지 못한다. 서원을 지키지 못한 영혼들이 왜 천국에서 복을 덜 받고 있는지, 그리고 왜 영혼들이 플라톤의 이론을 따르는 것처럼 보이는지에 대한 것이다. 베아트리체는 그의 마음을 읽고 의문들에 대해 답해 준다. 그런데 단테에게는 또 다른 의문이 생긴다.

똑같은 거리에서 똑같이 입맛을 돋우는
두 음식[1] 사이에서 자유로운 사람[2]은
하나를 입에 대기도 전에 굶어 죽을 것이니,　　　　　3

사납고 탐욕스런 두 마리 늑대 사이에서
똑같이 두려워하는 어린양이나, 또는
두 마리 사슴 사이의 사냥개도 그러리라.　　　　　6

그러니 똑같은 두 가지 의심에 떠밀려
나는 침묵했지만 그럴 필요가 있었으니,
나를 비난하거나 칭찬할 수도 없다.　　　　　9

나는 비록 침묵하였지만 나의 욕망은

1　단테의 마음속에 생기는 두 가지 의문이다.
2　자유 의지를 가진 사람을 가리킨다.

얼굴에 그려졌고, 얼굴로 질문하는 것은
분명한 말로 하는 것보다 더 뜨거웠다.   12

부당하게 네부카드네자르를 사납게 만든
분노를 다니엘이 없애 주었듯이,[3]
베아트리체가 그렇게 해주었다.   15

그녀는 말했다. 「두 가지 욕망이 그대를 이끄니,
그대의 열망이 스스로 묶여서 밖으로
드러나지 못하는 것을 잘 압니다.   18

그대는 생각하는군요. 〈만약 좋은 의지가
지속된다면, 어떠한 이유로 타인의
폭력이 내 공덕의 크기를 줄이는가?〉   21

그대에게 또 다른 의혹의 원인은,
플라톤이 말했듯 영혼들이 별들로
되돌아가는 것처럼 보이는 것이지요.[4]   24

3　바빌로니아의 왕 네부카드네자르는 자신이 꾼 꿈을 잊어버렸는데 해몽
가들과 점성술사들이 말해 주지 못하자 분노하여 모든 현인들을 죽이라고 명
령하였다. 그런데 다니엘이 하느님의 계시 덕택에 그 꿈을 알아맞히고 해몽해
주어 분노를 거두게 하였다.(「다니엘서」2장 1절 이하)

4　플라톤의 『티마이오스』 41절 이하에 의하면, 영혼은 인간의 육체가 만
들어지기 전에 이미 별들 안에 있다가 육체 안으로 들어가고, 육체가 죽은 다
음에는 다시 별들로 돌아간다고 한다.

그런 질문들이 똑같이 그대의 의지를

짓누르고 있군요. 그러니 나는 먼저

더 해로운 것부터 다루도록 하지요.   27

하느님께 가장 가까이 있는 세라핌[5] 천사,

모세, 사무엘, 또 그대가 누구를 선택하든

요한,[6] 그리고 성모 마리아까지 모두들   30

방금 그대 앞에 나타난 영혼들과

다른 하늘에 자리하고 있지 않으며,

그곳에 있는 세월이 길거나 짧지도 않고,[7]   33

모두가 첫째 둘레[8]를 아름답게 만들지요.

다만 서로 다른 달콤한 생활로 영원한

숨결을 더 느끼거나 덜 느낄 뿐이라오.   36

그들이 여기 나타난 것은 이 천구[9]가

5 *seraphim*. 천사들의 아홉 품계(「천국」 28곡 참조) 중 지위가 가장 높은
천사로 〈치품(熾品) 천사〉로 번역되기도 하며, 한국 천주교 주고회의의 『성경』
에서는 〈사랍〉으로 옮겼다.(「이사야서」 6장 1절 참조)

6 세례자 요한과 복음서 작가 요한 둘 중에서 누구를 선택하든 마찬가지
라는 뜻이다.

7 축복받은 영혼들은 모두 최고의 하늘 엠피레오에서 하느님 곁에 있으
며, 그곳에 있는 기간도 똑같다는 뜻이다.

8 최고의 하늘 엠피레오.

그들에게 할당되었기 때문이 아니라
천상의 낮은 상태를 보여 주기 위해서요.　　　　　39

이런 설명이 그대들의 지성에 어울리니,
나중에 지성의 대상이 되는 것도 그대들은
단지 감각으로만 이해하기 때문이지요.　　　　　42

그렇기 때문에 『성경』도 그대들의 능력에
맞춰 하느님께 손과 발을 부여하지만,
사실은 전혀 다른 것을 의도합니다.　　　　　45

또한 성스러운 교회나 가브리엘, 미카엘,
그리고 토비야를 다시 건강하게 해주었던
다른 천사[10]도 인간의 모습으로 표현되지요.　　　　　48

티마이오스[11]가 영혼에 대해 논한 것은,
자신이 말하는 그대로 믿기 때문에,[12]

9　달의 하늘.

10　라파엘 천사를 가리킨다. 그는 토빗의 아들 토비야를 여러 어려움에서
구해 주었는데, 특히 눈먼 토빗이 다시 볼 수 있게 해주었다.(「토빗기」 11장
8절 참조)

11　기원전 5세기경 그리스 철학자로 플라톤의 『티마이오스』에서 소크라
테스의 주요 대화 상대자이다.

12　『성경』처럼 비유적으로 말하는 것이 아니라, 문자 그대로의 의미로 말
하기 때문에.

여기에서 보이는 것과 똑같지 않습니다.   51

그는 영혼이 별로 돌아간다고 말하는데,
자연이 형상에게 영혼을 부여할 때
영혼이 별에서 나온다고 믿기 때문이오.   54

혹시 그의 생각은 목소리로 말하는 것과
다를지도 모르고, 따라서 의도에 있어서는
비웃음받을 만한 것이 아닐 수도 있어요.   57

만약 그가 영향[13]의 좋고 나쁨을 이
하늘들에게 돌리려고 한다면, 그의 활은
혹시 어떤 진실을 맞힐지도 모릅니다.   60

그런 원리가 잘못 이해되어 예전에 이미
거의 온 세상을 잘못 인도했으니, 유피테르와
메르쿠리우스, 마르스를 부르며 방황하였지요.   63

그대를 혼란케 하는 또 다른 의심은
덜 해로운 것이니, 그런 오류는 그대를
나에게서 다른 곳으로 이끌지 않기 때문이오.   66

13   하늘들에 있는 별들이 영혼에게 끼치는 영향이다.

사람들의 눈에 우리의 정의가 부당해
보이는 것은, 이단적인 죄악의 문제가
아니라 바로 신앙의 문제입니다.   69

하지만 그대의 지성은 이런 진리를
정확히 꿰뚫어 볼 수 있기 때문에
그대가 원하는 대로 설명해 주지요.   72

폭력을 당하는 자가 가하는 자에게 전혀
동조하지 않아야 폭력이 된다고 해도,
그래도 이 영혼들은 용서되지 않으니,   75

의지란 원하지 않는다면 꺼지지 않고
비록 폭력이 수천 번 비틀더라도
불의 본성처럼 작용하기 때문이지요.   78

그러므로 많든 적든 의지가 굽으면
폭력을 따르게 되니, 이 영혼들은 성스러운
장소[14]로 다시 달아남으로써 그렇게 했지요.   81

라우렌티우스[15]를 철판 위에 올려놓았듯이,

14 수도원.
15 Laurentius. 로마 교회의 부제(副祭)로 발레리우스 황제의 박해로

무키우스[16]가 자기 손에게 엄격하였듯이,
만약에 그들의 의지가 온전하였다면,   84

그들은 풀려나자마자 자신이 벗어났던
길로 곧장 되돌아갔어야 하는데,
그렇게 확고한 의지는 아주 드물지요.   87

그러니 이런 말을 그대가 당연히 잘
받아들인다면, 그대를 자주 괴롭혔던
생각은 완전히 무너질 것입니다.   90

하지만 지금 그대 눈앞에 또 다른 난관이
가로놓여 있는데, 그대 혼자 힘으로는
빠져나가지 못하고 먼저 지칠 것이오.   93

나는 분명 그대의 마음에 심어 주었소,
축복받은 영혼은 언제나 최초의 진리에
가까이 있으므로 거짓말할 수 없다는 것을.   96

258년에 순교하였는데, 달구어진 석쇠 위에 올려지자 〈자, 다 익었으니, 뒤집
어서 먹으시오〉 하고 황제에게 외쳤다고 한다.

16   무키우스 스카이볼라Mucius Scaevola는 기원전 6세기 로마의 영웅
으로 로마를 공격한 에트루리아의 왕 포르센나를 죽이려다 실패하였다. 그러
자 왕의 면전에서 실패의 원인은 자신의 오른손이라 말하면서 불에 집어넣어
태웠다고 한다.

코스탄차는 베일의 애정[17]을 간직했다고
그대는 피카르다에게서 들었는데, 바로
그 점에서 나와 모순되는 것처럼 보이지요.   99

형제여, 위험을 피하기 위해 사람들은
하지 않아야 하는 것을 마지못해
하는 경우들이 예전에 많이 있었지요.   102

가령 알크마이온[18]은 아버지의 부탁에
따라 자기 어머니를 죽였는데, 연민을
잃지 않으려고 무자비해졌습니다.   105

이 점에 대하여 생각해 보기 바라오,
폭력이 의지와 뒤섞여서 잘못에 대해
변명할 수 없도록 만든다는 것을.   108

절대적 의지는 잘못을 허용하지 않으나,
저항할 경우 더 큰 곤경에 떨어질까
두려워하는 만큼은 허용한답니다.[19]   111

17 수도자가 되려는 의지를 가리킨다.
18 예언자 암피아라오스(「지옥」 20곡 31~36행 참조)의 아들로 아버지를
죽게 한 어머니를 살해하여 아버지의 원수를 갚았다.(「연옥」 12곡 49~51행
참조)
19 절대적 관점에서 의지는 나쁜 일을 허용하지 않으나, 상대적 관점에서

그러므로 피카르다가 말하는 것은
절대적 의지를 뜻하고 나는 다른 것[20]을
뜻하니, 우리 둘 다 진리를 말합니다.」   114

모든 진리가 솟아나는 샘물로부터
그렇게 거룩한 강이 물결치며 흘렀으니,
나의 두 가지 욕망은 평온해졌다.   117

나는 말했다. 「오, 최초 연인[21]의 사랑을 받는 그대,
성스러운 여인이여, 그대 말은 나에게 흘러
따뜻하니 나를 더욱 생생하게 만듭니다.   120

나의 애정은 그대의 은총에 은총으로
보답할 만큼 그렇게 깊지 않으나,
전지전능한 분[22]이 거기에 보답하리다.   123

진리[23]가 비춰 주지 않으면 우리의 지성은
절대 충족되지 않으니, 거기에서 벗어나면

는 더 나쁜 악을 피하기 위한 경우 그만큼의 잘못을 허용한다는 뜻이다.
  20   상대적 의지.
  21   하느님.
  22   본문에는 〈(모든 것을) 보고 할 수 있는 자〉로 되어 있으며, 하느님을
가리킨다.
  23   하느님의 진리이다.

어떤 진리도 있을 수 없음을 잘 알겠습니다.　　　126

거기에 도달하는 순간 마치 자기 굴 안의
짐승처럼 그 안에 자리 잡으니, 거기에
이르지 못하면 모든 욕망이 헛될 것입니다.　　　129

그렇기 때문에 진리의 발치에서 마치
새순처럼 의혹이 나오니, 진리에서 진리로
본능이 우리를 맨 꼭대기로 올라가게 하지요.　　　132

여인이여, 그것이 나를 이끌고 용기를 주며
나에게는 불분명한 또 다른 진리를
그대에게 정중히 묻도록 만듭니다.　　　135

사람들이 깨진 서원을 다른 선으로
채움으로써, 그대들의 저울에 부족하지
않도록 할 수 있는지 알고 싶습니다.」　　　138

베아트리체는 사랑의 불꽃들로 가득한
너무나 거룩한 눈으로 나를 바라보았고,
내 시력은 압도당해 달아났으니, 나는　　　141

눈을 내리깔았고 정신을 잃을 지경이었다.

제5곡

베아트리체는 서원의 본질과 가치에 대하여 설명하고 그리스도인들에게 충고한다. 그런 다음 단테와 베아트리체는 둘째 하늘인 수성의 하늘로 들어간다. 그곳에서 많은 영혼을 만나는데, 이 세상에서 큰 뜻을 품고 일했던 영혼들이다. 그중에서 단테는 유스티니아누스 황제와 이야기를 나눈다.

「지상에서는 볼 수 없는 방식으로 내가

그대에게 사랑의 열기로 눈부시게

빛나 그대 눈의 시력을 압도한다고   3

놀라지 마오. 그것은 이해하는 만큼

그 이해한 선에게로 발걸음을 옮기는

완벽한 직관에서 나오는 것이기 때문이오.   6

그대의 지성 안에서 이미 영원한 빛이

빛나고 있음을 잘 알고 있으니, 그 빛은

보기만 해도 언제나 사랑을 불붙이지요.   9

다른 것[1]이 그대들의 사랑을 유혹한다면,

잘못 인식될 경우라도 거기에서 빛나는

영원한 빛의 흔적이 없지 않기 때문이오.   12

1 지상의 선을 가리킨다.

못 채운 서원에 대하여 다른 봉사를
함으로써, 영혼이 논쟁[2]으로부터
안심할 수 있는가 그대는 알고 싶지요.」   15

그렇게 베아트리체는 이 노래[3]를 시작했고
마치 자기 말을 멈추지 못하는 사람처럼
이렇게 성스러운 논의를 계속하였다.   18

「하느님께서 창조할 때 너그럽게 주신
선물, 당신의 선에 가장 잘 어울리고
또한 가장 높이 평가하시는 선물은   21

바로 의지의 자유였으니, 지성이 있는
모든 창조물[4]에게, 오직 그들에게만
부여되었고 지금도 부여되고 있지요.   24

이런 전제에서 논의한다면, 그대가
동의할 때 하느님께서 동의하여 이뤄진
서원의 높은 가치는 명백해질 것이오.   27

2   성스러운 정의와의 온갖 논쟁을 뜻한다.
3   「천국」5곡 자체를 가리킨다.
4   인간들과 천사들을 가리킨다.

하느님과 인간 사이에 계약을 하면
내가 말하는 그 보물[5]은 희생되고
또한 자유로운 행위로 그렇게 되지요.   30

그러면 보상으로 무엇을 제공할 수 있을까요?
이미 바친 것[6]을 잘 쓰려고 한다면, 잘못
얻은 것[7]으로 좋은 일을 하려는 것과 같지요.   33

이제 그대는 중요한 점을 분명히 알지만,
거룩한 교회가 그에 대한 보상을 허용하니,
내가 설명한 진리와 어긋나 보이겠지요.   36

그대는 좀 더 식탁[8]에 앉아 있어야 하니,
그대가 먹은 단단한 음식이 소화되려면
아직도 도움이 필요하기 때문이라오.   39

내가 설명하는 것에 그대의 마음을 열고
그 안에 집중하시오, 간직하지 못하고
이해한 것은 지식이 되지 않으니까요.   42

5 인간의 자유 의지.
6 하느님께 바친 자유 의지.
7 부당하게 얻은 이익.
8 지혜의 자양분을 얻는 식탁을 뜻한다. 『향연』 1권 1장 7절에도 〈천사의
빵을 먹는 식탁〉이라는 표현이 나온다.

희생의 본질에는 두 가지가 필요하니,
하나는 희생이 되는 대상[9]이요,
다른 하나는 바로 계약입니다.   45

이 계약은 지키는 것 이외에는 절대로
취소될 수 없는 것이니, 그것에 대해
위에서 그렇게 분명하게 말했지요.   48

그러므로 그대가 알아야 하듯이
유대인들에게는 비록 일부 제물이
바뀌더라도 필히 바쳐야 했지요.[10]   51

그대가 물질로 이해하는 다른 것[11]은
혹시 다른 물질로 바뀌더라도
잘못된 것이 아닐 수 있습니다.   54

하지만 하얗고 노란 열쇠가 돌려지지
않은 채,[12] 자의적인 판단으로 자기

9   희생되어 하느님에게 바쳐지는 물질적 대상을 가리킨다.

10   제물을 다른 것으로 바꾸거나 값으로 매기는 것에 대해서는 「레위기」 27장 1~33절 참조.

11   44행에서 말하듯이 서원으로 하느님께 바치는 것을 가리킨다.

12   성직의 권위에 의해 허락을 받지 않은 경우를 뜻한다. 베드로에게 맡긴 금열쇠와 은열쇠에 대해서는 「연옥」 9곡 117~129행, 「지옥」 27곡 103~105행 참조.

어깨 위의 짐을 바꿀 수는 없답니다.   57

그리고 만약 남겨 두는 물건이 교환에서
여섯 안의 넷처럼 거두어들이지 않으면,[13]
모든 교환을 어리석은 것으로 생각하시오.   60

그러므로 그 가치에서 모든 저울이
기울어질 정도로 무거운 물건은
다른 어떤 값으로도 채워질 수 없지요.   63

사람들이여, 가볍게 서원하지 마시오.
입타[14]가 자신의 첫째 제물에 그랬듯이
어리석게 서원하지 말고 충실하시오.   66

그는 서원을 지키려고 더 나쁜 일을 하기보다
〈잘못했습니다〉 말했어야 하니, 그대 알듯이
그리스인들의 대장[15]도 그렇게 어리석었지요.   69

13 서원으로 바쳐야 할 대상을 바꿀 경우, 남겨 둘 대상에 비해 새로 대체
할 대상의 값어치가 4 대 6, 즉 처음 것의 1.5배가 되어야 한다는 뜻이다.
14 길앗의 장수로, 암몬족과의 전쟁에서 승리하게 해준다면 돌아올 때 자
기 집 문에서 처음 맞이하는 사람을 주님에게 번제물로 바치겠다고 서원을 하
였다. 그런데 자신의 외동딸이 맨 처음 나오자 결국 딸을 죽이게 되었다.(「판관
기」 12장 30~39절)
15 트로이아 전쟁 때 그리스군의 총대장 아가멤논을 가리킨다. 그리스 군
대가 아울리스 항구에 모였으나 바람이 불지 않아 출항하지 못하자, 그는 자기

그래서 이피게네이아는 아름다운 제 얼굴을
슬퍼하였고, 그런 경배[16] 이야기를 들은
모든 현자나 바보들을 울게 만들었지요.   72

그리스도인들이여, 신중하게 행동하시오.
모든 바람 앞의 깃털처럼 되지 말고,
모든 물이 그대들을 씻는다고 믿지 마오.   75

그대들에게는 신약과 구약이 있고,
그대들을 인도하는 교회의 목자가 있소.
그대들의 구원에는 그것으로 충분하오.   78

다른 사악한 탐욕이 그대들에게 외치더라도,
유대인이 그대들을 비웃지 못하도록
정신없는 양 떼가 아니라 사람이 되시오.   81

마치 어린양이 제 어미의 젖을 버리고
어리석고도 변덕스럽게 자기 자신과
제멋대로 싸우는 것처럼 하지 마시오.」   84

딸 이피게네이아를 디아나 여신에게 제물로 바쳤다. 디아나가 바람을 보내지
않은 이유에 대해서는 여러 가지 이야기가 있으나, 아가멤논이 이피게네이아
가 태어난 해의 수확물 중 가장 아름다운 것을 바치기로 맹세하고는 딸을 바치
지 않았기 때문이라고 한다.
  16 신들에 대한 경배이다.

지금 내가 적듯이 베아트리체는 말했고
세상이 가장 생생한 곳[17]을 향하여
열망에 가득한 표정으로 몸을 돌렸다.   87

그녀의 그런 침묵과 표정의 변화에
벌써 새로운 질문들을 앞에 가진
내 욕심 많은 마음은 입을 다물었다.   90

그리고 활시위가 잠잠해지기도 전에
과녁을 뒤흔드는 화살처럼 빠르게
우리는 둘째 왕국[18]으로 날아갔다.   93

그곳 하늘의 빛 속으로 들어가자
나의 여인은 무척이나 기뻐하였으니,
그 행성도 더욱 빛나는 것이 보였다.   96

그리고 별이 변하고 웃어 보였다면,[19]
나의 본성에 따라 온갖 모습으로
바뀔 수 있는 나는 어떻게 되었겠는가!   99

17 구체적으로 어디인지 학자들에 따라 해석이 서로 다르다. 태양이 떠오르는 동쪽, 또는 엠피레오, 수성, 주야 평분선 등으로 해석되지만, 최고의 하늘 엠피레오로 보는 것이 일반적인 견해이다.
18 둘째 하늘인 수성의 하늘이다.
19 수성이 더욱 눈부시게 빛나는 것을 웃음에 비유하고 있다.

마치 맑고 잔잔한 양어장 안에 밖에서

무엇인가 떨어지면 물고기들이 먹이로

생각하여 그곳으로 몰려드는 것처럼,　　　　　　102

많은 빛들이 우리를 향해 오는 것이

보였고 모두에게서 이런 소리가 들렸다.

「보아라, 우리의 사랑을 증가시킬 자를.」　　　　105

그리고 모든 빛이 우리에게 왔을 때

그 빛에서 나오는 밝은 광채 안에서

기쁨으로 가득 찬 영혼들이 보였다.　　　　　　108

독자여, 생각해 보시라. 여기서 내가 시작하여

앞으로 나아가지 않는다면,[20] 부족한 것을

알고 싶어 그대는 얼마나 괴로워하겠는가.　　　111

그러니 그들이 내 눈앞에 나타났을 때

그들의 상황에 대해 내가 그들에게서

듣고 싶은 욕망을 그대는 알 것이오.　　　　　114

「오, 지상의 삶을 버리기도 전에

은총으로 영원한 승리의 옥좌들[21]을

20　여기에서 이야기를 시작하고 더 이상 거기에 대해 말하지 않는다면.

볼 수 있는 행복을 타고난 자[22]여,   117

우리는 온 하늘에 퍼지는 불빛으로
빛나고 있으니, 만약 우리에 대해
알고 싶다면 마음껏 물어보시오.」   120

그 경건한 영혼들 중 하나[23]가 그렇게
말했고, 베아트리체가 말했다. 「안심하고 말해요.
그리고 그들을 신처럼[24] 믿으세요.」   123

「그대는 그대 빛 속에 자리 잡고 있으며,
그대가 웃을 때 눈에서 반짝이는 빛이
발산되는 것을 나는 잘 보고 있지만,   126

고귀한 영혼이여, 나는 그대가 누구인지,
그리고 왜 다른 빛 때문에 사람들에게
보이지 않는 천구[25]에 있는지 모릅니다.」   129

21   최고의 하늘에 있는 축복받은 영혼들의 자리를 가리킨다.
22   단테를 가리킨다.
23   다음 6곡에서 이름이 나오는 유스티니아누스 황제이다.
24   하느님의 지혜와 덕성에 동참하고 있는 존재들이기 때문이다.
25   수성의 하늘. 수성은 태양에서 가장 가까운 궤도를 돌기 때문에 햇빛
(〈다른 빛〉)에 의해 사람들의 눈에는 잘 보이지 않는다.

앞서 나에게 말했던 빛을 향하여
나는 그렇게 말했고, 그러자 그는
전보다 훨씬 더 눈부시게 빛났다.   132

마치 따뜻한 햇살이 가로막고 있던
빽빽한 수증기를 흩어 버리면, 태양이
너무 강한 빛으로 보이지 않게 되듯이,   135

더 많은 기쁨으로 그 성스러운 형상은
자신의 빛살 속으로 숨어 버렸고,
그렇게 빛살에 갇힌 채 다음 노래[26]가   138

노래하는 것처럼 나에게 대답하였다.

26 뒤이어 나오는 6곡을 가리킨다. 이 곡은 전체가 유스티니아누스의 이
야기로 구성되어 있다.

제6곡

유스티니아누스 황제는 자신을 소개하고, 자신은 로마 법전의 위대한 편찬 사업에 온 힘을 기울였다고 이야기한다. 그리고 로마의 역사를 개괄적으로 더듬어 보면서 위대한 업적을 남긴 여러 인물들에 대하여 이야기한다. 마지막으로 이탈리아의 정쟁과 싸움에 대해 한탄하고, 로메의 업적을 칭찬한다.

「라비니아를 빼앗았던 옛날 사람[1]을

뒤따라왔던 독수리를 콘스탄티누스가

하늘의 흐름에 거슬러 돌려놓은 이후,[2]   3

백 년 또 백 년 이상[3] 하느님의 새[4]는

　1　로마 건국의 시조 아이네아스를 가리킨다. 그는 라티누스 왕의 딸 라비니아(「지옥」 4곡 125행 참조)와 결혼하였는데, 그녀는 원래 투르누스(「지옥」 2곡 106행 참조)와 결혼하기로 되어 있었다.
　2　독수리는 로마 제국의 권위를 상징한다. 콘스탄티누스 황제가 독수리를 하늘의 흐름과 반대 방향으로 돌려놓았다는 것은 로마의 수도를 서쪽에서 동쪽으로, 즉 비잔티움으로 옮기고 자신의 이름을 따서 콘스탄티노폴리스로 부른 것을 의미한다. 원래 아이네아스는 트로이아에서 이탈리아로, 즉 동쪽에서 서쪽으로 왔는데, 콘스탄티누스가 다시 동쪽으로 수도를 옮긴 것에 대해 단테는 자연의 질서를 거스른 것으로 생각하였다. 그런 관념은 「콘스탄티누스의 증여」에 대한 단테의 부정적인 견해와 연결되어 있다. (「지옥」 19곡 115~117행 참조)
　3　콘스탄티누스가 수도를 옮긴 것은 330년이고, 유스티니아누스가 황제에 오른 것은 527년이므로 실제로는 채 2백 년이 되지 않는다. 간테가 당시의 부정확한 역사적 자료를 근거로 하였기 때문에 잘못 계산한 것으로 보인다. 다른 한편으로 유스티니아누스가 로마 영토에 침입한 게르만족을 몰아내고 로마의 권위를 회복한 536년을 기준으로 하면 2백 년이 넘는다.

맨 처음 나왔던 산들[5]에 가까이 있는
유럽의 끄트머리에 머물러 있었으며,   6

그곳에서 성스러운 날개의 그늘 아래
손에 손을 거쳐 세상을 다스렸고,
그렇게 바뀌며 내 손에 이르렀지요.   9

나는 황제였으니 바로 유스티니아누스[6]요.
내가 지금 느끼는 최초 사랑의 뜻대로
법률에서 지나치고 쓸모없는 것을 없앴지요.   12

그리고 나는 그 작업에 몰두하기 전에,[7]
그리스도 안에는 단 하나의 성격만 있다고
믿었고, 그런 믿음에 만족하였답니다.[8]   15

4　독수리를 가리킨다. 독수리로 상징되는 로마의 건국은 하느님의 뜻에 의한 것으로 보기 때문이다.

5　아이네아스가 출발하였던 트로이아를 가리킨다.

6　527년부터 565년까지 비잔티움 제국의 황제였던 유스티니아누스Justinianus 1세. 그는 이탈리아반도에 쳐들어온 동고트족을 비롯한 게르만족들을 몰아냈으며, 로마의 법전을 재정비하고 집대성한 『로마법 대전*Corpus Iuris Civilis*』을 편찬하였다.

7　이 부분도 역사적 사실에 어긋난다. 유스티니아누스는 게르만족을 몰아내기 전에 이미 법률의 정비를 완성하였다.

8　그리스 신학자 에우티케스(378?~454?)의 주장으로 그리스도에게는 신성(神性)만 있고 인성(人性)은 거기 흡수되어 사라지고 없다는 것인데, 그런 단성론(單性論)은 나중에 이단으로 배척되었다. 그러나 유스티니아누스는 단성론자가 아니었고 황후 테오도라만 열렬한 신봉자였다고 한다.

하지만 최고의 목자였던 그 축복받은

아가페투스[9]가 자신의 말로 나를

진실한 믿음으로 향하게 만들었지요.   18

나는 믿었고, 그의 믿음 속에 있던 것을

지금 분명하게 보고 있으니, 그대가

옳고 그른 모든 모순을 보는 것과 같소.   21

내가 교회와 함께 발걸음을 옮기자마자

하느님께서는 은총으로 나에게 높은 일[10]을

고취하셨으니 나는 거기에 완전히 몰입했고,   24

또한 벨리사리우스[11]에게 무기를 맡겼는데,

거기에 하늘의 오른손[12]이 덧붙여졌으니,

그것은 내가 쉬어야 한다는 징표였지요.   27

이제 여기에서 첫째 질문[13]에 대한

9   교황 아가페투스 Agapetus 1세(재위 535~536)이다.
10 법률의 재정비 작업을 가리킨다.
11 Belisarius(505~565). 유스티니아누스의 탁월한 장군으로 이탈리아
반도에 침입한 동고트족을 몰아내고, 반달족과 페르시아의 침입을 물리치기
도 했다. 그러나 나중에 그는 유스티니아누스에 의해 투옥되고 비참한 최후를
맞이하였는데, 단테는 아마 그런 사실을 몰랐던 것 같다.
12 하늘의 혜택과 도움이다.
13 그가 누구인지 알고 싶다는 단테의 질문.(「천국」5곡 127행 참조)

내 대답은 끝나지만, 대답의 성격상

이어서 몇 마디 덧붙여야 하리다.[14]   30

사람들이 그 성스러운 깃발[15]에 거슬러

얼마나 부당하게[16] 하는지, 누가 제 것으로

삼고 누가 반대하는지[17] 알도록 말이오.   33

얼마나 많은 힘[18]이 그것을 존경할 만하게

만들었는지 보시오. 팔라스[19]가 그에게

왕국을 주려고 죽었을 때부터 시작되었지요.   36

그대가 알듯이 독수리는 3백 년 이상

알바[20]에 거주했으니, 세 명과 세 명이[21]

14 뒤이어 유스티니아누스는 독수리의 깃발 아래 이름을 날렸던 영웅들을 중심으로(각 문장의 실질적인 주어는 독수리이다) 로마의 역사를 개관한다.

15 로마의 상징 독수리의 깃발을 가리킨다.

16 원문에는 *con quanta ragione*(〈얼마나 올바르게〉)로 되어 있는데 냉소적이고 반어적인 표현이다.

17 기벨리니파는 정치적 이익을 위해 황제를 편들며 독수리 깃발을 자기 것으로 만들고, 궬피파는 거기에 반대하지만, 결국 둘 다 그 진정한 뜻에 거슬러 행동한다는 뜻이다.(101행 이하 참조)

18 뒤에서 열거하듯이 수많은 로마 영웅들의 힘이다.

19 Pallas. 아이네아스가 이탈리아반도에 이르렀을 무렵 로마 지방을 다스리던 에우안드루스 왕의 아들로 아이네아스를 도와 투르누스와 싸우다 죽었다. 나중에 아이네아스는 투르누스를 죽임으로써 그의 복수를 해주었다.

20 로마 근처의 옛 지명으로 보통 알바론가Albalonga로 일컬어지며 로

그[22]를 잡으려고 싸우던 날까지였지요.   39

또 사비니[23] 여인들의 불행에서 루크레티아[24]의
고통 때까지 일곱 왕[25] 동안 이웃 부족들에
승리하면서 그[26]가 무엇을 했는지 그대는 알리다.   42

브렌누스[27]에 대항하고, 피로스[28]에 대항하고,
다른 군주와 나라들에 대항하여 로마 영웅들을

마의 전신으로 간주된다. 처음에는 아이네아스의 아들 아스카니으스가 통치하였으며, 이후 로마가 건국되기 이전까지 3백 년이 넘게 그의 후손들이 다스렸다.

21　알바론가와 새로이 탄생한 로마 사이의 전쟁을 끝내기 위허 두 도시의 대표자들 사이에 결투를 하기로 결정하였다. 그리하여 로마의 호라티우스 가문 세쌍둥이 형제가 알바론가의 쿠리아티우스 가문 세쌍둥이 형제와 싸워 이겼고, 로마가 패권을 장악하게 되었다.

22　독수리.

23　로마 근처에 거주하던 부족이다. 로물루스가 처음 로마를 건국할 당시 여자들이 부족하였기 때문에 이웃 사비니 사람들을 잔치에 초대하였다가 무력으로 여자들을 빼앗았다.

24　루크레티아(「지옥」 4곡 127행)는 로마의 마지막 〈오만한 왕〉 타르퀴니우스의 아들 섹스투스에게 겁탈당하자 자결하였는데, 그 사건을 계기로 기원전 509년 타르퀴니우스가 쫓겨나고 공화정이 들어서게 되었다.

25　고대 로마는 공화정이 시작되기 전까지 왕정이었으며, 로물루스를 비롯한 전설상의 왕들을 포함하여 모두 일곱 명의 왕이 다스렸다.

26　독수리. 이후 여러 곳에서 독수리는 〈그〉로 지칭된다.

27　Brennus. 갈리아족(그리스어로는 켈트족)의 우두머리로 기원전 390년 로마 시내까지 쳐들어와 도시를 파괴하고 약탈하였으며 무거운 조공을 강요하기도 하였다.

28　기원전 3세기 전반에 로마를 공격하였던 그리스 북부 에페이로스의 왕이다.(「지옥」 12곡 135행 참조)

통하여 무엇을 했는지 그대는 알 것이니,   45

토르콰투스,[29] 손질 않은 곱슬머리로 불린
퀸크티우스,[30] 데키우스들과 파비우스들[31]이
내가 기꺼이 칭송하는 명성을 얻었지요.   48

그는 한니발을 따라, 포강이여, 네가
흘러내리는 알프스의 바위 길을 지나간
아랍인들[32]의 오만함을 무너뜨렸지요.   51

그 아래에서 스키피오[33]와 폼페이우스[34]가

29 Titus Manlius Torquatus. 기원전 4세기 로마의 장군으로 용기와 엄격
함으로 모범으로 꼽힌다. 갈리아족들을 로마 밖으로 격퇴시켰으며, 명령을 어
기고 군대의 사기를 떨어뜨린 자기 아들을 처형시켰다고 한다.

30 Lucius Quinctius. 기원전 5세기 로마의 정치가로 곱슬머리를 손질하
지 않고 내버려 두었기 때문에 〈킨킨나투스Cincinnatus〉라는 별명이 붙었다.

31 로마를 빛낸 데키우스Decius 가문과 파비우스Fabius 가문 출신의 여
러 영웅들을 가리킨다.

32 여기서는 북아프리카 사람들, 즉 카르타고인들을 가리킨다. 카르타고
의 명장 한니발(B.C. 247~B.C. 183)은 군대를 이끌고 이베리아반도를 거쳐
알프스산맥을 넘어 로마 본토로 쳐들어왔고 10여 년 이상 머물렀으나, 본국의
지원이 끊기는 바람에 결국 카르타고로 돌아갔고 자마 전투에서 스키피오에
게 패배하였다.

33 자마 전투에서 한니발을 물리친 로마의 스키피오 아프리카누스.(「연
옥」 29곡 115행 참조)

34 Gnaeus Pompeius Magnus(B.C. 106~B.C. 48). 로마의 정치가이자
장군으로 나중에 카이사르와의 권력 다툼으로 벌어진 파르살리아 전투에서
패배하여 이집트로 피하였으나 거기에서 살해되었다.

젊은 나이에 승리하였고, 그대가 태어난

언덕³⁵에서 잔인함을 보여 주었지요.　　　　54

그 후 온 하늘이 세상을 나름대로

평온하게 만들고자 했을 무렵 로마의

뜻대로 카이사르가 그를 장악하였지요.　　　　57

바르³⁶에서 라인강까지 그가 한 일³⁷은

이세르³⁸와 에라,³⁹ 센강이 보았고,

론⁴⁰강이 채우는 모든 계곡이 보았지요.　　　　60

그가 라벤나에서 나와 루비콘강을

건넌 후 했던 일⁴¹은 너무나 신속하여

혀나 펜이 따를 수 없을 정도랍니다.　　　　63

그는 스페인을 향해 군대를 돌린 다음

35　단테의 고향 피렌체 근처의 피에솔레 언덕을 가리킨다. 단테 시대에는
피에솔레가 로마의 침입으로 파괴되었다고 생각하였다.

36　Var. 프랑스 남동부의 강이다.

37　카이사르가 갈리아 지방을 정복할 때 벌였던 전투의 승리들을 가리키
는 것으로 짐작된다.

38　Isère. 프랑스 남동부의 강이다.

39　Era. 구체적으로 어느 강인지 분명하지 않으나, 프랑스의 루아르강, 또
는 손강을 가리키는 것으로 짐작된다.

40　Rhone. 프랑스 남동부 지방의 강이다.

41　카이사르가 루비콘Rubicon강을 건너 로마로 진군한 것을 가리킨다.

두러스[42]로 향해 파르살리아를 뒤흔들었고

뜨거운 나일강에서 고통[43]을 느끼게 했지요.　　　　　66

그는 처음 나왔던 안탄드로스와 시모이스,[44]

헥토르가 누워 있는 곳을 다시 본 후

불행한 프톨레마이오스[45]에게 날아갔지요.　　　　　69

거기에서 번개처럼 유바[46]에게 내려갔고,

거기에서 그대들의 서쪽,[47] 폼페이우스의

나팔 소리가 들렸던 곳으로 방향을 돌렸지요.　　　　　72

뒤이은 통치자[48]와 함께 그가 했던 일 때문에

42　Durrës(이탈리아어로는 두라초Durazzo). 현재는 알바니아의 해안 도시로 카이사르의 군대가 상륙했던 곳이다.

43　이집트에서 죽음을 당한 폼페이우스의 고통이다.

44　안탄드로스Antandros는 프리기아 지방의 항구이고, 시모이스Simois는 트로이아 근처에 흐르는 작은 강이다.

45　누이 클레오파트라와 함께 이집트의 왕위에 오른 프톨레마이오스 13세. 카이사르는 그의 왕위를 박탈하였고, 클레오파트라가 홀로 통치하게 하였다.

46　아프리카 북부 누미디아의 왕으로 폼페이우스를 편들었으나, 기원전 46년 탑수스 전투에서 카이사르에게 패하여 왕위를 빼앗기고 죽임을 당하였다.

47　이탈리아의 서쪽에 있는 스페인을 가리킨다. 폼페이우스의 나머지 추종 세력은 스페인으로 달아나 저항하였으나 결국 카이사르에게 패배하였다.

48　카이사르에 이어 독수리의 권위를 장악하고 로마 최초의 황제가 된 옥타비아누스, 즉 아우구스투스를 가리킨다.

브루투스와 카시우스[49]는 지옥에서 울부짖고,

모데나와 페루자[50]가 고통을 받았답니다.   75

그래서 슬픈 클레오파트라가 울고 있으니,

그녀는 그 앞에서 달아나 독사에 의해

참혹하고 순간적인 죽음을 맞이하였지요.   78

그[51]와 함께 독수리는 홍해까지 달려갔고,

그와 함께 세상을 아주 평화롭게 했으니,

야누스[52]의 신전을 잠그게 하였지요.   81

하지만 내가 말하도록 만드는 깃발[53]이

그 이전이나 이후에 했던 일은 그에게

속한 인간의 왕국에 할 일이었으며,   84

49 카이사르의 암살에 가담했던 이 두 사람에 대해서는 「지옥」 34곡
64~67행 참조.
50 모데나Modena와 페루자Perugia는 모두 이탈리아의 도시로 안토니
우스와 옥타비아누스의 싸움 과정에서 옥타비아누스의 군대에 의해 파괴되고
약탈당하였다.
51 아우구스투스를 가리킨다. 이집트를 정복한 그의 군대는 홍해까지 이
르렀다.
52 야누스Janus는 로마 신화에서 가장 오래된 신들 중의 하나로 두 개의
얼굴을 갖고 있다. 로마에 그의 신전이 있었는데, 전쟁이 벌어지면 로마인들을
구하기 위해 열어 두고 평화 시에는 닫았다고 한다. 공화정 시대에 닫힌 것은
단지 두 번이었는데, 아우구스투스 시대에 세 번이나 닫았으며, 그중 한 번은
그리스도가 탄생했을 무렵이었다고 한다.
53 독수리의 깃발이다.

만약 셋째 황제[54]의 손에서 한 일을

맑은 눈과 순수한 마음으로 살펴본다면,

분명히 보잘것없고 어두워 보이니,   87

나에게 영감을 주는 생생한 정의[55]가,

내가 말하는 자[56]의 손을 통해, 분노에

복수하는 영광을 부여했기 때문이지요.[57]   90

여기에서 내가 덧붙이는 말에 그대는

놀랄 것이니, 그[58]는 티투스와 함께

옛날의 죄에 대해 복수하러 달려갔지요.   93

또 롬바르드[59]의 이빨이 거룩한 교회를

물었을 때, 카롤루스 마그누스가 그의

54 아우구스투스의 뒤를 이은 티베리우스Tiberius 황제(재위 14~37). 그의 치하에서 그리스도가 수난과 죽음을 당하였다.

55 하느님.

56 티베리우스 황제를 가리킨다.

57 뒤에서 말하듯이 그리스도가 수난과 죽음을 당하게 만든 도시 예루살렘을 티투스가 70년에 약탈하고 파괴한 것(「연옥」 21곡 82~84행 참조)을 하느님의 분노에 의한 복수로 간주하고 있다.

58 독수리.

59 Lombard(이탈리아어로는 론고바르디longobardi). 스칸디나비아에서 유래한 게르만족의 일파로 6세기 중엽 북부 이탈리아(현재의 롬바르디아 지방)에 침입하여 왕국을 이루었고, 774년 프랑크족의 왕 카롤루스 마그누스(「지옥」 31곡 16행)에 의해 정복당하였다.

날개 아래 승리하여 교회를 구원하였지요.   96

이제 그대는 위에서 비난한 자들[60]과

그대들의 모든 불행의 근원이 되었던

그들의 잘못에 대해 판단할 수 있으리.   99

한쪽[61]은 공공의 깃발에 거슬러 노란 백합을

내세우고, 다른 한쪽[62]은 제 것으로 삼으니,

누가 더 잘못인지 알아보기 어렵지요.   102

기벨리니파가 다른 깃발 아래 자기 술책을

부리게 내버려 두오. 정의에서 벗어나는 자는

언제나 그 깃발을 잘못 따르기 때문이오.   105

새로운 카를로[63]는 자기 피 당원들과 함께

그 깃발을 떨어뜨리지 말지니, 더 힘센 사자[64]의

가죽도 벗겼던 그의 발톱을 두려워해야 하리.   108

60   31~33행 참조.
61   궬피파를 가리킨다. 궬피파는 제국의 보편적 상징에 반대하여 프랑스
왕가를 지지하였다. 노란 백합은 프랑스 왕가의 문장이며, 이탈리아에서는 나
폴리를 점령한 단조d'Angiò 가문이 궬피파의 우두머리 역할을 하였다.
62   황제의 상징 독수리 깃발을 당파의 이익에 활용한 기벨리니파를 가리
킨다.
63   당시 나폴리의 왕이었던 카를로 단조 2세를 가리킨다.
64   더 힘 있고 강한 통치자를 뜻한다.

아버지의 잘못 때문에 자식들이 울었던

경우가 많으니, 백합 때문에 하느님께서

그 깃발을 바꿀 것이라 믿지 말아야 하리라!   111

이 조그마한 별[65]은 명예와 명성이

뒤따르도록 열심히 활동하였던

착한 영혼들로 장식되어 있답니다.   114

그리고 욕망이 길을 벗어나 거기에

기울 때,[66] 참다운 사랑의 빛살이

저 위에서 덜 생생한 것은 당연하지요.   117

하지만 우리의 공덕으로 보상받는 것이

우리 기쁨의 일부가 되니, 그 보상이

더 크거나 작다고 생각하지 않기 때문이오.   120

그렇게 살아 있는 정의는 우리 안의

애정을 달콤하게 해주니, 절대로 어떤

사악한 것으로 벗어날 수 없답니다.   123

65 수성을 가리킨다. 수성은 당시까지 알려진 행성 중에서 가장 작았다. 여기부터 유스티니아누스는 단테의 두 번째 질문(5곡 128~129행 참조)에 대한 대답으로, 수성의 하늘에 있는 영혼들에 대하여 설명한다.

66 하느님의 올바른 길을 벗어나 덧없는 지상의 가치인 명예와 명성만 뒤쫓는 것을 가리킨다.

다양한 목소리들이 달콤한 노래를 만들듯,

우리의 삶에서도 서로 다른 자리들이

이 바퀴들 사이에 달콤한 조화를 이룹니다.   126

그리고 이 진주[67] 안에는 로메[68]의

빛이 빛나고 있는데, 그의 업적은

크고 아름다웠지만, 환대받지 못했지요.   129

그에게 반대했던 프로방스 사람들도

웃지 못하였으니, 타인의 선행을 자신의

손해로 생각하는 사람은 잘못이기 때문이오.   132

레몽 베랑제의 딸은 넷이었고 모두

왕비가 되었는데, 비천하고 이방인인

로메가 그렇게 만들어 주었답니다.   135

67   수성을 가리킨다.

68   Romée(1170?~1250). 프로방스 백작 레몽 베랑제Raymond Bérenger
4세(1198~1245)의 집사였으며, 백작이 사망한 후 후계자인 딸 베아트리스
(「연옥」 7곡 128행 참조)의 후원자로 카를로 단조 1세와 결혼시켰다. 하지만
단테는 당시의 전설적 이야기를 따르고 있다. 전설에 의하면 토메는 초라한 행
색으로 프로방스에 나타나 백작의 총애를 받았고 네 딸을 모두 왕비가 되도록
하였는데, 다른 사람들의 모함으로 백작의 의심을 받게 되자 해명한 후, 백작
이 붙잡는데도 처음 올 때처럼 빈손으로 궁정을 떠나 구걸을 하면서 삶을 마감
하였다고 한다.

그런데 나중에 모함하는 말들에 그는
자신에게 열을 다섯과 일곱으로 만들어 준[69]
그 올바른 사람에게 해명을 요구하였지요.　　　　　138

그리고 그는 늙고 가난하게 떠났으니,
빵 한 조각을 빌어먹으며 살아갔던
그의 마음이 어땠는지 세상이 안다면,　　　　　141

그를 무척 칭찬하고 또 칭찬할 것이오.」

69　다섯과 일곱을 합하면 열둘이 된다. 열을 열둘로 만들어 주었으니, 백작의 재산을 잘 관리하였다는 뜻이다.

제7곡

유스티니아누스와 함께 있던 영혼들이 떠나고 단테의 마음속에는 인간의 죄에 대한 의문이 떠오른다. 단테의 마음을 알아차린 베아트리체는 그리스도의 강생과 수난에 대하여 설명한다. 그리고 지상의 모든 창조물과 원소들이 썩어 사라지는 이유와 육신의 부활에 대하여 이야기한다.

「호산나, 군대들의 거룩하신 하느님,

당신은 위에서 당신의 밝은 빛으로

이 왕국의 행복한 불꽃들을 비추십니다.」[1]   3

나는 보았다, 두 겹 빛[2]이 한데 겹친

그 실체[3]가 그렇게 노래하였으며,

자신의 노래에 몸을 돌리는 것을.   6

그리고 그와 다른 영혼들이 그 춤[4]에

맞추어, 마치 아주 재빠른 불티들처럼

순식간에 나에게서 멀어져 자취를 감추었다.   9

1 원문은 라틴어와 히브리어가 뒤섞인 문장으로 되어 있다. *Osanna, sanctus Deus sabaòth, / superillustrans claritate tua / felices ignes horum malacòth!*
2 정확하게 어떤 두 빛을 가리키는지 분명하지 않다. 하느님의 빛과 〈행복한 불꽃〉, 즉 천사나 축복받은 영혼의 빛으로 보기도 한다.
3 유스티니아누스 황제의 영혼이다.
4 유스티니아누스 혼자의 춤인지, 영혼들 모두의 춤인지 분명하지 않다.

나는 망설였고, 〈말해라, 말해라〉 말했으니,
달콤한 물방울로 내 갈증을 풀어 주는
내 여인에게 〈말하라〉라고 속으로 말했다.   12

하지만 〈베〉와 〈리체〉 소리만으로도
나를 온통 사로잡는 존경심은 마치
잠드는 사람처럼 고개를 숙이게 했다.   15

베아트리체는 그런 나를 잠시 내버려 두더니
불 속에서도 사람을 행복하게 해줄 만한
웃음으로 나를 비추면서 말하기 시작했다.   18

「틀림없는 내 견해에 의하면, 어떻게
올바른 복수가 올바르게 이루어졌는지
그대를 생각에 잠기게 만들었군요.   21

내가 곧 그대의 마음을 풀어 주겠으니
잘 들으세요. 나의 말은 그대에게
위대한 진리를 밝혀 줄 테니까요.   24

태어나지 않은 그 사람[5]은 자신을 위해

억제하려는 뜻[6]을 견디지 못하였기에
자신이 벌받고 모든 후손이 벌받게 했지요.   27

그리하여 인류는 저 아래에서 오랫동안
커다란 오류 속에 병들어 누워 있었고,
마침내 하느님의 말씀이 내려오셨으니,   30

창조주에게서 멀어졌던 인간의 본성은
오직 그 영원한 사랑의 순수한 행위와
사람의 몸으로 결합되게 되었습니다.[7]   33

이제 내가 말하는 것을 똑바로 들으세요.
자신의 창조주와 연결된 그 본성은
처음 창조되었을 때는 순수하고 착했지만,   36

자기 잘못으로 낙원에서 쫓겨났으니,
진리의 길과 그 생명[8]으로부터
옆으로 벗어났기 때문이지요.   39

5   아담을 가리킨다. 그는 부모에 의해 태어난 것이 아니라 하느님에 의해
창조되었기 때문이다.
6   인간의 자유 의지에 한계를 두려는 하느님의 뜻이다. 이를 어김으로써
아담은 원죄를 짓게 되었다.
7   그리스도의 강생으로 〈영원한 사랑〉과 인간의 결합이 이루어졌다.
8   〈나는 길이요 진리요 생명이다.〉(「요한 복음서」14장 6절)

그러므로 십자가가 부여한 형벌은
그렇게 부여된 본성으로 평가한다면
절대로 부당한 것이 아니랍니다.[9]   42

마찬가지로 그러한 본성에 묶여 있던,
수난을 당하신 인격(人格)을 고려해 본다면
절대 그렇게 부당하지 않습니다.   45

따라서 한 행위에서 여러 가지가 나왔으니,
하나의 죽음을 하느님과 유대인들이 좋아했고,[10]
그 때문에 땅이 떨리고 하늘이 열렸지요.   48

그 이후 사람들이 정의로운 법정에 의해
정의로운 복수가 이루어졌다고 말하더라도,
이제 그대가 이해하기 어렵지 않을 것이오.   51

그런데 내가 보니, 지금 그대의 마음은
안으로 이런저런 생각에 얽매여 있고,
그 매듭을 풀고 싶은 욕망이 크군요.   54

9   아담에서 비롯된 인간의 원죄를 고려해 보면 그리스도가 인류를 위해
십자가에서 받은 형벌이 정당하다는 것이다.
10   그리스도의 죽음을 통해 성스러운 정의가 이루어졌기 때문에 하느님
이 좋아했고, 유대인들은 예수를 증오했기 때문에 좋아했다는 것이다.

그대는 말하는군요. 〈내가 듣는 것을 잘
알겠지만, 왜 하느님께서는 우리의 구원을
위하여 그런 방법을 원하셨는지 모르겠어.〉   57

형제여, 사랑의 불꽃으로 성숙되지 않아
이해하지 못하는 모든 사람의 눈에는
하느님의 그런 결정이 파묻혀 보이지요.   60

사실 그런 표적을 많이 겨냥하면서도,
별로 이해하지 못하니,[11] 무엇 때문에
그 방법이 가장 적합했는지 말해 주리다.   63

모든 증오를 멀리하시는 하느님의 선은
안으로 불타면서 불꽃들[12]을 튀기시니,
그리하여 영원한 아름다움을 펼치십니다.   66

그리고 거기에서 직접 창조되는 것은
끝이 없으니, 그 선이 봉인(封印)하는
흔적은 사라지지 않기 때문입니다.   69

11   많은 사람들이 그 신비에 대해 다루지만 제대로 이해하지 못한다는 뜻
이다.
12   사랑과 자비의 불꽃들이다.

거기에서 직접 쏟아져 내리는 것은
완전히 자유로우니, 창조된 것들의
영향에 예속되지 않기 때문입니다.   72

거기에 부합할수록 그분은 좋아하시니,
모든 것을 비추는 성스러운 불꽃은 가장
닮은 것에서 가장 생생하기 때문이지요.   75

인간은 그 모든 은혜들을 누리는데,
만약 그중에서 하나라도 부족하면
인간의 존엄성은 떨어지게 됩니다.   78

오로지 죄악만이 인간의 자유를 빼앗고
최고의 선을 닮지 않도록 만드니,
그로 인해 그 빛이 약간 흐려지게 되고,   81

만약 죄로 비워진 곳을, 사악한 쾌락에 대한
올바른 보속(補贖)으로 채우지 않는다면,
인간의 존엄성은 절대 되찾을 수 없지요.   84

그대들의 본성은 그 씨앗 안에서
죄를 지었을 때, 천국에서 멀어지듯
그 존엄성에서 멀리 떨어졌으니,   87

만약 그대가 자세히 살펴본다면, 이런
통로들 중 하나를 통과하지 않고는
어떤 길로도 회복할 수 없습니다.   90

그러니까 오직 하느님만이 당신의 자비로
용서해 주시든지, 아니면 인간이 자기
힘으로 어리석음을 치유해야 하지요.   93

이제 영원한 섭리의 심연 속을
응시하고, 그대가 할 수 있는 한
내 말을 단단하게 응시해 보세요.   96

인간은 자기 테두리 안에서는 절대 충분히
채울 수 없으니, 아무리 겸손하게 복종해도
위로 오르려고 복종하지 않았던 만큼   99

아래로 몸을 낮출 수 없기 때문입니다.
그것이 바로 인간이 자신의 힘만으로
채울 수 없게 가로막혔던 이유입니다.   102

그러므로 하느님께서는 당신의 길들[13]로,
즉 한 가지 또는 두 가지 모두의 길로

13 자비와 정의를 가리킨다.

인간에게 완전한 삶을 돌려주셔야 했지요.   105

하지만 일이란 그것이 나온 마음의 선함을
더 많이 보여 줄수록, 일하는 사람이
그 일을 더욱더 사랑하기 때문에,   108

온 세상에 흔적을 남기는 하느님의 선은
그대들을 위로 올리고자 당신의 길[14]을
모두 사용하는 것을 좋아하셨답니다.   111

첫날과 마지막 밤 사이에[15] 이 길이든
저 길이든, 그렇게 위대하고 그렇게
높은 일은 없었고 앞으로도 없으리니,   114

인간을 충분히 위로 들어 올리시려고,
하느님께서는 단순히 용서하시는 것보다
너그러이 당신 자신을 주셨기 때문이지요.   117

만약 하느님의 아드님께서 몸을 낮추어
사람의 모습을 갖추시지 않았다면,

14   위에서 말한 자비와 정의의 길이다.
15   천지 창조의 첫날과, 최후의 심판이 있을 마지막 날 밤 사이를 가리
킨다.

다른 모든 방법이 정의에 부족했을 것이오.　　　120

이제 그대의 모든 욕망을 채워 주기 위해
한군데로 되돌아가 좀 더 설명하겠으니,
내가 보듯이 그대도 보도록 하세요.　　　123

그대는 말하는군요. 〈나는 물을 보고,
불, 공기, 흙, 그 모든 혼합물을 보는데,
그것들은 결국 썩고 오래 지속되지 못한다.　　　126

그런데 그것들도 창조물이다. 따라서
만약 방금 말한 것이 사실이라면,
그것들도 썩지 않아야 할 것이다.〉　　　129

형제여, 그대가 지금 있는 이 순수한
왕국과 천사들은 지금 보이듯이 완전한
존재로 창조되었다고 말할 수 있습니다.　　　132

하지만 그대가 가리키는 원소들과,
그것들로 만들어진 모든 사물들은
창조된 힘으로부터 형상을 받지요.[16]　　　135

16　네 가지 원소인 〈질료〉는 하느님이 창조한 것이지만, 그것들이 혼합된
사물의 〈형상〉은 창조된 힘, 말하자면 이차적 원인에 의해 부여되는 것이다.

그것들이 가진 질료는 창조된 것이고,
형상을 주는 힘도 이 주위를 도는
별들 안에서 창조된 것입니다.   138

성스러운 빛의 움직임과 빛살은
온갖 짐승들과 초목들의 영혼을
복합적인 능력에서 이끌어 냅니다.   141

하지만 그대들의 생명은 최고의 자비가
직접 불어넣어 주고, 따라서 그 자비를
사랑하여 이후에 영원히 그리워하지요.   144

그러니 그대는 그대들의 부활에 대해
좀 더 논할 수 있소. 최초의 부모[17]가
함께 만들어졌을 때, 인간의 육체가   147

어떻게 만들어졌는지 생각해 보면 말이오.」

17 아담과 하와.

제8곡

셋째 하늘인 금성의 하늘로 올라간 단테는 사랑에 사로잡혔건 영혼들을 만난다. 그들 중에서 카를로 마르텔로가 자신을 소개하고, 동생인 나폴리의 왕 로베르토의 타락을 비난한다. 그리고 인간의 다양한 기질에 대해 이야기하고, 어떻게 훌륭한 아버지에게서 어리석은 아들이 태어날 수 있는가 설명한다.

위험한 시대에[1] 세상은 아름다운

키프로스 여인[2]이 셋째 주전원[3]을

돌면서 무모한 사랑을 비춘다고 믿었다.　　　　　　　3

그랬기 때문에 옛날 사람들은 오래된

오류 속에서 그녀에게 제물을 바치고

맹세하는 기도를 바쳤을 뿐만 아니라,　　　　　　　6

디오네[4]를 그녀의 어머니라 섬기고

1　그릇된 우상 숭배에 빠져 위험하게 여러 신들을 믿었던 시대를 가리킨다.

2　베누스를 가리킨다. 베누스가 키프로스 근처의 바다에서 태어났다는 전설에 따라 그렇게 부르기도 한다.

3　주전원(周轉圓)이란 그 중심이 다른 큰 원의 둘레 위를 회전하는 작은 원을 의미하는데, 고전 천문학자들의 견해에 의한 것이다. 즉 태양을 제외한 행성들은 하늘을 돌면서, 중심이 다른 작은 원을 이루는 다른 운동을 하면서 돈다고 생각하였다. 여기에서는 그냥 금성의 궤도로 보아도 무방할 것이다.

4　우라노스와 가이아의 딸로 유피테르와의 사이에서 베누스를 낳았다는 이야기도 있다.

쿠피도[5]를 그녀의 아들이라 섬겼으며,

쿠피도가 디도에게 안겨 있었다고[6] 말했다.   9

내가 이 노래의 첫머리로 삼는 그녀로부터,

사람들은 때로는 뒤에서 때로는 앞에서

태양을 흠모하는 별[7]의 이름을 따왔다.   12

나는 그곳으로 올라감을 깨닫지 못했지만,

내 여인이 더욱 아름다워지는 것을 보고

그 안에 들어갔음을 분명히 확신하였다.   15

마치 불꽃 속에서 불티가 보이듯,

한 목소리가 멈추고 다른 목소리가 오갈 때

목소리 속에서 목소리가 구별되듯,[8]   18

5   Cupido. 로마 신화에서 사랑의 신으로 아모르Amor로 불리기도 하며, 대개 베누스의 아들로 간주된다. 그리스 신화의 에로스에 해당한다.

6   카르타고의 여왕 디도(「지옥」 5곡 61행 참조)는 표류해 온 아이네아스를 사랑하게 되었는데, 그것은 아이네아스의 어머니 베누스의 계략 때문이었다. 베누스의 부탁에 쿠피도는 아이네아스의 어린 아들 아스카니우스로 변장하여 디도의 무릎에 앉았고, 그녀에게 사랑의 마음이 불타게 하였다.(『아이네이스』 1권 657~660행 참조)

7   금성. 금성은 태양을 뒤따르거나 앞서면서 떠오른다. 저녁에는 태양이 진 직후 서쪽 하늘에서 빛나고, 새벽에는 태양이 뜨기 직전 동쪽 하늘에서 빛나기 때문이다.

8   두 목소리가 화음을 이루어 합창하다가, 한 목소리는 한 음계에 고정되어 있고, 다른 목소리는 다른 음계들을 오고 갈 때, 서로 구별되는 것처럼.

나는 그 빛 속에서 다른 불빛들이

돌면서 움직이는 것을 보았는데, 짐작컨대

그 내적 직관에 따라 더 빠르거나 느렸다.　　　　　21

그 성스러운 빛들이, 높은 세라핌 천사들이

있는 곳[9]에서 처음 시작한 춤을 떠나

우리를 향해 오는 것을 본 사람에게는,　　　　　24

차가운 구름에서 내려오는 바람들이,[10]

눈에 보이든 보이지 않든, 아무리 빨라도

머뭇거리고 느린 것처럼 보였으리라.　　　　　27

그리고 먼저 나타난 빛들 속에서

〈호산나〉가 울려 나왔는데, 나중에도

꼭 다시 들어 보고 싶은 소리였다.　　　　　30

거기에서 빛 하나[11]가 우리에게 오더니

9　최고의 하늘 엠피레오를 가리킨다.

10　아리스토텔레스에 의하면 따뜻하고 마른 증기들이 대기권의 끝에 이르면 차가운 구름과 부딪치고, 거기에서 바람이 일게 된다고 한다. 눈에 보이는 바람이란, 바람이 흙먼지를 일으키거나 구름이 흘러가게 함으로써 시각적으로 감지할 수 있는 것을 가리킨다.

11　나폴리의 왕 카를로 단조 2세(「연옥」 20곡 79~81행 참조)의 아들 카를로 마르텔로Carlo Martello(1271~1295)의 영혼이다. 그는 1292년 헝가리의 왕으로 선출되었으나 젊은 나이에 사망하였다.

말했다. 「그대가 우리의 기쁨을 누리도록,
우리는 그대가 원하는 대로 할 것이오.   33

우리는 천상의 군주들[12]과 함께 똑같은 원을
똑같은 갈망[13]으로 똑같이 돌고 있답니다.
그대는 이미 세상에서 그들에게 말했지요,   36

〈지성으로 셋째 하늘을 움직이는 그대들이여.〉[14]
우리는 사랑으로 넘치니, 그대가 기뻐하도록
잠시 조용히 있는 것도 역시 즐겁답니다.」   39

내 눈은 존경심과 함께 나의 여인을
향해 돌아갔으며, 그녀에 의하여
저절로 기쁨과 확신을 얻은 다음   42

그렇게 많이 약속한 빛을 향하였고,
〈그대는 누구십니까?〉 하고 묻는
내 목소리는 커다란 애정에 젖었다.   45

12   금성의 하늘을 관장하는 프린키파투스 천사들을 가리킨다. 일반적으
로 천사들 모두를 가리키는 것으로 해석되기도 한다.
13   자신들을 움직이는 하느님에 대한 사랑이다.
14   *Voi che 'ntendendo il terzo ciel movete.* 『향연』 2권의 첫머리에 나오는
단테의 시 첫 행이다.

내가 말하였을 때, 그의 즐거움에
더욱 커진 새로운 즐거움이 얼마나
또 어떻게 더해지는 것이 보였던지!   48

그리고 그는 말했다. 「나는 아래 세상에서
잠시만 머물렀으니, 만약 오래 머물렀다면
다가올 나쁜 일이 많이 없어질 것이오.   51

나의 기쁨은 내 주위에 빛나면서
마치 누에가 비단 고치에 싸이듯이
내 모습을 그대에게 감춘답니다.   54

그대는 나를 무척 사랑했고,[15] 충분한
이유가 있었으니, 내가 저 아래 있었다면
잎보다 사랑[16]을 그대에게 주었을 텐데.   57

소르그강과 합류한 다음 론[17]강이
적시는 그 왼쪽 기슭은, 때가 되면[18]

15   카를로 마르텔로는 1294년 프랑스에서 돌아오는 부모를 만나러 피렌
체에 간 적이 있는데, 그때 아마 단테를 만났을 것으로 짐작된다.
16   구체적인 결실로 나타나는 사랑을 가리킨다.
17   소르그Sorgue와 론강은 프랑스 남부 지방을 흐르는 강이다. 론강 왼
쪽에서 알프스 사이의 지역은 나폴리 왕에게 속해 있었다.
18   카를로 마르텔로는 장자였기 때문에 카를로 2세가 사망한 다음에는
(그는 1309년에 사망하였다) 나폴리 왕위에 오를 예정이었다.

나를 자기 주인으로 기다리고 있었지요.   60

트론토와 베르데[19]강이 바다로 들어가는
곳부터 바리, 가에타, 카토나[20]가 도시를
이루는 아우소니아[21]의 뿔[22]도 그랬지요.   63

도나우강이 독일의 기슭들을
떠난 다음 적시는 땅[23]의 왕관이
이미 내 이마에서 빛나고 있었답니다.   66

그리고 파키노와 펠로로[24] 사이에서
남동풍[25]에 가장 많이 씻기는 만(灣) 위로

19   트론토Tronto는 이탈리아 중동부 마르케 지방에서 동쪽 아드리아해
로 흘러드는 강이고, 베르데(「연옥」 3곡 130행 참조)는 로마와 나폴리 사이에
서 서쪽의 티레니아해로 흘러드는 강이다. 두 강은 대략 나폴리 왕국의 북부
경계선을 이룬다.

20   바리Bari는 이탈리아 남동부 끝의 항구이고, 가에타Gaeta는 나폴리
위쪽의 항구이며, 카토나Catona는 남서부 칼라브리아 지방의 맨 끝에 있는 마
을 이름이다.

21   Ausonia. 이탈리아의 옛 이름으로 고대 그리스 작가들이 즐겨 사용하
였다.

22   나폴리 왕국에 속하는 영토를 가리킨다. 트론토강과 베르데강의 두 어
귀와 칼라브리아 지방의 끝을 연결하면 뿔 모양의 기다란 삼각형 형태가 된다.

23   헝가리를 가리킨다.

24   파키노Pachino는 시칠리아 남동부 끝의 지명으로 파세로곶을 가리키
고, 펠로로Peloro는 북동부 끝의 파로곶을 가리킨다.

25   원문에는 에우로Euro로 되어 있는데, 원래 시칠리아의 남동쪽에 위치
한 아프리카에서 불어오는 뜨거운 바람을 가리킨다.

티폰[26] 때문이 아니라 솟아나는 유황 때문에   69

연기에 뒤덮이는 아름다운 트리나크리아[27]는
나를 통해 태어난 카를로와 루돌프[28]의
후손들을 왕으로 기다렸을 것입니다.   72

만약 휘하의 백성들을 언제나 괴롭히는
나쁜 통치 때문에 팔레르모가 봉기하여
〈죽여라, 죽여라!〉 외치지 않았다면 말이오.[29]   75

만약 나의 동생[30]이 그것을 미리 본다면,
자신에게 해가 되지 않도록 카탈루냐의

26   티폰(「지옥」 31곡 124행 참조)은 올림포스 신들에게 대항하였다가 유피테르의 번개에 맞아 시칠리아의 에트나 화산에 묻혔고, 그의 숨결이 연기로 뿜어져 나온다고 생각하였다.

27   Trinacria. 시칠리아의 옛 이름으로 원래 〈세 개의 끝〉을 의미하는데, 시칠리아섬이 삼각형 모양을 이루기 때문에 그런 이름이 붙여졌다.

28   마르텔로의 할아버지 카를로 단조 1세(「지옥」 19곡 98행)와, 마르텔로의 아내 클레멘차의 아버지인 합스부르크 가문의 루돌프(1218~1291) 황제(「연옥」 7곡 94행 참조)를 가리킨다.

29   소위 〈시칠리아의 만종〉으로 일컬어지는 사건을 가리킨다. 앙주 가문의 폭정에 1280년 3월 30일 시칠리아의 수도 팔레르모에서 만종 소리를 신호로 〈프랑스 놈들을 죽여라〉 외치면서 봉기가 일어났다. 그 결과 앙주 가문이 쫓겨나고 1282년 스페인 아라곤 왕가의 페드로 3세(「연옥」 7곡 113행 참조)가 시칠리아 왕이 되었다.

30   1309년 나폴리 왕국의 왕위를 계승한 로베르토(1278~1343)를 가리킨다. 단테는 당시의 연대기들을 토대로 그의 탐욕과 폭정을 비난한다.

탐욕스러운 가난[31]을 피할 텐데.   78

자신을 위해서나 남을 위해, 이미 무거운
자기 배에 더 많은 짐을 싣지 않도록
정말로 미리 대비해야 하기 때문이오.   81

너그러운 핏줄[32]에서 탐욕스럽게 태어난
그의 본성은, 궤짝 안에 챙기는 데
신경 쓰지 않는 신하들이 필요할 것이오.」   84

「나의 주인이시여, 그대의 말이
나에게 심어 주는 고귀한 기쁨은,
모든 선이 시작되고 끝나는 곳[33]에서   87

그대가 보듯 나 역시 보고 느끼니,
나에게 더 기쁘고, 또한 그대가 하느님을
보면서 그것을 이해하니 더더욱 기쁩니다.   90

31 카를로 단조 2세는 1284년 아라곤 왕가와의 해전(海戰)에서 포로가
되었고 1288년까지 시칠리아에 붙잡혀 있었다.(「연옥」 20곡 79행 참조) 그가
풀려날 때 마르텔로의 두 동생 로베르토와 로도비코가 볼모로 스페인의 카탈
루냐에 끌려가 1288~1295년까지 머물렀다. 그동안 로베르토는 카탈루냐 사
람들과 사귀었고 1309년 왕위에 오르면서 그들을 관리로 임명하였는데, 탐욕
으로 폭정을 일삼았다고 한다.
32 아버지 카를로 단조 2세를 가리킨다.
33 하느님이 있는 곳이다.

나를 기쁘게 해주셨듯이 설명해 주십시오.

그대 말은 어떻게 달콤한 씨앗에서 쓴 열매가

나올 수 있는지 나에게 의혹을 심어 주었지요.」 93

내가 이렇게 말하자 그는 말했다. 「내가 그대에게

진실을 보여 준다면, 그대가 등지고 있으면서

질문하는 것을 눈앞에서 보게 될 것이오.[34] 96

그대가 지금 오르는 모든 왕국을 돌리고

기쁘게 해주시는 선[35]은 당신의 섭리를

이 거대한 실체들에서 힘[36]으로 만들지요. 99

그리고 그 자체로 완벽하신 정신은

섭리로 자연들을 마련하실 뿐 아니라

그것들의 건강함도 함께 주신답니다. 102

때문에 그 활이 쏘는 것은 무엇이든

마치 자신의 표적을 향하는 물건처럼

미리 마련된 목표에 떨어지게 되지요. 105

34 등 뒤에 있어서 잘 볼 수 없었던 것이 눈앞에 있듯이 분명히 이해할 것
이라는 뜻이다.
35 하느님.
36 하느님의 섭리는 각각의 하늘들에 고유의 힘을 부여하고, 그 힘은 다
시 아래 세상에 영향을 미친다.

그렇지 않다면 그대가 지금 걸어가는
하늘이 만들어 낼 자신의 결과들은
기술이 아니라 폐허들이 될 것인데,　　　　　　108

그렇게 될 수 없으니, 이 별들을 움직이는
지성들이 불완전하지 않고, 그것들을 만든
최고의 지성이 불완전하지 않기 때문이오.　　　111

이 진리가 그대에게 더 밝혀지길 원하나요?」
나는 말했다. 「아닙니다. 필연적인 것들에서 자연이
결여될 수 없다는 것을 알기 때문입니다.」　　114

이에 그는 다시 말했다. 「말해 보오. 지상의 인간이
시민이 아니라면,[37] 더 불행한 일일까요?」
나는 대답했다. 「네, 이유는 묻지 않겠습니다.」　　117

「그렇다면 저 아래에서 서로 다른 임무로
서로 다르게 살지 않고도 그럴 수 있을까요?
아니오, 그대들의 스승[38]이 잘 썼듯이 말이오.」　　120

그렇게 추론하면서 여기까지 이르렀고

37　인간이 사회를 이루어 살아가지 않는다면.
38　아리스토텔레스를 가리킨다.

그는 결론을 내렸다. 「그러니까 그대들
결과들의 뿌리[39]도 서로 달라야 합니다.   123

그래서 누구는 솔론[40]으로, 크세르크세스[41]로,
누구는 멜키체덱[42]으로, 누구는 하늘을 날다
자기 아들을 잃은 자[43]로 태어난답니다.   126

이렇게 순환하는 본성은 인간의 밀랍에
봉인되는데, 자기 재능을 잘 수행하지만
이 집 저 집 구별하지 않는다오.[44]   129

따라서 같은 씨지만 에사우와 야곱[45]이 서로
다르고, 퀴리누스[46]는 천한 아버지에게서

39   사람들이 각자 다른 임무를 수행하도록 이끄는 각자의 성향이다.
40   Solon. 기원전 7세기 아테나이의 정치가이며 입법자로, 국가를 조직하
고 이끄는 성향을 상징한다.
41   Xerxes. 페르시아의 왕(「연옥」 28곡 71행 참조)으로, 군대를 이끌고
전쟁을 수행하는 데 적합한 성향을 가리킨다.
42   Melchizedek. 살렘의 왕으로 하느님을 정성껏 섬기는 사제였다.(「창
세기」 14장 18~20행 참조)
43   그리스의 명장 다이달로스를 가리킨다.(「지옥」 17곡 108~110행
참조)
44   하늘은 가문들을 구별하지 않고 본성에 영향을 주기 때문에 같은 핏줄
에서도 서로의 성향이 다를 수 있다.
45   이사악과 레베카 사이에 태어난 쌍둥이 형제로, 그들은 태어나기 전에
배 속에서부터 싸웠고, 또한 모습이나 성향이 완전히 달랐다.(「창세기」 25장
22~34절 참조)

태어났기에 마르스의 아들이라 하였지요.					132

하느님의 섭리가 억제하지 않는다면,
태어난 본성은 언제나 낳아 주는 자들과
비슷한 길을 가게 될 것입니다.					135

이제 그대 뒤에 있던 것이 앞에 있지요.
하지만 그대에 대한 내 기쁨을 알도록,
한 가지 덧붙이니 옷처럼 입기 바라오.					138

본성이 자신과 맞지 않는 운명과 마주치면,
자기 고장에서 벗어난 다른 모든 씨앗처럼
언제나 나쁜 시련을 겪게 되는 법입니다.					141

그러니 만약 저 아래 세상이 본성을 뒤쫓아,
본성이 부여하는 토대에 관심을 기울인다면
좋은 사람들을 얻게 될 것이오.					144

하지만 그대들은 칼을 허리에 두르도록

46 Quirinus. 로마를 건국한 로물루스의 다른 이름이다. 전설에 의하면
그는 알바론가 왕의 딸 레아 실비아와 전쟁의 신 마르스 사이에서 태어났다.
그런데 그것은 그가 너무 천한 신분으로 태어났기 때문에 생긴 전설이라는 주
장이다.

태어난 자를 종교로 돌리고,[47] 설교에

적합한 자를 왕으로 삼고 있으니,[48]   147

그대들의 발자국은 길을 벗어나 있어요.」

제9곡

카를로 마르텔로가 떠난 다음 쿠니차의 영혼이 이탈리아 북부 지방 사람들의 부패와 타락에 대해 한탄한다. 그리고 그들의 미래에 대해 예언한다. 이어 마르세유 사람 폴코가 자신에 대해 이야기하고, 창녀 라합의 예를 들면서 탐욕스럽고 부패한 성직자들에 대한 비난을 퍼붓는다.

아름다운 클레멘차[1]여, 그대의 카를로는

설명한 다음, 자신의 씨앗[2]이 받게 될

속임수들에 대해 이야기하였지만, 나에게   3

말했다오. 「말없이 세월이 흐르게 놔두시오.」

그러니 그대들의 불행 뒤에 정의로운 통곡[3]이

오리라는 것 이외에는 말할 수 없소이다.   6

벌써 그 거룩한 빛의 생명[4]은 모든 것을

충분하게 채워 주는 선처럼 자신을

충만하게 해주는 태양을 향하고 있었다.   9

1 마르텔로의 딸로 1315년 프랑스 왕 루이 10세와 결혼하였다. 마르텔로의 아내 이름도 클레멘차였으나 그녀는 1295년에 이미 사망하였다.
2 자식들을 가리킨다. 특히 그의 아들 카를로 로베르토는 시칠리아와 나폴리의 왕이 되어야 하는데, 작은아버지 로베르토에게 왕위를 빼앗겼다.
3 정의로운 복수를 뜻한다.
4 카를로 마르텔로의 영혼이다.

아, 현혹된 영혼들이여, 불경한 인간들이여,
너희들은 그러한 선으로부터 마음을 돌려
헛된 것들에 눈길을 향하고 있구나!　　　　　　　12

그런데 그 광채들 중 하나가 나를 향해
다가왔는데, 나를 기쁘게 해주려는
그의 뜻이 외부의 밝기로 표현되었다.　　　　　　15

전처럼 나를 향하여 고정되어 있던
베아트리체의 눈은 나의 욕망[5]에
사랑스러운 동의를 분명히 보여 주었기에　　　　18

나는 말했다. 「오, 복된 영혼이여, 어서 빨리
나의 바람을 채워 주고, 내가 생각하는 것이
그대 안에 반사된다는 증거[6]를 보여 주소서.」　　21

그러자 내가 아직까지 모르는 그 빛은
처음 노래하던 자기 내부에서 기꺼이
선을 행하는 사람처럼 말을 꺼냈다.　　　　　　24

「브렌타강과 피아베[7]강의 원천과

5　새로운 영혼과 이야기하고 싶은 욕망이다.
6　내가 말하지 않더라도 나의 생각을 그대가 알 수 있다는 증거이다.

리알토[8] 사이에 자리 잡고 있는

이탈리아의 그 부패한 지역의 땅[9]에   27

그리 높지 않은 언덕[10]이 솟아 있는데,

거기에서 예전에 횃불 하나[11]가 내려와

인근 지역에 커다란 공격을 가했지요.   30

나는 그와 함께 한 뿌리에서 태어났고

쿠니차[12]라 불렸는데, 여기서 빛나는 것은

이 별의 빛이 나를 사로잡았기 때문입니다.   33

하지만 나는 내 운명의 원인을 너그러이

나 자신에게 용서하고 괴롭지 않으니,

보통 사람에게 그건 힘들어 보이겠지요.   36

7　브렌타(「지옥」 15곡 7행 참조)는 파도바 근처의 강이고 피아베Piave는
베네치아 북쪽으로 흐르는 강으로, 그 원천은 모두 북쪽의 오스트리아와 접경
하는 알프스산맥에 있다.

8　Rialto. 베네치아를 가리킨다. 원래 베네치아가 세워진 섬들 중 가장 큰
섬의 이름이 리알토였다.

9　이탈리아 북동부 지역으로 현재의 베네토 지방을 가리킨다.

10　뒤이어 말하는 에첼리노의 성이 있던 로마노Romano 언덕이다.

11　에첼리노 다 로마노 3세(「지옥」 12곡 110행 참조)를 가리킨다. 폭군으
로 유명한 그는 페데리코 2세의 열렬한 지지자였으며, 그의 지원으로 인근의
여러 도시까지 세력을 확장하였다.

12　Cunizza(1198?~1279). 에첼리노의 누이로 네 번이나 결혼하고 많은
염문을 뿌렸던 여인이다. 따라서 단테가 그녀를 천국에 배치한 이유에 대해 여
러 가지 해석이 분분하다.

내 곁에 가까이 있는 우리 하늘의 이

눈부시고 귀중한 보석[13]은 커다란

명성을 남겼고, 그 명성이 사라지려면,   39

백 년에 다섯 곱을 더해야 할 것이오.[14]

첫째 삶이 또 다른 삶을 뒤에 남기려면[15]

사람은 뛰어나야 한다는 것을 보십시오.   42

지금 탈리아멘토와 아디제[16]강 사이에

사는 사람들은 그것을 생각하지 않으니

두들겨 맞고도 아직 후회하지 않습니다.[17]   45

하지만 사람들이 의무를 게을리 하니,

머지않아서 비첸차를 적시는 늪의

물 색깔을 파도바가 바꿀 것이오.[18]   48

13 뒤에 나오는 마르세유의 폴코Folco를 가리킨다. 12세기 중엽 제노바
출신 가문에서 태어난 그는 프로방스어로 작품을 쓴 탁월한 시인이었다. 특히
어느 마르세유 귀족의 아내에 대한 열렬한 사랑을 노래하였는데, 그 사랑하는
여인이 사망한 후 시토회 수도자가 되었고 1205년 툴루즈의 주교로 임명되
었다.

14 그의 명성은 앞으로도 5백 년 이상 지속될 것이라는 뜻이다.

15 첫째 삶은 육체의 삶이고, 또 다른 삶은 그 뒤에도 살아남는 명성의 삶
이다.

16 탈리아멘토Tagliamento는 피아베강 북쪽의 다른 강이고, 아디제는 서
쪽의 베로나 근처를 흐르는 강이다.

17 폭정에 시달리면서도 거기에 항거할 생각을 하지 않는가는 뜻이다.

또한 실레와 카냐노가 만나는 곳[19]에서

구군가[20]가 다스리며 머리를 쳐들고 있지만

벌써 그를 잡을 그물이 만들어지고 있소.   51

그리고 펠트레는 불경스러운 목자[21]의

배신으로 슬퍼할 것이니, 너무나 비열하여

그런 사람은 말타[22]에도 들어가지 못하리.   54

페라라 사람들의 피를 받을 양동이는

너무 넓어서 그 무게를 하나하나

저울질할 사람이 피곤해질 텐데,   57

친절한 신부는 같은 당파임을 증명하려고

8   비첸차 근처에 바킬리오네강이 흐르면서 그 주위에 늪을 이룬다. 물
색깔을 바꾼다는 것은 핏빛으로 물들인다는 것을 뜻하는데, 아마 1314년 비첸
차를 점령하고 있던 파도바의 궬피파가 패배한 것을 암시하는 듯하다.

9   실레Sile와 카냐노Cagnano는 베네치아 북쪽의 도시 트레비소 주위로
흐르는 작은 강들이다. 그러므로 트레비소를 가리킨다.

20   〈착한 게라르도〉(「연옥」 16곡 124행)의 아들 리차르도 다 카미
노Rizzardo da Camino를 가리킨다. 그는 1306년 아버지의 뒤를 이어 트레비
소의 영주가 되었으나, 오만하고 전제적이었으며 결국 다른 귀족들의 음모로
1312년 살해되었다.

21   1298~1320년에 펠트레의 주교였던 알레산드로 노벨로Alessandro
Novello를 가리킨다. 그는 1314년 페라라에서 피신해온 기벨리니파 사람들을
넘겨주어 모두 처형당하게 만들었다.

22   말타malta는 대개 지하에 있는 어둡고 불결한 감옥을 가리킨다. 일부
에서는 이탈리아 중부 볼세나 호수 근처에 있던 감옥으로 해석하기도 한다.

그것을 선물할 것이니, 그런 선물은

그 고장의 생활 방식에나 어울릴 것이오.　　　　　60

저 위에는 트로누스[23]라는 거울들이 있어

심판하시는 하느님을 우리에게 비추니,

거기에서는 이런 말이 좋게 들릴 것이오.」　　　63

여기서 그녀는 침묵했고, 마치 다른 것에

몰두한 것처럼 보이더니, 조금 전에

떠나왔던 원무(圓舞) 속으로 되돌아갔다.　　　66

귀중한 보석으로 나에게 이미 알려진

또 다른 기쁨[24]이 나의 눈앞에서 마치

햇살이 비치는 섬세한 루비처럼 빛났다.　　　69

저 위에서는 기쁨이 마치 이곳의 웃음처럼

빛남으로 나타나지만, 저 아래[25]에서는

슬픈 마음이 외부의 그림자로 어두워진다.　　　72

나는 말했다.「복된 영혼이여, 하느님께서 모든

23　*thronus*. 세라핌 천사와 케루빔 천사 다음 서열의 상급 천사로 좌품(座品) 천사로 번역되기도 한다.(「천국」 28곡 참조)
24　앞서 38행에서 말했던 폴코의 영혼이다.
25　지옥을 가리킨다.

것을 보시고, 그대의 눈은 그분 안에 있으니,
그대에게 어떤 욕망도 감출 수 없습니다.   75

그러므로 여섯 날개로 수도복을 삼는
경건한 불꽃들[26]의 노래와 함께 언제나
하늘을 즐겁게 해주는 그대의 목소리가   78

어찌 내 욕망[27]을 채워 주지 않겠습니까?
내가 그대 안에 있고 그대가 내 안에 있다면,
나는 그대의 질문을 기다리지 않겠습니다.」   81

그러자 그는 자기 말을 시작하였다.
「땅을 둘러싸고 있는 바다[28]의 물이
안으로 흘러드는 가장 커다란 계곡[29]은   84

마주 보는 해안들[30] 사이에서 태양을
거슬러[31] 나아가고, 처음에는 수평선으로
보였던 곳이 자오선(子午線)이 되지요.[32]   87

26   세라핌 천사들로 그들은 날개가 여섯 개 달린 모습으로 묘사된다.(「이
사야」 6장 2~3절 참조)
27   그대가 누구인지 알고 싶은 욕망이다.
28   대서양을 가리킨다.
29   지중해를 가리킨다.
30   지중해를 둘러싸고 있는 유럽과 아프리카의 해안들이다.
31   즉 지중해의 서쪽 끝에서 동쪽을 향해.

짧은 구간에서 제노바 사람과 토스카나

사람을 나누는 마그라와 에브로[33] 사이,

바로 그 계곡에서 나는 해안 사람이었지요.　　　　　90

거의 같은 시간에 해가 뜨고 지는 곳에

부지[34]와 내가 태어난 땅, 예전에 자기 피로

항구를 뜨겁게 했던 곳이 자리 잡고 있어요.[35]　　　93

내 이름을 알고 있던 사람들은 나를

폴코라 불렀고, 이 별은 내가 그 영향을

받았듯이 내 흔적을 간직하고 있지요.　　　　　96

시카이오스와 크레우사를 괴롭게 했던

32　단테가 생각했던 지구의 형상에 의하면(「지옥」 20곡 125행, 「연옥」 2곡 3행의 역주 참조), 스페인의 서쪽 끝과 예루살렘, 즉 지중해의 동쪽 끝까지의 거리는 경도 90도에 걸쳐 있다(지중해의 실제 길이는 42도에 불과하다). 따라서 지중해의 서쪽 끝에서 보면 동쪽 끝은 수평선으로 보이지만, 그 수평선은 동쪽 끝에서 보면 자오선을 이룬다. 다른 한편으로 어디서든지 수평선으로 보이는 선은 바로 그 지점에서 볼 때 자오선이 된다.

33　마그라(「지옥」 24곡 146행 참조)는 이탈리아의 토스카나 지방과 리구리아 지방 사이에 흐르는 강이고, 에브로(「연옥」 27곡 3행 참조)는 스페인의 강이다.

34　Bougie. 알제리의 해안 도시로 마르세유와 거의 같은 경도에 위치하고 있다.

35　기원전 49년 카이사르의 군대가 마르세유를 함락시키고 많은 사람들을 학살했던 사건을 암시한다.

벨로스의 딸[36]도 아직 젊었을 때의

나보다 더 불타오르지 않았을 것이오.   99

데모폰에게 실망했던 로도페 여인[37]도,

이올레를 가슴속에 담아 두었을 때의

알키데스[38]도 그렇지는 않았을 것이오.   102

하지만 여기서 후회하지 않고 미소 지으니,

마음속에 돌아오지 않는 죄 때문이 아니라

모든 것을 배치하고 마련한 가치 때문이오.   105

여기서는 그런 질서를 장식하는 기술을

관조하고, 그러므로 이 위의 세상이

저 아래로 돌아가게 하는 선을 깨닫지요.   108

36   아이네아스를 사랑한 디도를 가리킨다.(「지옥」 5곡 85행 참조) 따라서 그녀는 아이네아스의 죽은 아내 크레우사와, 자신의 죽은 남편 시카이오스 모두에게 괴로움을 주었다.

37   로도페산 근처에 거주하던 트라키아 왕 필레우스의 딸 필리스를 가리킨다. 그녀는 테세우스의 아들 데모폰을 사랑하였고 결혼하기로 약속하였다. 그런데 데모폰이 고향 아테나이로 돌아갔다가 약속한 날짜에 돌아오지 않자 절망한 필리스는 목을 매어 죽었다. 그녀는 죽어 아몬드나무가 되었다고 한다.

38   헤라클레스의 어렸을 때 이름이다. 헤라클레스가 테살리아 왕 에우리토스의 딸 이올레를 사랑하자, 그의 아내 데이아네이라는 네소스가 죽으면서 건네주었던 옷을 헤라클레스에게 입혀 죽게 만들었다.(「지옥」 12곡 67~69행 참조)

하지만 이 하늘에서 생긴 그대의 모든
욕망을 충족시켜 가져갈 수 있도록
나는 조금 더 이야기해야 할 것이오.   111

여기 내 곁에서 마치 투명한 물속의
햇살처럼 이렇게 빛나고 있는 빛 속에
누가 있는지 그대는 알고 싶어 하지요.   114

이 안에는 라합[39]이 평온하게 있는데,
우리의 대열에 합류해 가장 높은 등급의
빛으로 봉인되어 있음을 알기 바라오.   117

그대들 세상이 만드는 그림자의 끝이 닿는
이 하늘[40]에, 그녀는 그리스도의 승리로
다른 영혼들보다 먼저 올라왔답니다.[41]   120

이쪽 손바닥과 저쪽 손바닥으로 얻은[42]
높으신 승리의 증거로 그녀가 어느

39 예리코의 창녀 라합은 여호수아가 보낸 정탐원을 숨겨 주어 이스라엘
의 승리를 도왔던 여인이다.(「여호수아기」2장 1절 이하)
40 금성은 지구에서 가까운 세 행성 중 가장 끝에 있다는 뜻이다.
41 그리스도가 사망한 직후 림보의 일부 영혼들을 천국으로 올려 보냈을
때이다.
42 그리스도가 십자가 위에서 양 손바닥과 발에 못이 박힌 것을 가리
킨다.

하늘에라도 오르는 것은 당연했지요.   123

교황[43]의 기억에는 거의 스치지도 않는
거룩한 땅에서 그녀는 여호수아의
첫 번째 영광을 도와주었기 때문입니다.   126

자기 창조주에게 맨 처음 등을 돌렸던
자[44]에 의해 세워지고, 또 그의 질투에
수많은 눈물을 흘렸던 그대의 도시는   129

저주받을 꽃[45]을 만들어 퍼뜨리고 있으니,
그것은 목자를 늑대로 만들어 양과
어린양들을 방황하게 만들었지요.   132

그로 인해 복음서와 위대한 박사들[46]은
버림을 받았고, 다 해진 가장자리들[47]이
보여 주듯이 오직 법령들[48]만 연구하지요.   135

43 당시의 교황 보니파키우스 8세를 가리키는 것으로 짐작된다.
44 루키페르를 가리킨다. 피렌체가 루키페르에 의해 세워졌다는 것은 모
든 부패와 타락의 본거지라는 뜻이다.
45 백합꽃이 새겨진 피렌체의 금화 피오리노를 가리킨다.
46 교부들의 저술을 가리킨다.
47 법령집의 책 가장자리가 주석들로 지저분하거나 해져서 너덜거리는
것을 가리킨다.
48 교회의 법령들이다.

교황과 추기경들은 거기에만 신경을 쓰니,

그들의 생각은 가브리엘이 날개를

펼쳤던 나자렛[49]으로 가지 못합니다.   138

그러나 베드로를 뒤따랐던 무리[50]의

묘지가 되었던 바티칸과 로마의

다른 선택받은 구역들은 머지않아   141

그런 간통에서 자유롭게 될 것이오.」[51]

49 가브리엘 천사가 성모 마리아에게 예수의 잉태를 알려 주었던 곳이다. 날개를 펼쳤다는 것은 즐거움과 존경의 표시로 해석된다.

50 성 베드로의 모범을 따랐던 성인들과 순교자들을 가리킨다.

51 구체적으로 무엇을 예언하는지 알 수 없으나, 아마 1303년 보니파키우스 8세의 죽음을 암시하는 듯하다. 그리고 간통은 성직자들의 재물에 대한 욕심을 가리킨다.

제10곡

단테는 넷째 하늘인 태양의 하늘로 올라간다. 그곳에는 철학과 신학 분야에서
이름을 떨쳤던 영혼들이 있는데, 그들은 왕관처럼 둥글게 모여 노래하면서 빙
글빙글 돈다. 그중에서 토마스 아퀴나스가 참다운 사랑에 대해 이야기하고 곁
에 있는 열두 명의 영혼들을 소개한다. 이야기가 끝나자 영혼들의 왕관이 움
직이면서 감미로운 소리가 들려온다.

처음이자 말로 표현할 수 없는 힘[1]은

당신 아들을 바라보시면서, 한 분과

다른 분이 영원히 불어넣는 사랑[2]으로   3

마음과 공간 속에 존재하는 모든 것[3]을

질서 있게 만드셨으니, 그것을 보는 자는

그분을 조금이라도 맛보지 않을 수 없으리.   6

그러니 독자여, 나와 함께 높은 하늘들로

눈을 들어, 하나의 운행과 다른 운행이

서로 부딪치는[4] 쪽을 똑바로 바라보시오.   9

1 하느님.
2 성령을 가리킨다. 가톨릭교회의 교리에 의하면 성령은 성부나 성자 모
두에게서 나온다.
3 〈마음과 공간 속에서 회전하는 모든 것〉으로 해석되기도 한다.
4 춘분 때에는 하늘의 적도, 즉 주야 평분선과 황도가 서로 만난다.

그리고 당신 안에서 너무나 사랑하여

거기에서 절대로 눈을 떼시지 않는

창조주[5]의 기술을 관조하기 시작하시오.   12

거기에서 행성들을 운반하는 비스듬한 원[6]이

그들을 부르는 세상을 충족시키기 위해[7]

어떻게 가지쳐 나가는지 바라보시오.[8]   15

만약 그들의 길이 빗나가지 않는다면

하늘의 많은 힘은 헛된 것이 되고,

이 아래의 거의 모든 능력이 죽을 것이며,   18

또한 만약 곧은 길[9]에서 나뉘는 것이

더 멀거나 가깝다면, 세상의 질서는

위에서나 아래에서 불완전할 것이오.   21

이제 독자여, 피곤하기 전에 충분히

즐기고 싶다면, 맛본 것을 되짚어

5   원문에는 *maestro*, 즉 〈장인〉으로 되어 있다.
6   황도를 가리킨다.
7   지구와 지구 위에 살고 있는 창조물들에게 필요한 것을 제공하기 위해.
8   황도와 하늘의 적도는 대략 23도의 각도로 만나고 또한 서로 벌어진다.
그렇게 서로 벌어지는 모습을 나뭇가지에 비유하고 있다.
9   하늘의 적도를 가리킨다.

생각하며 그대 걸상에 남아 있으시오.   24

나는 그대 앞에 내놓았으니 그대 혼자
먹기 바라오. 내가 쓰고 있는 소재가
나의 모든 관심을 사로잡기 때문이오.   27

온 세상에다 하늘의 가치를 새기고
자신의 빛으로 시간을 측정하는
가장 위대한 자연의 관리자[10]는   30

위에서 말한 바로 그 지점[11]과 결합하여
매일매일 조금씩 더 빨리 떠오르는
나선형[12]을 따라 돌아가고 있었다.   33

나는 그와 함께 있었지만 오르는 것을
깨닫지 못했으니, 미처 생각하기도 전에
와 있는 것을 깨닫는 사람 같았다.   36

그렇게 베아트리체는 더 좋은 곳으로

10 태양을 가리킨다.
11 주야 평분선과 황도가 만나는 지점이다.
12 지구에서 바라보았을 때 태양의 길인 황도는 일종의 나선형을 이룬다.
춘분과 하지 사이에 태양은 북회귀선을 향해 움직이며 날마다 조금씩 일찍 떠
오른다.

너무 순식간에 안내하니, 그녀의 행동은
시간 속에서 전개되지 않는 것 같았다.　　　　　　　39

내가 들어간 태양 안에 있는 것[13]은
색깔이 아니라 빛으로 보였으니
얼마나 스스로 눈부시게 빛났던지!　　　　　　　42

내가 어떤 재능이나 예술, 역량을 동원하여
말하더라도 절대로 상상할 수 없지만,
믿을 수는 있으니 보려고 노력하기 바란다.　　　　　45

우리의 상상력이 그렇게 높은 것에는
부족하다고 해도 놀랄 일이 아니니,
태양 너머를 본 적이 없기 때문이다.　　　　　　48

높은 아버지의 그곳 넷째 가족이 그랬으니,
그분은 어떻게 불어넣고 낳으시는지[14]
보여 주시며 언제나 그들을 채워 주신다.　　　　　51

베아트리체가 말했다. 「감사를 드리세요,
당신의 은총으로 그대에게 이곳을

13　태양의 하늘에 있는 영혼들을 가리킨다.
14　어떻게 성령을 불어넣고 성자를 낳는지.

보여 주는 천사들의 태양께 감사하세요.」   54

사람의 마음이 온 정성을 다하여
하느님께 헌신하고 자신을 바치기로
아무리 재빨리 준비되어 있다 할지라도   57

그 말에 내가 했던 것처럼 빠르지 않았으니,
나의 모든 사랑은 그분 안으로 들어가
베아트리체마저 망각 속에 사라질 정도였다.   60

그녀도 싫지 않은 듯 미소를 지었으니,
미소 짓는 그 눈의 광채는 집중되었던
내 마음을 여러 갈래로 흩어 버렸다.   63

나는 보았다, 생생하게 압도하는 광채들이
눈부신 빛보다는 감미로운 목소리로
우리 주위에 왕관 모양을 이루는 것을.   66

대기가 충만할 때면 레토의 딸[15]이
빛살들을 붙잡아 허리띠로 삼는 것[16]을

15 레토와 유피테르 사이의 딸 디아나, 즉 달을 가리킨다.
16 대기가 수증기로 충만할 때 달 주위에 달무리가 만들어지는 것을 가리
킨다.

우리가 이따금 보는 것과 같았다.   69

내가 다녀온 하늘의 궁전에는
그 왕국에서 갖고 나올 수 없는
아름답고 값진 보석들이 많이 있는데,   72

그 빛들의 노래도 그런 것이었으니
저 위로 날아갈 날개가 없는 사람은
벙어리에게서 소식을 기다려야 하리라.   75

그렇게 노래 부르면서 불타는 태양들은
고정된 극[17]에 가까운 별들처럼
우리의 주위를 세 번 돌고 나더니   78

마치 여인들이 춤에서 벗어나지 않은 채
말없이 멈추어 서서 새로운 음악이
들릴 때까지 귀를 기울이는 것 같았고,   81

그중 하나[18]가 말하는 것을 들었다.
「진정한 사랑을 불붙이고, 그런 다음
사랑하면서 더욱 커지는 은총의 빛이   84

17 북극이나 남극을 가리킨다.
18 뒤에서 밝혀지듯이 토마스 아퀴나스의 영혼이다.

그대 안에서 늘어나 더욱더 빛나고,

누구든 내려오면 다시 올라가는[19]

그 계단 위로 그대를 인도할 때,　　　　　　　87

자기 병의 포도주로 그대의 갈증을

풀어 주지 않는 사람은, 마치 바다로

흐르지 않는 물처럼 자유롭지 못하리.　　　90

그대를 하늘로 올려 주는 아름다운

여인[20]을 둘러싸고 관조하는 이 화환이

어떤 나무에서 꽃피는지 그대는 알고 싶지요.　　93

나는 도미니쿠스[21]가 인도하는 성스러운

무리의 어린양들 중 하나였으니, 그곳은

길을 잃지 않으면 좋게 살찌는 곳이라오.　　96

나의 오른쪽에 가까이 있는 이분은

나의 형제이자 스승이었으니, 쾰른의

알베르투스,[22] 나는 토마스 아퀴나스[23]라오.　　99

19　원문에는 〈다시 올라감 없이 아무도 내려오지 않는〉으로 되어 있다.

20　베아트리체.

21　Dominicus(1170~1221). 스페인 태생으로 나중에 툴루즈에 정착하여 도미니쿠스 수도회를 세웠다.

22　대(大) 알베르투스로 번역되기도 하는 알베르투스 마그누스Albertus

다른 사람들을 모두 분명히 알고 싶다면

나의 말을 뒤쫓아 이 축복받은

화환으로 얼굴을 돌려 보기 바라오.　　　　　　102

저 다른 불꽃은 그라치아노[24]의 미소에서

나오는데, 그는 이쪽과 저쪽의 법정을

잘 도왔기에 천국에서 기뻐한답니다.　　　　　105

곁에서 우리 합창대를 장식하는 다른 불꽃,

저 피에트로[25]는 가난한 과부[26]처럼

자기 보물을 성스러운 교회에 바쳤지요.　　　　108

우리들 중 가장 아름다운 다섯째 빛[27]은

저 아래의 온 세상이 그 소식을

알고 싶어 하는 사랑을 불어넣고 있는데,　　　　111

Magnus(1193~1280)는 중세 스콜라철학의 대표적 인물 중 하나로 쾰른 대학에서 철학을 가르칠 때 토마스 아퀴나스가 그의 제자였다.

23　토마스 아퀴나스(「연옥」 20곡 69행 역주 참조)는 도미니쿠스회 수도자였다.

24　Francesco Graziano. 이탈리아 키우시 태생의 12세기 법학자로 교회법과 세속법의 조화에 기여했다.

25　노바라 출신의 피에트로 롬바르도Pietro Lombardo는 12세기의 뛰어난 성서학자였다.

26　「루카 복음서」 21장 1~4절에 나오는 〈가난한 과부〉는 적지만 자신의 모든 것을 교회에 바쳤다.

27　다윗의 아들이자 이스라엘의 왕이었던 솔로몬이다.

그 안에는 아주 깊은 지혜가 담긴 높은

마음이 있어, 진리[28]가 사실이라면,

그처럼 넓게 보는 사람은 이후에 없었소.			114

그 곁에 있는 저 촛불의 빛[29]을 보시오.

그는 저 아래의 육신 속에서 천사의

본성과 임무를 가장 깊게 보았답니다.			117

다른 조그마한 빛 속에서 미소 짓는 분은

그리스도교 시대의 변호인[30]으로 그의

논의는 아우구스티누스[31]에게 유용했지요.			120

이제 그대 마음의 눈이 내 말을 따라

이 빛에서 저 빛으로 옮긴다면,

28 『성경』의 진리를 뜻한다.

29 〈아레오파고스 사람〉이라 일컬어지는 위(僞) 디오니시우스Pseudo-Dyonisius. 그는 「사도행전」 17장 34절에서 언급되는데, 사도 바울로에 의해 그리스도교로 개종했다고 한다. 천사들의 품계와 임무(「천국」 28곡 참조)에 대한 『천상의 위계에 대하여De Coelesti Hierarchia』를 비롯하여 오랫동안 그가 쓴 것으로 간주되던 저술들은 5세기 무렵 그리스 출신 저술가가 쓴 것으로 밝혀졌다.

30 구체적으로 누구를 가리키는지 알 수 없다. 5세기의 역사가 오로시우스Paulus Orosius, 또는 4세기의 학자 빅토리누스Marius Victorinus로 보기도 한다.

31 Aurelius Augustinus(354~430). 아프리카 출신의 대표적인 교부이다. 그리스 철학의 틀 속에 그리스도교 사상을 정리함으로써 헬레니즘과 헤브라이즘을 종합한 위대한 인물이다.

벌써 여덟째 빛에 목말라하게 되리니,   123

그 안의 성스러운 영혼[32]은 모든 선을
보았기에, 그의 말을 잘 듣는 사람에게
거짓된 세상을 분명히 보여 준답니다.   126

그의 영혼이 쫓겨난 육신은 저 아래
치엘다우로 안에 누워 있는데, 그는
순교와 귀양에서 이 평화로 왔지요.   129

그 너머 이시도루스[33]와 베다,[34] 그리고
사색에 있어서는 인간 이상이었던
리샤르[35]의 뜨겁게 불타는 숨결을 보오.   132

또 그대 시선을 내 쪽으로 돌리게 하는

32 철학자이며 정치가였던 보에티우스Anicius Manlius Severinus
Boëthius(470?~525)를 가리킨다. 그는 동고트족의 왕 테오도리쿠스의 치하
에서 집정관을 역임했지만, 반역죄 혐의로 처형되었는데, 감옥에서 유명한
『철학의 위안De consolatione philosophiae』을 남겼다. 그의 시신은 파비아의
치엘다우로Cieldauro(〈황금 하늘〉이라는 뜻) 성당에 묻혀 있다.
33 Isidorus(560?~636). 세비야의 주교를 역임했으며, 백과사전적 저술
『어원론Etymologia』(또는 『기원Origenes』)으로 유명하다.
34 일명 〈존자〉 베다Beda Venerabilis(674~735). 브리타니아 출신 성직
자로 평생을 기도와 학문에 바쳤다.
35 생빅토르의 리샤르Richard(?~1173). 영국 또는 스코틀랜드 출신으
로 1162년부터 파리 생빅토르 수도원의 수도원장이었다.

이분은 심각한 생각에 죽음이 더디게

오는 것처럼 보였던 영혼의 빛이니,   135

그는 바로 시제르[36]의 영원한 빛으로,

짚더미 거리[37]에서 강의하면서

질투심 나는 진리를 논증하였답니다.」   138

그러고는 마치 하느님의 신부[38]가 일어나

자기 신랑[39]에게 사랑받고자 아침 기도를

노래하는 시간에 우리를 부르는 시계가,   141

한 부분이 다른 부분을 밀고 당기면,[40]

너무나도 감미로운 소리로 땡땡 울려

잘 준비된 영혼이 사랑으로 부풀듯이,   144

그 영광스러운 바퀴[41]가 움직이면서

36   브라방의 시제르Siger(?~1283). 파리 대학의 철학 교수로 아베로에
스주의를 옹호하여 아퀴나스의 반박을 받았으며, 그로 인해 두 번이나 이단으
로 몰렸다. 나중에는 로마 교황청에서 엄격한 감시를 받으며 말년을 보냈다.
37   파리 대학이 있던 뤼 뒤 푸아르Rue du Fouarre(지금은 〈단테 거리Rue
Dante〉로 이름이 바뀌었다).
38   교회를 가리킨다.
39   예수 그리스도를 가리킨다.
40   서로 맞물려 돌아가는 시계의 각 부품들이 서로 밀고 당기는 것을 뜻
한다.
41   열두 영혼들이 둥글게 모여 있는 고리를 가리킨다.

목소리에 목소리를 내는 것을 보았는데,
기쁨이 영원히 지속되는 그곳이 아니면   147

들을 수 없는 조화롭고 감미로운 소리였다.

제11곡

단테는 새삼스럽게 인간의 어리석음을 깨닫는다. 토마스 아퀴나스는 단테의 마음속에 의혹이 생긴 것을 알아차리고 거기에 대해 설명해 준다. 그리고 도미니쿠스회 수도자였던 그는 오히려 성 프란치스코의 위대한 업적과 그의 제자들을 찬양한다. 그러면서 도미니쿠스회 수도자들의 타락한 생활을 비판한다.

오, 인간들의 무분별한 관심사여,
너희들이 낮게 날도록 만드는[1]
삼단 논법들은 얼마나 결함이 많은가!　　　　　　　　3

누구는 법률을 뒤쫓고, 누구는 격언을
따르고, 또 누구는 성직을 뒤따르고,
누구는 힘이나 궤변으로 통치하고,　　　　　　　　6

누구는 훔치고, 누구는 일에 매달리고,
누구는 육체의 쾌락에 몸이 망가지고,
또 누구는 게으름에 빠져 있구나.　　　　　　　　9

그동안 나는 그 모든 것에서 벗어나
베아트리체와 함께 하늘에 있으면서

1　헛되고 덧없는 지상의 재화와 즐거움에만 관심을 기울이게 만드는.

그토록 영광스러운 환대를 받았다.   12

각자 처음에 있었던 원의 지점으로
다시 돌아간 다음, 마치 촛대 위의
초처럼 꼼짝하지 않고 있었다.   15

그리고 아까 나에게 말했던 빛 속에서
더욱 밝게 빛나고 미소를 지으면서
이렇게 말하는 소리를 나는 들었다.   18

「마치 내가 영원한 빛을 바라보면서
그 빛으로 반사되어 빛나듯이, 나는
그대 생각들이 어디서 나오는지 알지요.   21

그대는 의아해하고, 내 말을 그대가
이해하기 편하도록 평이하고 쉬운
말로 다시 설명해 주길 바라고 있군요.   24

앞에서 내가 〈좋게 살찌는 곳〉이라 말하고
〈사람은 이후에 없었다〉고 말한 곳인데,[2]
여기서 분명하게 구별해야겠지요.   27

2 각각 앞의 10곡 96행과 114행에서 했던 말이다.

깊이 들어가기도 전에 모든 창조물의

시야가 꺾여 버리는[3] 지혜와 함께

온 세상을 다스리고 있는 섭리는,　　　　　　　　30

큰 소리[4]와 함께 축복받은 피로써

결혼하신 분의 신부[5]가 자신의

사랑하는 연인에게로 가고, 또한　　　　　　　　33

스스로 확신하고 그분을 더욱 신뢰하도록,

그녀를 위하여 두 왕자[6]를 보내시어

이쪽저쪽에서 안내자가 되게 하셨지요.　　　　　　36

한 분은 열정에서 완전히 세라핌이었고,

다른 분은 지혜에 있어 지상에서

바로 케루빔[7] 빛의 광채였습니다.　　　　　　　39

그들은 같은 목적으로 일하였기에,

누구를 택하든 한 분을 칭찬하면, 둘 다

3　눈이 부셔서 사람들이 바라볼 수 없다는 뜻이다.

4　예수가 숨을 거두기 직전에 크게 외친 소리이다.(「마태오 복음서」27장 50절,「마르코 복음서」15장 37절,「루카 복음서」13장 46절 참조)

5　교회를 가리킨다.

6　프란치스코 성인과 도미니쿠스 성인을 가리킨다.

7　세라핌과 케루빔은 최상급 천사로 천사들의 품계에 대해서는 「천국」 28곡 98행 역주 참조.

칭찬하게 되니 한 분에 대해서만 말하지요.　　　　　42

복받은 우발도[8]가 선택한 언덕에서

내려오는 물과 투피노[9] 사이에 높은

산[10]의 비옥한 사면이 펼쳐져 있으니,　　　　45

그로 인해 페루자[11]는 포르타 솔레부터

더위와 추위를 느끼고, 그 뒤에는 노체라가

괄도와 함께 무거운 멍에로 울고 있지요.[12]　　　48

그 경사면의 가파름이 한풀 꺾이는 곳에서

태양[13] 하나가 때로는 갠지스에서

떠오르는 것처럼[14] 세상에 태어났지요.　　　　51

8　Ubaldo Baldassini(1084~1160). 아시시 위쪽 구비오의 은수 수도자였다가 나중에 그곳의 주교가 되었다. 구비오 언덕에서 흘러내는 키아쉬오강은 아시시 서쪽으로 흐른다.

9　Tupino. 아시시 동쪽으로 흐르는 작은 강으로 키아쉬오강과 합류하여 테베레강으로 흘러든다.

10　아시시 동쪽의 수바시오Subasio산이다.

11　아시시 서쪽의 도시로 동쪽에 포르타 솔레Porta Sole(〈태양의 문〉이라는 뜻)가 있는데, 계절에 따라 동쪽에서 다가오는 추위와 더위가 심했다고 한다.

12　수바시오산의 동북쪽 사면에 소읍 노체라 Nocera와 괄도 타디노Gualdo Tadino가 있는데, 기후 조건이 아시시에 비해 좋지 않다.

13　프란치스코 성인(「지옥」 27곡 112행 참조)을 가리킨다.

14　인도의 갠지스강은 춘분 때 예루살렘에서 정확히 동쪽 끝에 위치한다고 믿었다.

그러므로 그 장소에 대해 말하는 사람은

부족하게 부르는 아쉐시 대신에, 정확히

말하려면 오리엔테라 불러야 하리다.[15]   54

태어난 후 그리 오래되지 않았을 때,[16]

그는 세상이 자신의 위대한 덕성에서

위안을 느끼도록 만들기 시작하였지요.   57

젊은 그는 마치 죽음처럼 누구도

기꺼이 문을 열어 주지 않는 그 여인[17]에

대한 사랑으로 아버지와 충돌하였으니,   60

교회의 법정 앞에서, 그리고 자신의

아버지 앞에서 그녀와 결혼하였고[18]

15   아쉐시Ascesi(〈내가 올라갔다〉는 뜻)는 아시시의 옛 이름인데, 성 프
란치스코를 태양에 비유하고 있기 때문에 오리엔테Oriente, 즉 〈동녘〉이라 불
러야 한다는 주장이다.

16   스물네 살이 되던 1206년을 가리킨다. 그때까지 포목상을 하던 아버
지를 도와 상업에 종사하였으나, 페루자 사람들과의 싸움에서 포로가 되었다
가 풀려난 후 새로운 삶을 시작하였다.

17   가난 또는 청빈(淸貧)을 의인화하여 그렇게 부른다.

18   1207년 프란치스코는 포목과 말[馬]을 판 돈을 몽땅 성 다미아노(「천
국」 21곡 61행 이하 참조) 성당의 개축에 기부하였고, 격분한 아버지는 그를
아시시의 주교 앞으로 끌고 갔다. 프란치스코는 사람들이 보는 가운데 주교
(〈교회의 법정〉)와 아버지 앞에서 입고 있던 옷을 벗어 아버지에게 돌려주면
서 이렇게 외쳤다고 한다. 〈지금까지 당신을 세상의 아버지라 불렀으나, 이제
부터는 하늘에 계신 우리 아버지라고 분명하게 부를 수 있습니다.〉

그 뒤 나날이 그녀를 더욱 사랑했지요.   63

첫 남편을 여읜 그녀는 천백 년 이상[19]

그가 올 때까지 초대받지도 못하고

아주 쓸쓸하고 무시당한 채 있었으니,   66

온 세상에 두려움을 주었던 자[20]의

목소리를 듣고도 그녀는 아미클라스[21]와

태연하게 있었다는 이야기도 소용없었고,   69

마리아께서 아래에 남아 있을 때 그녀는

변함없고 굳세게 그리스도와 함께 십자가

위에서 울었다는 것도 소용없었지요.[22]   72

하지만 너무 모호하게 계속하지 않도록

이제 나의 긴 설명에서 그 연인들이란

프란치스코와 가난이라는 것을 알아 두오.   75

19　그리스도의 사망 이후 가난이 성 프란치스코와 결혼한 1207년까지이다.

20　카이사르를 가리킨다.

21　로마 시대 아드리아해 동쪽 해안의 가난한 어부로 폼페이우스와 카이사르의 군대가 지나갈 때에도 자기 움막에서 잠을 자고 있었고, 카이사르가 갑자기 그에게 왔을 때에도 태연했다고 한다.

22　그리스도는 벌거벗은 채 사망하였기 때문에 가난은 그와 함께 십자가 위에 있었다.

그들의 화합과 그들의 즐거운 모습,
사랑과 경이로움, 달콤한 시선은
거룩한 생각들의 원인이 되었으니,[23]   78

존경받을 베르나르도[24]가 먼저 맨발로
그 커다란 평화를 뒤쫓아 달렸고,
달리면서도 늦은 것처럼 보였지요.   81

오, 잊힌 재화여, 풍요로운 선이여,
에지디오와 실베스트로가 신발을 벗고
신랑을 뒤쫓았으니 신부는 기뻐했지요.   84

그 후 그 아버지이자 스승님은 당신의
여인과 함께, 또 벌써 소박한 끈으로
묶은 가족[25]과 함께 길을 떠났답니다.[26]   87

23 독특한 구문으로 다양한 해석을 불러일으키는 구절이다. 예를 들어 〈그들의 화합과 그들의 즐거운 모습은 / 사랑과 경이로움, 달콤한 시선을 / 거룩한 생각들의 원인으로 만들었다〉고 해석할 수도 있다.

24 Bernardo. 아시시의 부유한 집 아들로 프란치스코의 첫 제자가 되었다. 뒤이어 나오는 에지디오Egidio와 실베스트로Silvestro도 그의 제자였다.

25 열한 명의 제자들을 가리킨다. 〈소박한 끈〉이란 프란치스코회 수도자들이 겸손의 상징으로 허리에 묶는 끈이다.

26 프란치스코는 교황 인노켄티우스 3세(재위 1198~1216)에게 수도회 인준을 받기 위해 로마로 떠났고, 인준은 1209년에 이루어졌다.

피에트로 베르나르도네[27]의 아들이라고,
놀라울 정도로 초라해 보인다고 해서,
마음이 비굴해져 눈을 내리깔지도 않았고,　　　　90

오히려 의연하게 인노켄티우스에게
당신의 단호한 의지를 열어 보였고,
그에게서 수도회의 첫 인가를 받았지요.　　　　93

그 후 그분을 뒤따라 가난한 사람들이
늘어났으니, 그분의 놀라운 삶은 천국의
영광 속에서 더 잘 노래될 것이기에,　　　　96

영원한 성령은 호노리우스[28]를 통해
그 최고 목자의 성스러운 의지를
두 번째 왕관으로 장식해 주었답니다.　　　　99

그런 다음에는 순교의 갈증으로
오만한 술탄[29] 앞에서 그리스도와
그분을 따른 사도들에 대해 설교했지만,　　　　102

27　Pietro Bernardone. 프란치스코의 아버지이다.

28　교황 호노리우스 3세(재위 1216~1227)는 인노켄티우스 3세가 구두
로 인가했던 프란치스코 수도회를 1223년 공식 서면으로 인준해 주었다.

29　프란치스코는 제자 몇 명과 함께 십자군을 따라가 술탄에게 복음을 전
했다고 한다.

사람들이 개종하기에는 너무 설익은 것을
발견하고는, 쓸모없이 머물지 않으려고
이탈리아 초목의 열매로 되돌아왔고,   105

테베레와 아르노 사이의 거친 바위[30]에서
그리스도에 의해 마지막 인준을 받았고,
그의 육신은 그것을 2년 동안 간직했지요.[31]   108

그렇게 커다란 선으로 그를 뽑으신 분[32]께서
그가 스스로 낮춤으로써 얻은 업적으로
그를 위로 끌어올리고자 하셨을 때,   111

그분은 자기 형제들에게 정당한 유산으로
자신의 가장 사랑하는 여인을 부탁했고,
그녀를 충실히 사랑하라고 명령했지요.   114

또한 그 눈부신 영혼이 자신의 왕국으로
돌아가려고 그녀의 품 안을 떠나려 했을 때

30   아시시 북쪽 아르노강 상류와 테베레강 상류 사이의 비비에나 근처에
있는 베르나산을 가리킨다.
31   죽기 2년 전인 1224년 그리스도가 세라핌 천사의 모습으로 프란치스
코 앞에 나타났고, 두 손과 두 발, 가슴에 그리스도의 다섯 상처[五傷]가 나타
나 죽을 때까지 간직하였다고 한다.
32   하느님.

128

자기 육신에 어떤 관(棺)도 원치 않았어요.[33]   117

이제 넓은 바다에서 베드로의 배를
똑바른 목적지를 향하도록 하는 데
훌륭한 동료[34]가 누구였는가 생각해 보오.   120

그분은 바로 우리 가장(家長)이었으니,
그분이 명령하는 대로 따르는 자는
좋은 짐을 싣고 있다는 걸 알 수 있으리.   123

그러나[35] 그분의 양 떼는 색다른 먹이에
탐욕스러워져 황량한 여러 목초지에
흩어지지 않을 수 없게 되었으니,   126

그분의 양들은 그분에게서 더욱
멀리 떨어지고 방황하게 될수록,
젖[36]이 텅 빈 채 우리로 돌아오지요.   129

33   그는 맨땅 위에서 벌거벗은 몸으로 죽음을 맞이하였다고 한다.
34   성 프란치스코와 함께 교회를 올바른 길로 인도한 도미니쿠스 성인을
가리킨다.
35   이어 세속적인 명예와 재물에만 탐닉하는 도미니쿠스회 수도자들을
비판한다.
36   다른 사람들에게 베풀 정신적 양식이다.

위험한 것을 두려워해 목자 옆에 있는
양들이 있지만 아주 적어, 작은 천으로
모두의 수도복을 만들 정도랍니다.   132

이제 내 말이 모호하지 않다면,
그대가 주의 깊게 잘 들었다면,
내가 말한 것을 마음속에 되살린다면   135

그대의 욕망은 일부 채워질 것이니,
그대는 어디에서 나무가 부서지는지,
〈길을 잃지 않으면 좋게 살찌는 곳〉이라   138

말한 부분이 무엇을 뜻하는지 알 것이오.」

제12곡

토마스 아퀴나스의 말이 끝나자 다른 한 무리의 영혼들이 또 다른 고리를 이루어 처음 고리를 둘러싸고 돌아간다. 그리고 보나벤투라가 성 도미니쿠스의 공덕을 찬양하고, 프란치스코 수도회의 부패를 개탄한다. 프란치스코 수도자였던 그는 토마스 아퀴나스가 프란치스코 수도회를 찬양한 것에 보답하려는 것이다. 그리고 자신과 함께 있는 영혼들을 소개한다.

축복받은 불꽃이 마지막 말을

마치려고 하는 순간 곧바로

성스러운 바퀴가 돌기 시작했고,　　　　　　　　　　3

한 바퀴를 완전히 돌기도 전에

또 다른 원 하나가 주위를 에워싸고

동작에 동작을, 노래에 노래를 덧붙였으니,　　　　　6

노래는 그 감미로운 나팔 소리에,

원래의 빛이 반사된 빛보다 더 강하듯이,

우리의 무사 여신들나 세이렌들을 압도했다.　　　　9

유노가 자기 시녀[1]에게 명령을 내릴 때

얇은 구름 사이로 색깔이 똑같은

1　무지개의 여신 이리스는 유노의 시녀이자 신들의 전령이다.

두 개의 무지개[2]가 나란히 걸리면,   12

햇살에 수증기가 스러지듯이, 사랑 때문에
소진하여 방황하는 여인[3]의 목소리처럼
안의 것에서 밖의 것이 생겨나면서,   15

하느님께서 노아와 맺은 언약으로 이제
세상에 더 이상 홍수가 없으리라고
이곳 사람들이 예감하게 만들듯이,   18

그렇게 그 영원한 장미들의 화환
두 개는 우리의 주위를 돌면서
밖의 것이 안의 것에 화답하였다.   21

우아하고도 즐거운 빛과 빛의
눈부신 반짝임과 노래가 어우러진
또 다른 성대한 잔치와 춤이,   24

마치 기쁨에 겨워 움직이는 눈들이
동시에 감았다가 다시 뜨는 것처럼,

2 원문에는 〈활〉로 되어 있는데, 쌍무지개가 뜨는 모습을 묘사하고 있다.
3 미소년 나르키소스를 사랑한 에코를 가리킨다. 사랑에 소진된 그녀는
뼈와 목소리만 남았고, 뼈는 돌멩이가 되고 목소리는 메아리가 되어 떠돌고 있
다고 한다.

한꺼번에 잠잠해지려고 할 때,   27

새로운 빛들의 한가운데에서 목소리[4]가
흘러나왔으니, 바늘이 극성(極星)을 향하듯[5]
내가 그곳으로 몸을 돌리게 만들었고,   30

이렇게 말했다. 「나를 아름답게 하는 사랑은
다른 지도자[6]에 대해 이야기하게 이끄니,
내 지도자에 대해 좋게 말하기 때문이오.   33

한 분이 있는 곳에 다른 분이 소개되어야
마땅하니, 그들은 한 목적으로 싸웠듯이
그들의 영광이 함께 빛나고 있습니다.   36

그리스도의 군대[7]는 다시 무장하려고
그토록 비싼 대가[8]를 치렀는데, 뒤늦게
그 깃발을 의심하며 소수만 뒤따랐을 때,   39

---

4   127행에서 자기 이름을 소개하는 보나벤투라Bonaventura(1221~1274) 성인이다. 이탈리아 바뇨레조(현대 이름은 바뇨레아) 출신으로 1257년 프란치스코 수도회 총장이 되었고, 1273년 알바노의 대주교 추기경이 되었다.
5   나침반의 바늘이 북극성을 가리키듯이.
6   도미니쿠스 성인을 가리킨다.
7   그리스도의 가르침을 따르는 사람들의 무리를 군대에 티유하고 있다.
8   그리스도가 흘린 피의 대가를 뜻한다.

언제나 다스리는 황제께서는 위험에
처한 군대를 돌봐 주셨는데, 값어치가
있어서가 아니라 단지 은총으로 그랬지요.   42

앞에서 말했듯이, 두 명의 전사를 통해
당신의 신부를 도우셨으니 그들의 행동과
말에 방황하던 사람들이 회개하였답니다.   45

싱싱한 잎사귀들을 틔워 유럽이
새 옷을 갈아입게 만드는 달콤한
제피로스[9]가 발생하는 바로 그곳,   48

태양이 이따금 오랜 노정 끝에
사람들에게서 몸을 숨기는,[10] 파도가
부서지는 곳에서 멀지 않은 곳에,   51

사자가 위에도 있고 밑에도 있는
커다란 방패[11]의 보호를 받으면서
행복한 칼레루에가[12]가 앉아 있지요.   54

9   고전 신화에 나오는 바람의 신들 중 하나로 봄에 서쪽에서 불어오는 따
뜻한 바람이다.
10   태양이 하지 때 오래 하늘에 머물다가 지는 곳을 가리킨다.
11   카스티야 왕가의 문장에는 두 마리의 사자와 두 개의 탑이 그려져 있
는데, 사자 한 마리는 위쪽에 있고 다른 한 마리는 아래쪽에 있다.

그 안에서 그리스도교 신앙의 애정 깊은
연인이며, 자기편에게 너그럽고 적에게는
무서운 성스러운 투사가 태어났습니다.   57

창조되자마자 그의 마음은 너무나도
생생한 힘으로 가득하여, 어머니의
배 속에서 그녀를 예언자로 만들었지요.[13]   60

거룩한 샘물[14]에서 그와 신앙 사이에
완전한 혼인이 이루어졌을 때
그들은 서로의 구원을 약속하였고,[15]   63

그를 대신하여 동의해 준 여인[16]은
꿈에 그와 그의 후계자에게서
나오게 될 놀라운 열매를 보았지요.   66

또한 이름에 그의 실제 모습이 드러나도록

12 Caleruega. 옛 카스티야의 도시로 대서양 연안에서 멀지 않은 곳에
있다.
13 전설에 의하면 도미니쿠스의 어머니는 그를 임신했을 때, 횃불을 입에
물고 있는 하얗고 까만색의 개를 낳는 태몽을 꾸었다고 한다.
14 세례의 물이다.
15 원문에는 〈상호 구원의 지참금을 가지고 갔다〉로 되어 있다.
16 그의 어머니로 꿈에 아들의 이마 한가운데에 별이 있는 것을 보았다고
한다.

여기에서 성령이 움직여 바로 모든 것이신

분의 소유격[17]으로 그의 이름을 지었으니   69

도미니쿠스라 불렸고, 나는 그에 대해

그리스도께서 당신의 밭을 도와주도록

선택하신 농부인 것처럼 이야기하리다.   72

분명 그는 그리스도의 가족이며 사자(使者)로

보였으니, 그에게 나타난 최초 사랑은

그리스도께서 하신 최초의 충고[18]였지요.   75

마치 〈나는 그 일을 하려고 왔다〉[19]고

말하듯이, 그는 땅 위에서 말없이

깨어 있는 것을 유모가 자주 보았답니다.   78

오, 그의 아버지는 진정 펠릭스[20]이고,

오, 그의 어머니는 진정 후아나[21]이니,

17 그의 이름 Dominicus는 주님을 의미하는 *Dominus*의 형용사형 소유격이다.

18 가난에의 권유를 가리킨다. 〈예수님께서 그에게 이르셨다. 《네가 완전한 사람이 되려거든, 가서 너의 재산을 팔아 가난한 이들에게 주어라. 그러면 네가 하늘에서 보물을 차지하게 될 것이다. 그리고 와서 나를 따라라.》(「마태오 복음서」19장 21절)

19 「마르코 복음서」1장 38절에 나오는 구절이다.

20 Félix. 도미니쿠스의 아버지 이름으로 〈행복하다〉는 뜻이다.

어원대로 해석하면 바로 그런 뜻이리다!   81

지금처럼 숨 가쁘게 오스티아 사람[22]과
타데오[23]를 뒤쫓는 세상[24]을 위해서가
아니라 참다운 만나[25]를 위하여   84

그는 짧은 시간에 위대한 스승이 되었고,
농부가 게을리 하면 곧바로 시드는
포도밭[26]을 돌아다니기 시작하였지요.   87

그리고 전에는 가난한 의인들에게 더
너그러웠던 의자,[27] 자리 자체보다 거기
앉아 있는 자 때문에 타락한 의자를 향해,   90

21 Juana de Aza(1135~1205). 그의 어머니 이름인데 히브리어 어원은
〈하느님의 은총〉을 뜻한다고 믿었다.

22 1261년 오스티아의 주교를 역임한 엔리코 디 수사. 탁월한 교회법 학
자였으며 볼로냐와 파리 대학의 교수였다.

23 Taddeo. 피렌체 출신의 탁월한 의사였던 타데오 달디 로토, 또는 볼로
냐 출신의 시인이자 교회법 학자였던 타데오 페폴리를 가리키는 것으로 해석
된다.

24 세속적인 명예나 재화를 가리킨다.

25 영원한 마음의 양식을 가리킨다.

26 교회.

27 교황의 자리. 도미니쿠스는 자기 수도회의 인가를 받기 위해 1205년
로마로 갔다.

여섯에 대한 둘이나 셋의 감면이나

처음에 비어 있는 자리에 대한 수입,

하느님의 가난한 자들을 위한 십일조를   93

요구하지 않고,[28] 방황하는 세상에 맞서,[29]

지금 그대를 둘러싸고 있는 스물네 식물[30]의

씨앗을 위하여 싸울 허락을 요구하였지요.   96

그런 다음 그는 사도의 임무와 함께

교리와 의지를 갖고, 높은 물줄기가

밀어내는 급류처럼 활동하였으며,   99

그의 충동적 힘은 이단의 곁가지들을

뒤흔들었으니, 저항이 더욱 강했던

곳에서[31] 더욱더 생생하였답니다.   102

나중에 그에게서 여러 지류들이 생겼고,

28 성무(聖務)에 제공된 돈의 일부만 쓰거나, 부임하기 전에 비어 있던 자리에 대한 급료 또는 십일조를 요구하는 등 성직에서 부당한 이익을 얻으려고 하지 않았다는 뜻이다.

29 도미니쿠스는 1205년부터 1214년까지 알비파를 비롯한 이단들에 맞서 가톨릭의 정통 교리를 지키려고 노력하였다.

30 단테의 주위를 둘러싸고 있는 스물네 명의 영혼들이다.

31 프로방스 지방, 특히 툴루즈는 알비파의 이단 활동이 활발한 곳이었다.

그렇게 가톨릭의 받은 물을 흠뻑 머금어
그 숲들이 한결 싱싱해지게 되었지요.		105

성스러운 교회가 스스로를 지키고
싸움터에서 그 내란을 이겨 내게 한
마차의 한쪽 바퀴가 그러하였다면,		108

내가 오기 전에 토마스가 친절하게
칭찬했던 다른 바퀴[32]의 탁월함은
분명히 그대에게 명백해질 것이오.		111

그 바퀴의 가장 꼭대기 부분이
만들었던 자국은 버림을 받았으니,[33]
버캐[34]가 있던 곳에 곰팡이가 피었지요.		114

그의 자취를 따라 똑바로 발을 옮겼던
그의 가족은 이제 완전히 뒤집혀
앞의 것을 뒤쪽으로 던지고 있소.[35]		117

32 토마스 아퀴나스가 칭찬했던 성 프란치스코를 가리킨다.
33 이어서 보나벤투라는 자신이 속한 프란치스코회의 타락에 대해 한탄
한다.
34 좋은 포도주가 담긴 술통에 생기는 단단한 찌꺼기이다.
35 여러 가지 해석이 가능한 구절로 〈뒷걸음질하다〉 또는 〈정반대 방향으
로 나아간다〉라는 뜻이다.

머지않아 가라지[36]가 곳간에서

쫓겨났다고 한탄할 때, 망친 농사의

수확이 어떤 것인지 보게 될 것이오.[37]   120

분명히 말하건대, 우리의 회칙을

하나하나 살펴보는 사람은 〈나는 언제나

그대로이다〉 쓰인 곳을 발견하리다.   123

하지만 회칙에 충실한 자는 카살레나

아콰스파르타[38]에서 나오지 않으니,

하나는 달아나고 다른 하나는 고수하지요.   126

나는 바뇨레조 사람 보나벤투라의

영혼으로 커다란 직책들에서 언제나

왼쪽의 배려[39]를 연기하였답니다.   129

36 「마태오 복음서」 13장 24~30절에 나오는 가라지의 비유이다.

37 성 프란치스코가 죽은 후 수도회는 두 파로 나뉘어 대립하였다. 소위
〈영성파spirituali〉는 회칙을 너무 엄격하게 해석하고 실천하려고 하였으며,
결국 본회에서 분리되고 로마 교회에서 쫓겨나기도 했다. 반면 〈수도파con-
ventuali〉는 회칙의 지나친 엄격함과 금욕을 완화하려고 시도하였다.

38 이탈리아 북부의 도시 카살레Casale는 영성파의 지도자 우베르티노
의 고향이고, 아콰스파르타Acquasparta는 수도파의 대표 마테오 벤티벤가의
고향이다.

39 세속적인 일들에 대한 배려를 가리키는데, 오른쪽에 비해 왼쪽을 부정
적인 것으로 간주하는 당시의 통념을 반영한다.

일루미나토와 아우구스틴[40]이 여기에

있으니 그들은 최초의 가난한 자들로서

허리띠[41]로 하느님의 친구가 되었지요.　　　　　　132

여기 이들과 함께 생빅토르의 위고[42]와

페트루스 만두카토르,[43] 열두 권의 책으로

아래를 비추는 스페인의 페드로[44]가 있지요.　　　　135

예언자 나단,[45] 총대주교 크리소스토무스,[46]

40　리에티 출신의 일루미나토Illuminato(?~1280)와 아시시 출신의 아우구스틴Augustin(?~1226)은 앞의 11곡 79~81행에서 언급된 베르나르도, 에지디오, 실베스트로와 함께 프란치스코의 초기 제자들이었다.

41　프란치스코회 수도자들이 허리에 묶는 매듭이 진 띠를 가리킨다.

42　Hugo de Saint Victor(1096?~1141). 플랑드르 출신 신학자로 파리의 생빅토르 수도원에 들어가 거기에서 가장 영향력 있는 스승이 되었다.

43　Petrus Manducator(?~1179). 프랑스의 신학자로 〈만두카토르〉라는 별명은 원래 대식가를 의미하는데, 아마 탐욕스럽게 책을 읽은 데에서 나온 것으로 짐작된다.

44　Pedro(1226?~1277). 리스본 출신의 성직자로 1276년 요한 21세로 교황에 선출되었으며, 논리학에 관한 열두 권의 저술을 남겼다.

45　그는 다윗 왕의 잘못을 질책하였다.(「열왕기 상권」 1장 22~27절 참조)

안셀무스,[47] 그리고 첫째 학문[48]을

훌륭하게 손질하였던 도나투스,[49]   138

라바누스[50]가 여기 있고, 예언 능력을

부여받았던 칼라브리아의 수도원장

조아키노[51]가 내 곁에서 빛나고 있소.   141

토마스 형제의 뜨거운 친절함과

그의 훌륭한 말솜씨가 나를 움직여

그런 용사[52]를 칭찬하게 만들었고,   144

또한 나와 함께 이 무리를 움직였지요.」

46   Ioannes Chrysostomus(347~407). 크리소스토무스라는 명예로운 별
명은 〈황금의 입〉이라는 뜻으로 그의 유창한 웅변 때문에 붙여진 것이다. 콘스
탄티노폴리스의 총대주교를 역임하였고, 부패한 황실에 맞서다가 유배당하여
가던 중에 사망하였다. 동방의 4대 교부 가운데 한 명이다.

47   Anselmus(1033~1109). 캔터베리의 대주교로 나중에 성인으로 시성
되었다.

48   중세의 일곱 학문 중 첫째인 라틴어를 가리킨다.

49   Donatus. 4세기의 뛰어난 문법학자로 대중판 성경 『불가타』를 번역한
성 히에로니무스를 가르치기도 하였다.

50   Rabanus Maurus(776~856). 마인츠의 대주교였으며 여러 신학적 저
술과 시들을 남겼다.

51   Gioacchino(1130~1202). 칼라브리아 출신으로 시토회 수도원장을
역임하였고, 묵시록에 관한 주석을 남겼다.

52   도미니쿠스 성인을 가리킨다.

제13곡

단테는 두 개의 왕관을 이루고 있는 스물네 영혼들의 움직임을 별들에 비유한다. 토마스 아퀴나스는 계속해서 단테의 두 번째 의문에 대해 설명한다. 그는 아담과 예수가 부여받은 인간의 본성과 솔로몬의 현명함에 대하여 이야기한다. 그리고 신중하지 못하고 경솔하며 그릇된 인간의 판단을 경계해야 한다고 말한다.

내가 지금 본 것을 잘 이해하고 싶은

사람은 상상해 보고, 내가 말하는 동안

그 상상을 확고한 바위처럼 간직하시오.[1]   3

서로 다른 구역에서 하늘을 아주

밝게 비추어 대기의 모든 빽빽함을

꿰뚫는 열다섯 개의 별들을 상상하고,   6

밤이나 낮이나 우리 하늘의 품 안을

가득 채우고, 또한 키를 돌리면서도

스러지지 않는 수레[2]를 상상하고,   9

1 단테는 주위를 돌고 있는 스물네 명의 영혼을 하늘의 별들에 비유하는데, 가장 밝게 빛나는 별 열다섯 개와 북두칠성의 별 일곱 거, 작은곰자리의 가장 밝은 별 두 개를 상상해 보라고 권유한다.
2 지지 않는 별자리인 큰곰자리의 수레, 즉 북두칠성을 가리킨다.

최초의 회전이 그 주위를 도는
축[3]의 _끄트머리_에서 시작되는
뿔의 입구 부분[4]을 상상한 다음,   12

미노스의 딸[5]이 죽음의 차가움을
느꼈을 때 했던 것처럼, 그 별들이
하늘에서 두 개의 별자리를 이루어   15

하나의 빛살이 다른 것 안에 모이고,[6]
하나는 앞으로 다른 하나는 뒤로 가도록
두 개 모두 회전하는 것을 상상해 보면,   18

내가 있던 지점의 주위를 돌던
두 겹의 춤과 그 진실한 별자리의
그림자 같은 것이라도 볼 것이오.   21

그곳은 우리의 경험을 초월하였으니,
가장 빨리 도는 하늘[7]이 키아나[8]의

3 〈최초 움직임의 하늘〉이 그 주위를 회전하는 북극성을 가리킨다.
4 작은곰자리의 꼬리 부분은 구부정한 〈뿔〉 모양인데, 그 끝의 〈입구 부
분〉에 해당하는 북극성을 포함한 두 개의 별을 가리킨다.
5 아리아드네를 가리킨다. 테세우스에게 버림받은 그녀는 나중에 죽어서
별자리가 되었다고 한다.
6 두 개의 별자리가 동심원을 이루도록 모이고.
7 아홉째 하늘인 〈최초 움직임의 하늘〉은 다른 하늘들보다 가장 멀리 있

느린 움직임을 능가하는 것과 같다.   24

그곳에서는 바쿠스나 페아나[9]가 아니라,
거룩한 본성 속의 세 가지 위격(位格)과
한 위격 속의 신성과 인성을 노래하였다.   27

노래와 원무가 동시에 끝나더니,
그 성스러운 빛들은 이런저런 배려[10]에
기뻐하면서 우리에게 관심을 집중하였다.   30

그리고 하느님의 가난한 자[11]의 놀라운
삶에 대하여 나에게 말했던 빛[12]이 그
일치된 신들[13] 속에서 침묵을 깨뜨리고   33

말했다. 「볏짚 하나를 타작하여 곡식을
거둬들이고 나니, 감미로운 사랑이
다른 볏짚을 타작하라고 이끄는군요.[14]   36

으면서 가장 빨리 회전한다.
8 Chiana. 토스카나 지방의 작은 강으로 그 흐름이 아주 느렸다고 한다.
9 아폴로의 다른 이름이다.
10 춤과 노래를 가리킨다.
11 성 프란치스코이다.
12 토마스 아퀴나스.
13 축복받은 영혼들을 신으로 표현하고 있다.(「천국」5곡 123행 참조)
14 앞서 11곡 22행 이하에서 말했던 단테의 첫째 의혹에 이어 둘째 의문

그대는 믿지요, 그녀의 입맛 때문에

온 세상이 괴로운, 아름다운 뺨[15]을

만들려고 갈빗대를 뽑아낸 가슴[16]이나,   39

창에 뚫리고, 그 이전이나 이후에도

완전히 이루어 내어 모든 죄악의

저울을 이겨 내시는 그 가슴[17]속에,   42

인간의 본성이 갖기에 합당한 빛이

얼마이든, 그 둘을 만드신 힘에 의해

모두 완전하게 부여되었다는 것을.   45

따라서 그대는 내가 다섯째 빛[18] 속에 있는

선을 가진 사람은 이후에 없었다고

말한 것에 대해 이상하게 생각하지요.   48

이제 내가 대답하는 것에 눈을 뜨면,

그대의 믿음과 나의 말은 원의 중심처럼

도 설명해 주겠다는 뜻이다.
  15 하와를 가리킨다. 그녀가 금단의 열매를 맛본 이후 인류는 죄의 그늘
속에 있다.
  16 아담.
  17 그리스도는 수난과 죽음으로써 하느님의 뜻을 이루어 냈다.
  18 솔로몬을 가리킨다.(「천국」 10곡 109~114행 참조)

똑같이 진리라는 것을 알 것이오.　　　　　　　　51

죽지 않는 것이나 죽을 수 있는 것[19]은

모두 우리 주님께서 사랑으로 낳으시는

이데아[20]의 반사된 빛이 아닐 수 없으니,　　　54

비추시는 분에게서 나오는 생생한

빛은 그분이나, 그 두 분[21]과 함께

셋을 이루는 사랑[22]과도 분리되지 않고,　　　57

당신의 선으로 아홉 실체[23]들에게

마치 거울처럼 그 빛을 비추면서도

당신은 영원히 하나로 남아 계십니다.　　　60

거기에서 하늘과 하늘을 거쳐 빛은

마지막 가능성에까지 내려와 단지

덧없는 우연물들만 만들게 되는데,　　　63

19　천사나 영혼, 질료처럼 소멸하지 않는 것과 생물처럼 소멸하는 것을
가리킨다.

20　여기에서 이데아 또는 말씀은 삼위일체의 둘째 위격인 성자에 해당하
는 것으로 해석된다.

21　하느님과 이데아 또는 말씀을 가리킨다.

22　삼위일체의 셋째 위격인 성령에 해당한다.

23　아홉 하늘을 관장하는 아홉 품계의 천사들로 그들은 하느님의 빛을 받
아 다시 아래 세상으로 내려보낸다.

그 우연물들이란 하늘이 움직이면서

씨와 함께 또는 씨 없이 생산하여

만들어진 것들[24]이라는 뜻이지요.　　　　　　　　66

그것들의 밀랍[25]과 밀랍을 형성하는

자[26]는 언제나 똑같지 않기에 이데아의

표지 아래 더 반사되거나 덜 반사되고,　　　　69

따라서 똑같은 종류의 나무에서 좋은

열매와 나쁜 열매가 맺히며, 그대들은

서로 다른 재능을 갖고 태어납니다.　　　　　72

만약에 밀랍이 완벽하게 배치되고

하늘이 그 힘의 최고 위치에 있다면,

각인의 빛은 완벽하게 나타나겠지만,　　　　75

자연은 언제나 불완전하게 빛을 주니,

마치 예술의 재능은 있으나 손이

떨리는 예술가와 비슷하게 일하지요.　　　　78

24　생물은 씨와 함께 생성되고, 반면 광물이나 무기물은 씨 없이 생성
된다.
25　기본적 질료를 가리킨다.
26　여러 하늘들의 영향력을 가리킨다.

그러나 따뜻한 사랑이 최초 힘의
밝은 빛을 배치하고 각인하시면,
거기서는 완전한 완벽함을 얻지요.   81

그렇게 옛날에 진흙이 합당하게
가장 완벽한 인간[27]을 만들었고,
그렇게 동정녀는 잉태하게 되었으니,   84

그 두 사람처럼 인간의 본성이 완벽한
적이 없었고 앞으로도 없으리라는
그대의 견해에 나는 동의합니다.   87

그런데 내가 더 이상 말하지 않는다면,
그대는 〈그렇다면, 어떻게 그[28]는
견줄 사람이 없었는가〉 말하겠지요.   90

하지만 불분명한 것이 잘 보이도록,
그가 누구였고, 〈요구하라〉는 말에[29]
그가 요구하게 된 이유를 생각해 보오.   93

27 아담.
28 솔로몬을 가리킨다.
29 하느님이 솔로몬에게 무엇을 해주면 좋겠는지 물었을 때이다. (「열왕
기 상권」3장 3~14절 참조)

나는 그대가 이해하지 못하도록

말하지 않았으니, 그는 왕이었고

왕에게 필요한 지혜를 요구했을 뿐,[30]   96

이 위의 움직이는 자들[31]의 숫자를

알려고 하거나, 또는 혹시 필연이

우연과 함께 필연을 이루지 않는가,[32]   99

혹시 최초 움직임[33]을 인정해야 하는지,

또는 반원에서 직각이 없는 삼각형을

만들 수 있는지[34] 알려고 하지 않았지요.   102

그러니 내가 말한 것과 설명을 이해하면,

내 의도의 화살이 맞히는, 견줄 사람 없는

지혜란 왕의 신중함이라는 것을 알 것이오.   105

30   뒤이어 솔로몬이 요구하지 않은 것들을 열거하는데, 신학과 논리학,
물리학, 기하학 등의 지식을 예시적으로 표현한다.

31   세상을 움직이는 하늘과 그곳에 배치된 천사들을 가리킨다.

32   아리스토텔레스의 논리학에 의하면 그것은 불합리한 것이다.

33   어떤 다른 움직임의 결과로 움직이는 것이 아니라, 그 자체로서 다른
것을 움직이는 최초 원동력을 가리킨다.

34   반원(半圓)에서 그 지름을 밑변으로 하고 꼭짓점이 원주에 있는 모든
삼각형에서 그 꼭짓점의 내각은 직각이 된다.

150

또한 〈일어났다〉[35]에 맑은 눈을 겨냥하면,
숫자는 많지만 훌륭한 사람이 적은
왕들을 가리키는 표현임을 알 것이오.   108

이런 구별과 함께 내 말을 이해한다면,
최초의 아버지와 우리의 연인[36]에 대해
그대가 믿는 것과 일치할 수 있지요.   111

이것은 언제나 그대 발에 납덩이가 되어,
그대가 모르는 것을 긍정하거나 부정할 때
지친 사람처럼 느리게 움직여야 할 것이오.[37]   114

이런 경우에나 저런 경우에 있어
구별 없이 긍정하고 부정하는 자는
멍청이들 중에 가장 밑에 있으니,   117

종종 성급한 판단이 그릇된 쪽으로
기울어, 결국에는 이성이 감성에
얽매이는 경우들이 있기 때문이라오.   120

35   원문은 *surse*로 10곡 114행의 표현이다. 원문에는 *non surse il secondo*
로 되어 있는데, 직역하면 〈둘째 사람은 일어나지 않았다〉는 뜻이지만, 편의상
〈사람은 이후에 없었다〉로 옮겼다.
36   그리스도를 가리킨다.
37   모든 판단에서 서두르지 말고 신중하게 처신하라는 충고이다.

진리를 낚으려 하지만 기술이 없는 자는

자기가 떠난 곳으로 돌아가지 못하므로

헛되이 해변을 떠나는 것보다 더 나쁘지요.　　　　123

세상에는 그런 명백한 증거들이 있으니

파르메니데스, 멜리소스,[38] 브리손[39]과

많은 사람이 가면서 어디로 가는지 몰랐고,　　　　126

사벨리우스와 아리우스,[40] 그리고

『성경』의 똑바른 모습을 왜곡시킨

칼들과 같았던 멍청이들이 그랬지요.　　　　129

사람들이여, 밭에 곡식이 익기도

전에 미리 헤아리는 사람들처럼

너무 성급하게 판단하지 마시오.　　　　132

겨울 동안 내내 메마르고 거칠던

38　파르메니데스는 기원전 6세기의 그리스 철학자이고 멜리소스는 그의
제자였는데, 둘 다 질료와 형상을 둘러싼 삼단논법에 오류가 있다고 아리스토
텔레스의 비판을 받았다.(『제정론』 3권 4절 4장 참조)

39　기원전 5세기의 그리스 수학자이며 철학자로 원의 사각형에 대한 그
의 이론도 아리스토텔레스의 비판을 받았다.

40　둘 다 이단의 대표적인 사람들로 사벨리우스는 삼위일체의 교리를 거
부하였고, 아리우스는 성자의 신성과 성자는 성부와 본질이 같다는 사실을 부
정하였다.

가시덤불이 나중에 꼭대기에 장미를
피우는 것을 나는 예전에 보았으며,   135

또한 바다에서는 줄곧 똑바르고
쏜살같이 달리던 배가 결국 항구에
들어가다 가라앉는 것도 보았지요.   138

베르타 여인이나 마르티노 어른이[41]
누가 훔치고 누가 기부하는 걸 보았다고
거기서 거룩한 섭리를 본다고 믿지 마오.   141

그는 일어나거나 쓰러질 수 있기 때문이오.」

41 베르타와 마르티노는 평범한 이름으로 그냥 보통 사람들을 가리킨다.

제14곡

베아트리체는 영혼들에게 그들의 육체가 부활한 뒤에 어떤 상태가 될 것인지
설명해 주라고 부탁한다. 이에 대해 솔로몬이 부활 후에는 하느님의 축복이
더욱 커지고 완벽해질 것이라고 대답한다. 단테와 베아트리체는 다섯째 하늘
인 화성의 하늘로 올라간다. 화성의 하늘에서는 믿음을 위해 싸웠던 영혼들이
십자가 형태를 이루면서 눈부시게 빛난다.

둥근 그릇의 물은 안이나 밖에서

휘젓는 데 따라, 중심에서 가장자리로

또는 가장자리에서 중심으로 움직이는데,　　　　　　3

내가 말하는 이 영상이 내 머릿속에

곧바로 떠오른 것은, 영광스러운

토마스의 영혼이 침묵했을 때였으니,　　　　　　6

그의 말과 베아트리체의 말에는

비슷함이 있었기 때문이었으며,

뒤이어 그녀는 이렇게 말하였다.　　　　　　9

「이 사람」은 아직 생각이나 목소리로

그대들에게 말하지는 않지만, 다른

1　단테.

진리를 뿌리까지 찾아보고 싶어 합니다.   12

그에게 말해 주오, 그대들의 실질이
꽃피고 있는 이 빛은 지금 이처럼
영원히 그대들과 함께 있을 것인지,   15

그리고 만약 함께 있다면, 그대들이
다시 눈에 보이게 될 때,[2] 어떻게
그대들 시력을 해치지 않는가 말해 주오.」   18

마치 원무를 추는 사람들이 때로는
더 큰 기쁨에 이끌리고 밀치면서
목소리를 높이고 즐거운 몸짓을 하듯이,   21

그녀의 즉각적이고 경건한 말에
성스러운 원들은 놀라운 가락과 함께
둥글게 돌며 새로운 기쁨을 보여 주었다.   24

저 위에서 살기 위해 여기에서 죽는 것을
슬퍼하는 사람은 그곳에서 영원한 비[3]의

---

2 최후의 심판 때에는 모든 영혼이 자신의 육신을 되찾아 눈에 보이게
된다.
3 은총의 비를 뜻한다.

즐거움을 보지 못하였기 때문이오.　　　　　　　　27

제한되지 않으면서 모든 것을 제한하고,
셋과 둘과 하나 속에 영원히 다스리며
영원히 사는 그 하나와 둘과 셋[4]을　　　　　　30

그 영혼들은 각자 모두 세 번씩
노래하였으니, 모든 공적에 대하여
합당한 보상이 될 만한 가락이었다.　　　　　　33

그리고 나는 더 작은 원의 가장 눈부신
빛 속에서 마리아께 말한 천사[5]처럼
소박한 목소리[6]가 대답하는 것을　　　　　　36

들었다. 「천국의 축제가 길면 길수록
우리의 사랑은 마치 옷처럼 더욱더
우리의 주위에서 빛날 것입니다.　　　　　　39

그 밝기는 사랑의 열정에 따르고,
열정은 직관[7]에 따르며, 그 직관은

4　순서대로 성부, 성부와 성자, 성부와 성자와 성령을 가리킨다.
5　마리아에게 예수의 잉태를 알려 준 천사 가브리엘을 가리킨다.
6　솔로몬의 목소리이다.
7　천국에서 바라보는 하느님에 대한 직관 또는 인식을 가리킨다.

자신의 가치에 대한 은총만큼 크지요.   42

영광스럽고 성스러운 우리의 육신을
다시 입을 때, 우리의 모습은 가장
완벽하여 가장 환영받을 것이오.   45

최고의 선이 무상으로 제공하여
주시는 빛, 우리가 당신을 뵙는 데
조건이 되는 빛은 더욱 커질 것이니,   48

따라서 직관도 더욱 커질 것이요,
직관으로 불붙는 열정도 커질 것이요,
거기서 나오는 빛살도 더 커질 것이오.   51

하지만 마치 불꽃을 내는 숯이 생생한
열기로 불꽃을 불태우면서도 자기
모습을 그대로 간직하는 것처럼,   54

벌써부터 우리를 감싸고 있는
이 광채는 여태까지 흙으로 뒤덮인
육신에 의해 더욱 빛날 것이며,   57

우리를 피곤하게 할 만한 빛도 아니니,

육체의 기관들이 우리를 즐겁게 해줄

모든 것에 강해질 것이기 때문이오.」   60

두 개의 합창대는 〈아멘!〉 하고 나에게

신속하고도 신중하게 말했으니, 죽은

육체에 대한 열망을 드러내는 듯했다.   63

아마 자신을 위해서가 아니라, 영원한

불꽃이 되기 전에 사랑했던 어머니,

아버지, 다른 사람을 위해서였으리.   66

그런데 보라, 먼저 있던 빛 위로

똑같이 밝은 다른 빛이 나타났으니

마치 밝아 오는 지평선처럼 보였다.   69

그리고 초저녁이 시작되면서 하늘에

새로운 것들이 나타나면 마치 진짜

같기도 하고 아닌 것 같기도 하듯이,   72

거기에서 새로운 실체들이 나에게

보이기 시작했고, 다른 두 원 밖에서

또 다른 원을 이루는 것처럼 보였다.   75

오, 성령의 진정한 반짝임이여,
얼마나 갑자기 눈부시게 되었는지
압도당한 내 눈은 견디지 못하였다.   78

그런데 베아트리체는 너무 아름답고
미소 짓는 모습이었기에, 내가 본 것 중에
기억이 못 미치는 것으로 남겨 두고 싶다.   81

그런 다음 나의 눈은 바라볼 힘을
다시 얻었고, 나는 나의 여인과 함께
보다 높은 하늘[8]로 옮겨졌음을 보았다.   84

내가 위로 올라갔음을 깨달은 것은,
평소보다 나에게 더욱 붉게 보였던
그 행성의 불붙은 웃음 때문이었다.[9]   87

나는 모든 사람에게 공통적인 말[10]로
온 마음을 다하여 새로운 은총에
어울리는 봉헌을 하느님께 바쳤다.   90

8   화성의 하늘이다.
9   화성은 붉은색으로 빛난다.
10   모든 사람이 공통으로 가진 영혼의 내면적인 말이다.

그리고 내 가슴에서 봉헌의 열기가

미처 스러지기도 전에 나의 봉헌이

기분 좋게 받아들여졌음을 깨달았으니,   93

두 빛줄기 안에서 너무나도 눈부시고

붉은 광채가 앞에 나타났고 나는 외쳤다.

「오, 그렇게 치장하는 엘리오스[11]여!」   96

크고 작은 빛들로 장식된 은하수가

우주의 양극 사이에서 하얗게 빛나며

현자들도 의아해하게 만드는 것처럼,   99

그 빛들은 화성 안에서 별자리처럼

모여, 네 사분원의 맞닿는 부분들이

형성하는 경건한 표식을 만들었다.[12]   102

여기서는 내 기억이 재능을 앞서니,[13]

11   원문에 *Eliòs*로 되어 있는데, 태양을 뜻하는 그리스어 *helios*의 이탈리아어식 표현이다. 여기에서 태양은 하느님을 의미한다. 당시의 일부 자의적인 어원학자들에 의하면, 그 용어는 하느님을 뜻하는 히브리어 〈엘리〉에서 유래했다고 한다.

12   원에서 수직으로 만나는 두 개의 지름, 그러니까 네 개의 사분원(四分圓)이 서로 〈맞닿는 부분들〉이 십자가 모양을 이룬다. 따라서 네 축(또는 〈팔〉)의 길이가 똑같은 소위 〈그리스 십자가〉 형태가 된다.

13   분명히 기억하지만 정확하게 묘사할 방도가 없다는 뜻이다.

그 십자가 안에 그리스도께서 빛났는데
거기에 합당한 예를 찾을 수 없구나.   105

하지만 자기 십자가를 지고 그리스도를
따르는 자는 그 여명에 그리스도의 빛남을
보고도 내가 적지 못함을 용서해 주리다.   108

축의 끝에서 끝으로, 위에서 아래로
빛들이 움직였으며, 서로 만나고
스쳐 지나가면서 강하게 빛났는데,   111

마치 사람들이 햇빛을 막으려고
재능이나 기술로 만들어 놓은 그늘에
때로는 한 줄기 빛이 늘어서고,   114

거기에 미세한 입자들이 모습을 바꾸며
곧거나 굽게, 빠르거나 느리게,
길거나 짧게 움직이는 것처럼 보였다.[14]   117

그리고 많은 현(絃)들을 조화롭게
맞춘 악기들이 그 가락을 모르는

14　한낮에 어둑한 방 안으로 한 줄기 햇살이 비치면 미세한 먼지들이 떠
다니는 것이 보이는 모습에 비유하고 있다.

사람에게도 감미로운 소리를 내듯이,   120

거기서 나에게 나타난 빛들로부터
십자가 위로 선율이 퍼져 나왔는데,
노랫말도 모르지만 나를 사로잡았다.   123

듣고도 이해하지 못하는 사람처럼,
〈일어나소서〉, 〈승리하소서〉가 들렸기에
나는 그것이 높은 찬가임을 깨달았다.   126

나는 여기에 너무나도 매료되었는데
그곳까지 그토록 달콤한 사슬로 나를
묶었던 것은 아무것도 없었기 때문이다.   129

혹시 내 말이 너무 대담하여, 바라볼
때마다 내 욕망을 잠재우는 아름다운
눈[15]의 기쁨을 제쳐 두는 듯하지만,   132

모든 아름다움의 생생한 봉인들[16]은
위로 오를수록 빛나고, 나는 그것들을

15   베아트리체의 눈이다.
16   베아트리체의 눈으로 해석하는 사람도 있고, 하늘들로 해석하는 사람
도 있다.

아직 바라보지 않았음을 아는 사람은   135

나를 변명하려고 스스로 나무라는 것을
용서하고, 내 말이 사실임을 알 것이니
여기서는 성스러운 기쁨이 사라지지 않고   138

오를수록 더욱 순수해지기 때문이다.

제15곡

십자가 모양을 이루고 있던 영혼들 중 하나가 앞으로 나오더니 단테를 반갑게 맞이한다. 단테의 고조부 카차귀다의 영혼이다. 그는 자기가 살던 시대 피렌체의 검소한 생활에 대해 이야기하고, 또한 자신이 십자군 원정에 참가하였다가 순교하여 곧바로 천국으로 올라오게 되었다고 이야기한다.

탐욕이 사악함 속에 녹아 있듯이,
올바르게 발산되는 사랑이 언제나
스며들어 있는 너그러운 의지는   3

그 감미로운 악기를 침묵시켰고,
하늘의 오른손이 당기고 늦추는
성스러운 현들을 잠잠하게 하였다.   6

내가 부탁하려는 의지를 표현하도록
한마음으로 침묵한 그 실체들이
어찌 정당한 기도를 듣지 않겠는가?[1]   9

덧없는 것에 대한 사랑 때문에
그 사랑에서 영원히 벗어나는 자는
끝없이 괴로워해야 마땅하리라.   12

1   우리 인간의 모든 정당한 기도를 들어준다는 뜻이다.

마치 청명하고 고요한 밤하늘에

때때로 갑자기 불꽃이 휙 지나가며

꼼짝 않던 눈들을 움직이게 하고,   15

별이 자리를 옮기는 것처럼 보이는데

그것이 불붙었던 쪽에서는 사라진

것도 없고, 또한 잠시만 지속되듯이,[2]   18

거기에서 빛나던 별자리의 별 하나[3]가

오른쪽으로 펼쳐진 축[4]의 끝에서

십자가의 발치 쪽으로 달려 나왔는데,   21

그 보석은 자신의 끈[5]에서 벗어나지

않으면서 빛들 사이를 가로질렀으니,

마치 설화석고[6] 뒤의 불처럼 보였다.   24

2 별똥별이 순식간에 나타났다 사라지는 모습을 묘사하고 있다.

3 단테의 고조부 카차귀다Cacciaguida의 영혼으로 그 이름은 135행에서
언급된다.

4 십자가의 가로축이다.

5 십자가 모양으로 늘어선 영혼의 빛들을 끈으로 연결된 보석에 비유하
는데, 십자가에서 벗어나지 않고 영혼들 사이를 지나 발치 쪽으로 왔다는 뜻
이다.

6 설화석고(雪花石膏)는 대개 하얀색에 무르고 반투명한 돌로 얇은 판을
통해 뒤쪽의 불빛이 희미하게 비친다.

우리의 최고 시인[7]이 믿을 만하다면
안키세스의 그림자가 엘리시움[8]에서
자기 아들을 보고 그렇게 맞이했으리.   27

「오, 나의 피여, 오, 넘치는 하느님의
은총이여, 너에게처럼 하늘의 문이
누구에게 두 번 열린 적이 있던가?」[9]   30

그 빛의 말에 나는 그를 보았다가
나의 여인에게로 시선을 돌렸는데
이쪽이나 저쪽에서 놀랄 뿐이었다.   33

내 눈이 나의 모든 은총과 천국의
끝까지 닿았는가 생각할 정도로
그녀 눈에 미소가 불탔기 때문이다.   36

7   원문에는 〈무사 여신〉으로 되어 있는데 베르길리우스를 가리킨다. 『아이네이스』 6권 684행 이하에서 저승에 간 아이네아스를 아버지 안키세스의 영혼이 반갑게 맞이하는 장면이 나온다.

8   Elysium. 그리스 신화에서 〈엘리시온 평원Elysion pedion〉으로 일컬어지는 저승의 구역으로 축복받은 착한 사람들의 영혼이 거주하는 이상향으로 간주되었다.

9   원문에는 라틴어로 되어 있다. 〈*O sanguis meus, o superinfusa / gratia Dei, sicut tibi cui / his unquam celi ianua reclusa?*〉 여기에서 단테의 선조가 굳이 라틴어로 말한 뚜렷한 이유는 찾기 힘들다.

또 듣고 보기에 즐겁도록 그 영혼은
처음의 말에 덧붙였는데, 내가
이해하지 못하는 심오한 말이었다.   39

일부러 말을 감춘 것이 아니라, 그의
생각이 인간들의 기호를 초월했기
때문에 필연에 의해 그런 것이었다.   42

불타는 애정의 활이 스러지고
그의 말이 우리 지성의 기호를
향하여 내려오게 되었을 때,   45

내가 이해한 첫 번째 말은 이랬다.
「나의 씨앗에게 그토록 너그러우신
셋이자 하나시여, 축복받으소서.」   48

그리고 계속했다. 「흰색이나 검은색이
절대 변하지 않는 위대한 책[10]을 읽고
내가 얻은 즐겁고도 오랜 욕망을,   51

아들아, 너에게 말하는 이 빛 속에서

10 하느님의 뜻을 가리킨다. 카차귀다는 천국에 올라온 뒤 단테가 올 것
을 알고 기다렸다는 뜻이다.

네가 풀어 주었으니, 높이 날도록
네게 날개를 입혀 준 그녀 덕택이구나.   54

마치 하나를 알면 다섯과 여섯이
나오는 것처럼, 최초이신 분에 의해
네 생각이 나에게 전해진다고 믿기에,   57

너는 묻지 않는구나, 내가 누구인지,
또한 무엇 때문에 내가 이 무리에서
누구보다 기뻐하고 즐겁게 보이는지를.   60

네가 믿는 것은 사실이다, 이곳의 크고
작은 영혼들은 생각하기도 전에 그
생각이 드러나는 거울을 보고 있으니까.   63

하지만 내가 영원한 눈으로 지켜보고
또 달콤한 욕망으로 나를 목타게 하는
성스러운 사랑이 더욱 잘 충족되도록,   66

확고하고 대담하고 즐거운 네 목소리는
의지를 표현하고, 욕망을 표현하여라.
나의 대답은 이미 준비되어 있으니까!」   69

나는 베아트리체를 바라보았는데, 그녀는
내가 말하기도 전에 듣고, 미소로
신호하여 내 욕망의 날개를 키워 주었다.　　　　72

그래서 나는 말했다. 「최초의 평등함」[11]이
그대들에게 나타났을 때, 감성과 지성은
그대들 각자에게 똑같은 무게가 되었으니,　　　　75

빛과 열기로 그대들을 비추고
또한 불태우는 태양은 그 무엇과도
비교될 수 없게 평등하기 때문이지요.　　　　78

하지만 인간들의 욕망과 이성은
그대들에게 잘 알려진 이유 때문에
그 날개의 깃털들이 서로 다르지요.　　　　81

그러므로 인간인 나는 그러한
불평등을 느끼니, 아버지 같은 환대에
단지 마음으로 감사를 드립니다.　　　　84

이 귀중한 보석으로 빛나는 생생한
황옥(黃玉)이여, 그대에게 부탁하오니

11　하느님을 가리킨다.

그대의 이름을 나에게 알려 주십시오.」   87

「오, 기다리면서도 즐거웠던 나의
잎사귀여, 나는 너의 뿌리였단다.」
그는 그런 대답으로 말을 꺼내더니   90

이어서 말하였다. 「네 가문의 이름이
유래하였고, 백 년도 넘게 산의
첫째 둘레를 돌고 있는 사람[12]이   93

내 아들이자 너의 증조부였으니,
너의 기도로 그의 오랜 노고를
줄여 주는 것이 좋을 것이다.   96

지금도 셋째와 아홉째 시간을 알리는[13]
소리가 들리는 옛날 성벽 안의 피렌체는
평화 속에 검소하고 정숙하였단다.   99

12 단테의 증조부 알리기에로Alighiero 또는 알라기에로Allaghiero로
단테의 성 알리기에리는 그에게서 유래하였다고 한다. 그가 백 년도 넘게 연옥
산의 첫째 둘레를 돌고 있다는 것인데, 실제로 1201년에도 아직 살아 있었다
는 기록이 있다.
13 피렌체의 옛 성벽 근처에 바디아 교회가 있었는데, 종소리로 시간을
알려 주었다고 한다. 중세의 성무일도에 따른 시간 구분에서 셋째 시간과 아홉
째 시간은 각각 오전 9시와 오후 3시에 해당하는데, 그 종소리에 일하는 사람
들이 일터에 나가거나 돌아왔다고 한다.

사람을 자신보다 더 돋보이게 만드는

팔찌도 없었고, 머리 관[14]도 없었으며,

장식 달린 치마나 허리띠도 없었다.   102

아직은 딸이 태어나도 아버지에게

걱정되지 않았으니, 나이에서나

지참금에서 정도를 넘지 않았다.[15]   105

가족들이 비어 있는 집[16]들도 없었고,

방 안에다 무엇을 할 수 있는지 보여 주려는

사르다나팔루스[17]도 아직 나타나지 않았다.   108

너희들의 우첼라토이오가 몬테 마리오를

아직 능가하지 않았으니,[18] 위로 오르는 데

능가하였듯이 무너지는 데도 능가하리라.   111

14 당시 여자들 사이에 유행하던 장신구였다.(「천국」 3곡 14행 역주 참조)

15 단테 시대에 아이가 아직 요람에 있을 때 혼처를 결정하던 것과는 달리 적당한 나이가 되었을 때 결혼을 결정하였고, 지참금도 적절하였다는 뜻이다.

16 가족의 숫자에 비해 너무 넓어서 빈방들이 많은 저택을 가리킨다.

17 아시리아의 마지막 왕으로 고대부터 사치와 호사스러움으로 유명하였다.

18 우첼라토이오Uccellatoio는 피렌체 근처의 산이고, 몬테 마리오Monte Mario는 로마 근교의 언덕으로 두 도시를 가리킨다. 단테 시대에 피렌체는 건물들의 화려함에서 로마를 능가하였다고 한다.

나는 보았단다, 벨린초네 베르티[19]가

뼈와 가죽의 띠[20]를 둘렀고, 그의 아내가

화장 않은 얼굴로 거울 곁을 떠나는 것을.   114

또한 네를리와 베키오[21] 집안 사람들은

맨살에 만족하고, 그 여자들은 실꾸리와

물렛가락에 만족하는 것을 보았단다.   117

오, 행복했던 여인들이여, 모두 자신의

무덤을 확신했고, 아직 프랑스 때문에

아무도 잠자리에서 버림받지 않았다.[22]   120

어느 여인은 요람을 돌보고 지켜보며

어머니 아버지들이 맨 처음 아기를

어르는 말을 사용하며 아기를 달랬고,   123

다른 여인은 실꾸리에서 실을 뽑으며

자기 식구와 함께 트로이아 사람들과

19   Bellincione Berti. 12세기 후반 피렌체의 지체 높은 귀족이었다.

20   뼈로 된 걸쇠가 달린 소박한 가죽 허리띠이다.

21   네를리Nerli와 베키오Vecchio도 피렌체의 귀족 가문으로 검소한 생
활로 유명하였다.

22   단테 시대에는 정치적 이유로 많은 가족이 망명하거나 추방되어 어디
에서 죽을지 알 수 없었고, 또한 많은 남자들이 사업이나 거래 때문에 자주 프
랑스에 갔었다.

피에솔레, 로마에 대해 이야기하였지.　　　　　　126

요즈음 킨킨나투스나 코르넬리아[23]가
그렇듯이, 당시에는 라포 살테렐로나
찬겔라[24]가 놀라운 이야기가 되었으리.　　　　129

그렇게 평온하고, 그렇게 아름다운
시민들의 생활, 그렇게 믿음직한
시민 의식, 그렇게 감미로운 집에다　　　　　132

큰 외침[25]의 호소에 마리아께서 나를
보내셨으니, 오래된 너희 세례당[26]에서
그리스도인이자 카차귀다가 되었지.　　　　135

모론토와 엘리세오[27]가 내 형제였고,

23　둘 다 로마 시대의 인물로 킨킨나투스는 정치가 퀸크티우스(「천국」 6곡 47행)의 별명이고, 코르넬리아(「지옥」 4곡 128행)는 스키피오의 딸이자 그라쿠스 형제의 어머니였다.

24　찬겔라Cianghella는 단테 시대의 피렌체 사람으로 사치와 염문으로 유명했던 여인이고, 라포 살테렐로Lapo Salterello는 궬피 백당으로 단테와 함께 망명했던 타락한 법률가였다.

25　어머니가 해산 때 외치는 비명이다.

26　피렌체의 중앙 성당 앞에 있는 산조반니 세례당이다.(「지옥」 19곡 16행 참조)

27　카차귀다의 형제 모론토Moronto와 엘리세오Eliseo에 대해서는 알려진 바 없다.

내 아내는 파도[28] 계곡에서 왔으니

거기에서 너의 성(姓)이 나왔단다.   138

후에 나는 콘라트 황제[29]를 뒤따랐는데,

훌륭한 업적으로 그의 인정을 받아

그는 나를 자기 군대의 기사로 삼았지.   141

나는 그를 따라 목자들의 잘못으로

그 백성이 너희들의 정의를 약탈하는

사악한 율법[30]과 싸우려고 갔단다.   144

거기에서 그 더러운 사람들에 의해

나는, 많은 영혼들을 타락시키는

거짓된 세상으로부터 풀려 나왔고   148

순교[31]에서 이 평화 속으로 왔단다.」

28   Pado. 구체적으로 어디인지 분명하지 않으나 대개 로마냐 지방의 페
라라, 또는 파르마를 가리키는 것으로 해석된다. 두 곳 모두에 알리기에리와
유사한 성(姓)이 있었고 한다.

29   호엔슈타우펜 왕가의 콘라트 3세(재위 1138~1152)로 프랑스의 루이
7세와 함께 제2차 십자군 원정을 이끌었지만 이탈리아에 내려온 적이 없다. 반
면 콘라트 2세(1024~1039)는 피렌체에 자주 왔었고, 아마 단테는 그와 혼동
한 것으로 짐작된다.

30   이슬람교의 율법을 가리킨다. 교황들(〈목자들〉)의 잘못으로 이슬람
사람들에게 성지를 빼앗겼다는 비난이다.

31   순교자는 연옥을 거치지 않고 곧바로 천국으로 올라갈 수 있다는 것이다.

제16곡

단테는 카차귀다에게 그의 조상들이 누구인지, 그 당시 피렌체의 훌륭한 인물들은 누구였는지 질문한다. 카차귀다는 자신과 조상에 대해 간단히 말한 다음, 12세기 피렌체의 유명한 가문들과 뛰어난 인물들에 대해 이야기한다. 그리고 당시의 유명한 가문들이 쇠퇴하고 몰락한 이유에 대하여 설명한다.

오, 초라한 우리 핏줄의 고귀함이여,

우리의 애정이 스러지는 이 아래에서

사람들이 너를 영광으로 삼더라도　　　　　　　　　　3

나는 전혀 놀라지 않았을 것이니,

욕망이 비틀리지 않는 곳 천국에서

나는 너를 영광으로 삼았기 때문이다.　　　　　　　6

분명히 너는 곧바로 줄어드는 겉옷,

매일 덧대어 깁지 않으면, 세월이

가위를 들고 네 주위를 맴도는구나.[1]　　　　　　9

로마에서 처음으로 사용되었으나

그 후손들이 잘 간직하지 않았던

voi[2]로 나는 다시 말하기 시작했다.　　　　　　12

1　가문의 명성은 지상에서 오래 지속되지 않음을 암시한다.

그러자 약간 떨어져 있던 베아트리체가
미소를 지었는데, 기네비어 이야기의
첫 실수에 기침을 했던 여인[3] 같았다.   15

나는 말했다. 「당신은 나의 아버지,[4]
내가 자신 있게 말하게 해주시고,
나를 나 자신보다 높게 올려 주십니다.   18

나의 마음은 수많은 흐름들을 통해
기쁨으로 가득하여, 터지지 않도록
스스로 즐거워하고 있습니다.   21

그러니 사랑하는 나의 조상이여,
당신의 선조는 누구였으며, 당신의
어린 시절은 어땠는지 말해 주소서.   24

2   이탈리아어의 복수 2인칭 주격 인칭대명사인데 존칭으로 사용된다. 일
반적으로는 단수 2인칭으로 *tu*를 사용한다. 앞에서 단테는 일부 등장인물에게
만 존칭을 사용하였다. 중세에 널리 퍼진 잘못된 견해에 의하면, 그런 존칭은
카이사르가 개선하였을 때 처음 사용되었다고 믿었다.
3   원탁의 기사 랜슬럿과 기네비어 왕비 사이의 사랑 이야기(「지옥」 5곡
127~128행 참조)에 나오는 맬러훗Malehaut 부인이다. 그녀는 기네비어가 랜
슬럿에게 처음으로 사랑의 말을 건넸을 때 기침을 하여 자기가 곁에 있다는 사
실을 랜슬럿에게 알려 주려고 하였다.
4   친근한 표현으로 아버지라 부른다.

그 당시에 성 요한의 양 우리[5]는

얼마나 컸으며, 거기에서 높은 자리에

합당한 사람들은 누구였는지 말해 주소서.」   27

마치 바람이 불면 불붙은 숯이 더욱

생생하게 타오르듯 나의 애정 어린

말에 그 빛은 환하게 빛났으며,   30

또한 나의 눈에 더욱 아름다워지듯

목소리도 더욱 부드럽고 달콤했지만,

요즈음의 말이 아닌 말[6]로 말했다.   33

「〈아베〉 하고 처음 말했던 날[7]부터

지금은 축복받은 내 어머니가 나를

낳으시고 몸이 가벼워지신 날까지   36

이 불타는 행성은 550 하고

서른 번이나 사자자리로 돌아와

5   세례자 요한을 수호성인으로 여기는 피렌체를 가리킨다.

6   처음에 말했던 것처럼(「천국」 15곡 28~30행) 라틴어로 말했다고 해석하는 사람도 있으나, 옛날 피렌체의 사투리로 말했다고 보는 것이 타당할 것이다.

7   가브리엘 천사가 성모 마리아에게 예수 그리스도의 잉태를 알려 준 사건을 기념하는 주님 탄생 예고 대축일은 3월 25일이다.(「연옥」 10곡 40행 역주 참조)

그 발아래에서 불타올랐단다.[8]   39

해마다 너희들의 경주에서 달리는
사람이 도착하는 마지막 구역[9]에서
나의 옛 조상들과 나는 태어났단다.   42

내 조상에 대해서는 이것으로 충분하고
그들이 누구였고 어디서 이곳으로 왔는지
솔직한 이야기보다는 침묵이 나으리라.   45

그 당시 마르스와 세례자 사이[10]에서
무기를 갖고 다닐 수 있는 자들은 모두
지금 살고 있는 사람들의 5분의 1이었지만,   48

지금은 캄피, 체르탈도, 필리네[11]에서
온 사람들이 뒤섞인 시민들은 그 당시
가장 낮은 일꾼까지 순수하였노라.   51

8   사자자리와 조응하는 화성의 공전 주기를 687일로 보면 580번 회전하
였을 경우 카차귀다가 태어난 해는 1091년이 된다. 일부에서는 다른 방식으로
계산하기도 한다.

9   피렌체의 동쪽 산피에로 문이 있는 구역이다. 단테 시대에 매년 말[馬]
경주가 열렸는데 서쪽 끝의 구역에서 출발하여 그곳이 도착 지점이었다.

10   부서진 마르스의 동상이 있었던 베키오 다리(「지옥」 13곡 146~147행
참조)와 산조반니 세례당은 옛 피렌체의 북쪽과 남쪽 경계선이었다.

11   Campi, Certaldo, Figline. 모두 피렌체 근처의 지명들이다.

내가 말하는 그 사람들과 이웃하고
갈루초와 트레스피아노[12]를 경계선으로
삼는 것이, 그들을 안으로 받아들여   54

아굴리오네[13]의 악당이나, 부정한 거래에
눈을 번득이고 있는 시냐[14]의 역겨움을
참고 견디는 것보다 얼마나 나을 것인가!   57

세상에서 가장 사악한 사람들[15]이
황제[16]에게 계모가 아니라, 자식에게
너그러운 어머니처럼 되었더라면,   60

피렌체 사람이 되어 거래하고 장사하는
사람은 자기 할아버지가 구걸하던
세미폰테[17]로 돌아갔을 것이다.   63

12   갈루초Galluzzo와 트레스피아노Trespiano도 피렌체 근처의 지명이다.

13   Aguglione. 피렌체 근처의 지명인데 그곳 출신 발도Baldo를 암시한다. 그는 법률가이며 정치가로 부패와 타락을 일삼았다.

14   Signa. 역시 피렌체 근처의 지명으로, 매관매직을 일삼던 파치오Fazio를 암시한다.

15   성직자들을 가리킨다.

16   신성 로마 제국의 황제로, 궬피파와 기벨리니파 사이의 갈등과 싸움을 암시한다.

17   Semifonte. 피렌체 근처의 작은 마을인데, 구체적으로 누구를 가리키는지 분명하지 않다.

몬테무를로는 지금도 백작들의 것으로,

체르키는 아코네 교구에, 부온델몬티는

발디그레베에 지금도 있을 것이다.[18]   66

사람들이 뒤섞이는 것은 언제나

그 도시에 불행의 출발이 되었으니,

너희들 몸에 음식이 넘치는 것과 같다.   69

눈먼 황소는 눈먼 양보다 더 빨리

쓰러지고, 종종 한 자루의 칼이

다섯 자루보다 더 잘 베는 법이다.   72

루니와 우르비살리아[19]가 어떻게

몰락했고, 키우시와 세니갈리아[20]가

어떻게 그 뒤를 따르는지 본다면,   75

도시들마저 종말을 맞이하는 마당에

18　귀디Guidi 백작 가문은 몬테무를로Montemurlo 출신이고, 체르키(「지옥」 6곡 65행 참조)는 아코네Acone 교구, 부온델몬티Buondelmonti는 발디그레베Valdigreve 출신 가문이다.

19　루니는 토스카나 북부의 도시였고(「지옥」 20곡 47행), 우르비살리아Urbisaglia는 마르케 지방의 도시였는데, 단테 시대에 이미 폐허가 되어 버렸다.

20　키우시Chiusi는 토스카나 남부의 도시였고, 세니갈리아Senigallia는 마르케 지방 동부 해안의 도시였는데 단테 시대에 몰락의 길을 걷고 있었다.

어떻게 가문들이 몰락하는가 듣는다고
이상하거나 새삼스러운 일이 아니리라.   78

너희들 자신처럼 너희들의 모든 것에는
죽음이 있지만, 일부 오래 지속되는 것
일부에는 감추어져 있고, 인생은 짧다.   81

또 달의 하늘이 운행하면서 쉴 새 없이
해변이 뒤덮였다가 드러나는 것처럼[21]
운명이 피렌체에 그렇게 하고 있구나.   84

그러므로 그 명성이 세월 속에 사라진
위대한 피렌체 사람들에 대해 말하는 것이
놀라운 일로 보이지는 않을 것이다.   87

나는 우기를 보았고, 카텔리니, 필리피,
그레치, 오르만니, 알베리키,[22] 이미
몰락한 탁월한 시민들을 보았단다.   90

그리고 오래된 만큼 위대하였던

21   달의 영향으로 밀물과 썰물의 조수 현상이 발생하는 것을 가리킨다.
22   Ughi, Catellini, Filippi, Greci, Ormanni, Alberichi. 모두 단테 시대에
이미 몰락한 가문들이다.

산넬라, 아르카 사람들과 솔다니에리,

아르딘기, 보스티키[23]를 보았단다.   93

지금은 금방이라도 배를 침몰시킬

정도로 무거운 새로운 악당들이

가득 모여 있는 문[24] 주위에는   96

라비냐니[25] 사람들이 살았는데, 거기서

귀도 백작과, 나중에 벨린초네의

높은 이름을 딴 사람들이 나왔단다.   99

프레사 사람은 통치하는 방법을 이미

알고 있었고, 갈리가이오[26]는 집에

도금된 칼자루와 손잡이를 갖고 있었지.[27]   102

모피 줄무늬[28]와 사케티, 주오키,

23 Sannella, Arca, Soldanieri, Ardinghi, Bostichi. 역시 몰락한 가문들
이다.

24 앞의 41행에서 말한 산피에로 문이다.

25 Ravignani. 이 가문의 수장은 벨린초네 베르티(「천국」15곡 112행)였
으며, 그의 딸 괄드라다는 귀도 궤라 백작(「지옥」16곡 37~39행)과 결혼하였
다. 다른 두 딸은 벨린초네를 성으로 삼았고, 거기에서 아디마리Adimari와 도
나티 가문이 나왔다.

26 프레사Pressa와 갈리가이오Galigaio는 모두 기벨리니 계열 가문이
었다.

27 기사 작위를 받은 사람만이 칼자루가 도금된 칼을 가질 수 있었다.

피판티, 바루치, 갈리,[29] 됫박 때문에

얼굴을 붉히는 사람들[30]은 이미 위대했지.　　　　105

칼푸치가 태어났던 밑둥치[31]는 이미

위대했고, 시치이와 아리구치[32]는

이미 높은 공직에 올랐었단다.　　　　108

아, 오만함 때문에 몰락한 사람들을

얼마나 보았던가! 황금 구슬들[33]은

피렌체의 모든 커다란 일에서 꽃피웠지.　　　　111

너희들의 교회가 공석일 때마다

추기경 회의에 머무르며 살이 찌는

사람들[34]의 조상들도 마찬가지였다.　　　　114

28　빨간 바탕에 모피 줄무늬를 세로로 장식한 문장을 가졌던 필리Pigli 가
문이다.

29　Sacchetti, Giuochi, Fifanti, Barucci, Galli. 몰락한 다른 가문들이다.

30　소금 됫박을 바꿔치기하여 부당한 이득을 취했던 키아라몬테시 가문
을 가리킨다.(「연옥」 12곡 104행 참조)

31　도나티 가문을 중심으로 하는 파벌로 칼푸치Calfucci 가문은 그 일원
이었다.

32　시치이Sizii와 아리구치Arrigucci 가문은 궬피 계열 가문이었다.

33　푸른 바탕에 황금 구슬들이 그려진 람베르티 가문의 문장이다.

34　피렌체 교구를 관리하며 축재하였던 비스도미니Visdomini 가문과 토
신기Tosinghi 가문을 가리킨다.

달아나는 자에게는 용처럼 뒤쫓고,

이빨이나 돈주머니를 보여 주는 자에게는

양처럼 온순해지는 그 거만한 무리[35]는   117

이미 상승하였지만, 너무나 미천하여

우베르티노 도나티는 장인[36]이 그들과

인척 맺는 것을 좋아하지 않았다.   120

카폰사키[37]는 피에솔레에서 내려와

이미 시장에 자리 잡았고, 인판가티와

주디[38]는 이미 훌륭한 시민이었다.   123

믿을 수 없겠지만 사실을 말하겠는데,

페라[39] 사람들에게서 이름을 따온

문을 통해 옛날 성벽 안으로 들어갔단다.   126

35   약한 자에게 잔인하고 강한 자에게는 아부하였던 아디마리 가문의 사람들이다.

36   벨린초네 베르티의 딸 하나는 우베르티노 도나티와 결혼하였고, 다른 딸 하나는 아디마리 가문의 남자와 결혼하였다.

37   Caponsacchi는 원래 피에솔레 출신인데 피렌체로 내려왔고, 옛날 시장 자리에 저택이 있었다.

38   인판가티Infangati와 주디Giudi는 기벨리니 계열의 가문이었다.

39   델라 페라Della Pera 가문으로 그 이름을 딴 페루차Peruzza 성문이 있었다.

토마스의 축일에 그 이름과 명성을

다시 기리는 위대한 귀족[40]의

멋진 휘장을 지니고 있는 각 가문은   129

그에게서 기사 작위와 특전을 얻었는데,

그 휘장을 띠로 장식한 자[41]는

지금 민중들과 함께 어울리고 있구나.   132

괄테로티와 임포르투니[42]도 이미 있었는데,

만약 새 이웃[43]을 받아들이지 않았다면

보르고는 지금도 더욱 평안할 텐데.   135

너희들의 통곡을 탄생시킨 가문[44]은

너희를 죽이고 너희의 행복한 삶을

끝나게 만들었던 정당한 분노 때문에   138

40　토스카나의 후작 우고Ugo는 1001년 12월 21일 성 토마스의 축일에
사망하였고 해마다 그를 추모하는 엄숙한 행사가 열렸다. 우고 후작의 문장을
다양하게 장식하여 문장으로 삼은 가문들이 여럿 있었다.

41　델라 벨라Della Bella 가문의 자노Giano이다. 그는 귀족 출신이었지
만 피렌체의 민중 운동을 지지하였고 그로 인해 1295년 추방되었다.

42　괄테로티Gualterotti와 임포르투니Importuni 가문은 보르고Borgo 구
역에 살고 있었다.

43　피렌체의 내부 싸움과 갈등의 원인이 되었던 부온델몬티 가문을 가리
킨다. 부온델몬테의 살해 사건에 대해서는 「지옥」 28곡 106행의 역주 참조.

44　부온델몬테를 살해함으로써 피렌체를 싸움의 도가니에 몰아넣은 아
미데이 가문을 가리킨다.

자신과 자기 인척에게는 명예가 되었지만,

오, 부온델몬테여, 다른 사람의 충고에

결혼을 피한 것은 얼마나 큰 잘못이었는가!　　　　141

네가 맨 처음 도시에 올 때 하느님께서

차라리 너를 에마[45]에게 내주셨다면,

슬퍼하는 많은 사람들이 행복할 텐데.　　　　144

하지만 피렌체는 마지막 평화 시에

다리를 바라보는 그 부서진 돌[46]에

희생물을 바칠 필요가 있었지.　　　　147

그 사람들과 또 다른 사람들과 함께

나는 그렇게 평온한 피렌체를 보았으니,

눈물을 흘릴 어떤 이유도 없었단다.　　　　150

그 사람들과 함께 나는 명예롭고

올바른 백성을 보았으니, 백합꽃[47]은

뒤집힌 깃대에 끌려 다닌 적도 없었고　　　　153

45　Ema. 부온델몬테의 고향인 몬테부오니와 피렌체 사이에 있는 강으로, 피렌체에 오기 전에 차라리 그 강에 빠져 죽었다면 더 좋았으리라는 말이다.

46　부온델몬테는 바로 부서진 마르스의 동상 아래에서 살해되었다.

47　피렌체의 깃발에는 붉은 바탕에 흰 백합꽃이 그려져 있었다. 깃대에 깃발을 거꾸로 매달아 끌고 다니는 것은 패배의 상징이었다.

분열 때문에 붉게 물들지도 않았단다.」

제17곡

단테는 카차귀다에게 자신의 미래 운명에 대해 알려 달라고 부탁한다. 카차귀다는 단테가 힘겨운 망명 생활을 하게 될 것이며, 베로나의 칸그란데 델라 스칼라의 도움을 받을 것이라고 예언한다. 그리고 단테에게 저승 세계를 두루 둘러본 다음 두려워 말고 모든 것을 그대로 시로 적어 사람들에게 도움을 주라고 권한다.

지금도 아버지들이 자식에게 신중하도록,

자신에 거스르는 말을 듣고 확인하려고

클리메네[1]에게 달려갔던 그 사람처럼   3

나도 바로 그랬으니, 나 때문에 앞에서

자리를 바꾸었던 성스러운 등불[2]과

베아트리체의 눈에도 그렇게 보였다.   6

그래서 나의 여인은 나에게 말하였다.

「그대 욕망의 불꽃을 밖으로 내보내

---

1 오케아노스와 테티스의 딸로 태양신 헬리오스와의 사이에서 파에톤을 낳았다. 파에톤은 자신이 태양신의 아들이 아니라는 말을 듣고 어머니에게 확인을 요구하였고, 또 태양신의 아들임을 증명하기 위해 태양 마차를 몰다가 길을 벗어났고 유피테르의 번개에 맞아 죽었다.(「지옥」 17곡 106~107행 참조) 그 후로 부모들은 자식의 요구를 들어주는 데 신중해졌다고 한다.

2 단테를 만나려고 십자가 형상의 자기 자리에서 벗어났던 카차귀다의 영혼을 가리킨다.

내부의 각인이 잘 보이도록 하세요.   9

그대의 말로 우리 지식을 늘리기 위해서가
아니라, 그대가 갈증을 표현하여 마실 것을
얻는 법을 배우도록 하기 위해서요.」   12

「오, 사랑하는 나의 뿌리여, 세상 사람들이
삼각형에 두 개의 둔각(鈍角)이 없음을
잘 알듯이, 당신은 높이 오르시어   15

모든 시간들이 공존하는 지점[3]을
바라보시니, 우연적인 일들이 아직
완전히 나타나기도 전에 미리 아십니다.   18

제가 베르길리우스와 함께 동행하여
영혼들을 치유하는 산을 오르고
죽은 세계 속으로 내려가는 동안[4]   21

저의 미래 삶에 대해 불길한 말들을
들었지만, 그래도 저는 운명의
타격들 앞에 확고함[5]을 느낍니다.   24

3 하느님.
4 지옥과 연옥을 여행하는 동안.

그래서 제 바람은 어떤 운명이 제게
다가올지 알고 싶습니다. 미리 본
화살은 천천히 오기 때문입니다.」   27

나에게 먼저 말했던 그 빛에게
그렇게 말했으니, 베아트리체가
원한 대로 내 바람을 고백하였다.   30

죄를 없애 주신 하느님의 어린양[6]이
죽음을 당하시기 전에 어리석은 사람들이
빠져 있던 모호한 말[7]이 아니라,   33

분명하고도 아주 정확한 말로,
빛 속에서 웃음으로 빛나는
그 아버지다운 사랑이 말하셨다.   36

「너희들 물질의 공책 밖으로
벗어나지 못하는 우연 같은 일들은
모두 영원한 시야[8] 속에 그려져 있다.   39

5   원문에는 *tetragono*, 즉 〈사각형〉으로 되어 있는데, 사각형처럼 단호하
게 역경에 대처할 준비가 되어 있다는 것을 의미한다.
6   예수 그리스도.
7   그리스도 이전에 여러 신들을 섬기던 시절에 널리 퍼졌던 신탁(神託)의
수수께끼 같고 모호한 말을 가리킨다.

하지만 그렇다고 필연이 되는 것은 아니니,
흐름을 따라 내려가는 배는 그것을 보는
눈에 의해 움직이지 않는 것과 같단다.[9]   42

그러므로 오르간에서 달콤한 가락이
귀에 들리듯, 너를 위해 준비된
세월이 나의 눈에 비치는구나.   45

히폴리토스[10]가 냉정하고도 사악한
계모 때문에 아테나이를 떠났듯이,
너도 피렌체를 떠나야 할 것이다.   48

그렇게 원하고 이미 그렇게 정해졌으니,
그리스도가 매일 거래되는 곳[11]에서
그것을 계획하는 자가 곧 그렇게 하리라.   51

으레 그렇듯 패배한 편에 소리 높은
비난이 따르겠지만, 진실이 요구하는
복수가 그 진실을 증언할 것이다.   54

8   하느님의 생각이다.
9   배의 움직임을 바라볼 뿐 그 움직임을 바꾸지 않는다는 뜻이다.
10   테세우스의 아들 히폴리토스는 계모 파이드라의 유혹을 거부했는데
계모가 자신을 겁탈하려 했다고 모함하는 바람에 아테나이에서 쫓겨났다.
11   로마 교황청을 일컫는다.

너는 마음 깊이 사랑하는 모든 것을
떠나야 할 것이니, 망명의 활이
가장 먼저 쏘는 화살이 그것이다.   57

너는 다른 사람의 빵이 얼마나 짠지,
또 남의 집 계단을 오르내리는 것이
얼마나 힘든 일인지 체험하게 될 것이다.   60

그리고 네 어깨를 더욱 짓누를 것은
너와 함께 그 구덩이에 떨어질
사악하고 어리석은 무리일 것이다.[12]   63

완전히 배은망덕하고 미치광이에다
불경스런 그들은 너에게 반대하겠지만,
네가 아니라 그들이 얼굴을 붉힐 것이다.   66

그들의 행동은 야수 같은 성격을
증명할 것이니, 너 자신을 위한
당파를 만드는 것이 좋을 것이다.   69

너의 첫 번째 피난처와 첫 번째 숙소는

12   단테는 궬피 백당의 다른 사람들과 함께 망명의 길을 떠났으나, 나중
에는 그들과도 결별하였다.

계단 위에 거룩한 새를 갖고 있는 위대한

롬바르디아 사람[13]의 호의일 것이다.   72

그는 너에게 너무나도 너그러워서

여느 사람들과 달리 너희 둘 사이에는

요구하기 전에 먼저 호의를 베풀 것이다.   75

그에게서 너는 날 때부터 이 힘센

별[14]의 영향을 받아 두드러진 업적을

남길 사람[15]을 보게 될 것이다.   78

그의 주위로 이 바퀴들은 단지 아홉

해만 돌았으니, 어린 나이 때문에

사람들은 아직 그걸 모르고 있노라.   81

하지만 가스코뉴 사람이 높은 하인리히를

13   계단 위의 독수리(《신성한 새》)를 문장으로 하는 베로나의 영주 델라 스칼라della Scala(또는 스칼리제리Scaligeri) 가문의 바르톨토메오를 암시하는 것으로 짐작된다. 단테는 1304년 초에 몇 달 동안 그에게 의탁하였다. 또는 그의 뒤를 이어 1304년부터 1311년까지 베로나의 영주였던 알보이노를 가리키는 것으로 해석되기도 하지만, 단테는 『향연』 4권 16장 6절에서 그에 대해 부정적으로 평가한다.

14   힘의 상징인 화성을 가리킨다.

15   바르톨로메오 델라 스칼라의 동생 칸그란데Cangrande. 1300년 당시 아홉 살이었던 그는 1312년부터 1329년까지 베로나의 영주였다. 그의 환대를 받았던 단테는 「천국」을 바로 그에게 헌정하였다.

속이기 전에,[16] 그의 덕성은 돈과 노고를
가볍게 여기는 데에서 눈부시게 빛날 것이다.   84

그의 관대함은 더욱 널리 알려지고
그리하여 그의 적들도 거기에 대해
입을 다물지 못하게 될 것이다.   87

너는 바로 그의 은덕을 기대하여라.
그의 덕택에 많은 사람들이 부자와
가난뱅이로 신분이 바뀔 것이다.[17]   90

그에 대한 이런 것을 마음속에 간직하고,
말하지 마라.」그리고 눈앞의 사람들도[18]
믿지 못할 것들에 대하여 말한 다음   93

덧붙이셨다. 「아들아, 이것이 너에 대해
말한 것들[19]에 대한 설명이니, 몇 바퀴

16   프랑스 가스코뉴 출신의 교황 클레멘스 5세가 신성 로마 제국 황제 하
인리히 7세를 회유하여 이탈리아반도로 내려오게 한 다음 나중에 그와 대립하
기 이전, 즉 1312년 이전을 가리킨다. 칸그란데는 바로 1312년부터 베로나의
영주가 되었다.

17   가난한 자는 부자가 되고, 부자는 가난뱅이가 될 것이다.

18   직접 그것을 두 눈으로 보게 될 사람들도.

19   단테가 지옥과 연옥을 거쳐 오면서 들었던 자신에 대한 여러 예언을
가리킨다.

뒤에 숨어 있는[20] 함정을 보아라.   96

하지만 네 이웃을 질투하지 말기 바란다.
네 삶은 그들의 사악함이 벌받을 때보다
더 오래 지속될 것이기 때문이다.」   99

그리고 성스러운 영혼은 말없이
내가 날실을 짜 넣는 천에다 씨실을
넣으실 준비가 되어 있었으니,[21]   102

나는 마치 의혹에 빠져, 올바른 것을
보고 원하며, 사랑하는 다른 사람에게
충고를 갈망하는 사람처럼 말했다.   105

「나의 아버지시여, 준비 없는 자에게
더 심각한 타격을 나에게 주려고 세월이
나를 향해 달려오는 것을 잘 압니다.   108

그러니 선견으로 미리 대비하여
사랑하는 내 고향을 빼앗기더라도

20 태양이 몇 바퀴 돌기 전, 즉 몇 년이 지나기 전에 나타날 것이라는 뜻
이다.
21 내가 궁금한 것을 질문하면 거기에 대해 대답하고 충고할 준비가 되어
있었다는 뜻이다.

다른 것은 내 시를 통해 잃지 않겠습니다.   111

내가 끝없이 쓰라린 세상[22]으로 내려가고,
내 여인의 눈이 나를 끌어올렸던
아름다운 꼭대기의 산[23]을 오르고,   114

그런 다음 빛에서 빛으로 하늘들을
거쳐 오면서 깨달은 것을 다시 말한다면,
많은 사람에게 아주 쓴 맛을 줄 것입니다.   117

만약 내가 진실에게 겁 많은 친구가 된다면,
지금 이 시간을 옛날이라고 말할 사람들
사이에서 생명을 잃을까 두렵습니다.」   120

내가 그곳에서 발견한 내 보물[24]이
웃으시는 빛은 마치 햇살이 비치는
황금 거울처럼 눈부시게 빛나더니   123

대답하셨다.「자신의 부끄러움이나
타인의 부끄러움으로 흐려진 양심은

22   지옥.
23   꼭대기에 지상 천국이 있는 연옥의 산이다.
24   카차귀다.

분명히 네 말을 거칠게 느낄 것이다.   126

그러나 모든 거짓을 떨쳐 버리고
네가 본 것을 모두 명백히 보여서
옴 있는 자는 긁도록 만들어라.   129

너의 목소리는 처음 맛보기에는
거슬리겠지만, 나중에 소화될 때는
생명의 자양분이 될 테니까.   132

그런 너의 외침은 높은 꼭대기들[25]을
뒤흔드는 바람과 같을 것이니,
그것은 적잖은 명예의 증거가 된다.   135

이곳의 바퀴들과 산에서, 그리고
고통의 계곡에서[26] 너에게 단지
명성이 높은 영혼들만 나타난 것은,   138

듣는 사람의 마음이란, 잘 모르거나
모호한 뿌리에서 나온 예들이나,
명백해 보이지 않는 논증에 대해서는   141

25 지상에서 권력을 가진 자들을 가리킨다.
26 천국의 하늘들, 연옥의 산, 지옥의 계곡에서.

확고하게 신뢰하지 않기 때문이다.」

확고하게 신뢰하지 않기 때문이다.」

제18곡

카차귀다의 말을 듣고 단테가 당황해하자 베아트리체가 위안한다. 카차귀다는 믿음을 위해 싸웠던 위대한 자들의 영혼을 부르면서 소개해 준다. 카차귀다가 돌아가고 단테는 여섯째 하늘인 목성의 하늘로 올라간다. 그곳에서는 정의로운 영혼들이 날아다니며 처음에는 글자 모양을 이루었다가, 다음에는 독수리의 형상으로 모인다.

그 축복받은 영혼은 벌써 혼자 생각에

빠졌고, 나는 달콤한 말로 쓴 말[1]을

위로하면서 내 생각에 빠져 있었는데,　　　　　　　3

나를 하느님께 인도하던 여인이 말했다.

「생각을 바꿔요. 모든 잘못을 없애 주시는

분[2] 곁에 내가 있다는 것을 생각해요.」　　　　　6

나는 내 위안의 사랑스러운 소리에 몸을

돌렸는데, 그 성스러운 눈에서 내가 어떤

사랑을 보았는지 여기서 말하지 않겠다.　　　　　9

1　단테의 미래에 대한 카차귀다의 예언 중에서, 쓴 말은 망명의 고통에 관한 것이고, 달콤한 말은 나중에 그에 대한 보상을 받고 적들에게 복수가 있을 것이라는 위로의 말이다.
2　하느님.

내 말을 믿을 수 없을 뿐만 아니라,[3]
다른 분[4]이 인도하지 않으면 내 기억을
충분히 되살릴 수 없기 때문이다.   12

그 순간에 대해 말할 수 있는 것은,
그녀를 바라보면서 내 마음이 다른
모든 욕망으로부터 자유로웠으며,   15

베아트리체에게 직접 비추고 있던
영원한 즐거움[5]이 아름다운 얼굴에
반사된 모습으로 나를 기쁘게 했다.   18

그녀는 미소의 빛으로 나를 압도하며
말했다.「몸을 돌려 들어 봐요. 천국은
내 눈 속에만 있는 것이 아니니까요.」   21

이곳 지상에서도 애정이 강렬하여
영혼이 온통 거기에 사로잡히게 되면
때로는 얼굴에 드러나는 것처럼,   24

3   내 말이 그것을 충분하게 표현하지 못할 것이라는 뜻이다.
4   하느님.
5   하느님의 빛이다.

내가 바라보았던 성스러운 광채의
눈부심 속에서 아직도 나에게 무언가
말하고 싶어 하는 욕망을 알아보았다.   27

그분은 말했다. 「꼭대기에 의해 살아가고,
언제나 열매를 맺고 잎이 떨어지지 않는
나무[6]의 이 다섯 번째 단계[7] 안에는,   30

천국에 오기 전 저 아래에서 모든
무사 여신들[8]을 살찌울 정도로 명성이
높았던 축복받은 영혼들이 있단다.   33

그러니 십자가의 팔들[9]을 보아라.
내가 지명하는 영혼은 거기에서 구름
속의 재빠른 불[10]처럼 보일 것이다.」   36

그분이 여호수아[11]라고 이름을 부르자마자
십자가에서 빛 하나가 움직임을 보았는데,

6 천국을 나무에 비유하고 있다. 지상의 나무는 뿌리에서 자양분을 얻고,
언제나 열매를 맺지 않고, 겨울이 되면 잎이 떨어지는 것과 다르다.
7 다섯째 하늘인 화성의 하늘이다.
8 무사 여신들을 섬기는 시인들을 가리킨다.
9 수평의 양쪽 축을 가리킨다.
10 번개.
11 모세의 뒤를 이어 이스라엘 민족을 이끈 지도자였다.

말이 움직임보다 빨랐는지 알 수 없었다.[12]   39

그리고 위대한 마카베오[13]의 이름에

다른 빛이 빙빙 돌며 움직임을 보았는데,

기쁨이 팽이를 돌리는 채찍인 듯하였다.   42

그렇게 카롤루스 마그누스와 롤랑[14]의 이름에

나의 주의 깊은 시선은 두 빛을 쫓았으니,

날아가는 매를 눈이 뒤쫓는 것 같았다.   45

그런 다음 기욤[15]과 르누아르,[16]

고드프루아[17]와 로베르토 귀스카르도[18]가

그 십자가에서 나의 시선을 끌었다.   48

12 이름 부르는 것과 움직이는 것이 거의 동시에 일어났다는 뜻이다.
13 이스라엘 민족의 위대한 장군이었다.(「마카베오기 상권」 3장 이하
참조)
14 카롤루스 마그누스와 롤랑에 대해서는 「지옥」 31곡 16~18행 참조.
15 Guillaume. 오랑주의 공작으로 812년 수도자로 사망하였는데, 일련의
중세 무훈시에서 중요한 인물로 등장한다.
16 Renouart. 중세의 무훈시에 나오는 전설적인 무사로 원래 이교도였는
데, 기욤에 의해 그리스도교로 개종하였다.
17 Godefroy. 로렌의 공작으로 1096년 제1차 십자군 원정에서 총사령관
이 되었고, 예루살렘을 정복한 후 성립된 예루살렘 왕국의 초대 왕이 되었다.
18 11세기 중엽 이탈리아 남부 지방을 침략한 노르만족의 우두머리이
다.(「지옥」 28곡 13행 참조)

그리고 나에게 말하신 영혼은 다른
빛들과 뒤섞여 움직이며, 하늘의 찬양자들[19]
사이에서 어떤 예술가인지를 보여 주셨다.[20]　　　　　51

나는 베아트리체에게서 말이나 몸짓으로
내가 해야 할 일을 알기 위하여
나의 오른쪽으로 몸을 돌렸다.　　　　　54

그리고 너무나도 맑고 너무나도 즐거운
눈빛을 보았는데, 그녀의 모습은
지금까지의 어떤 모습보다 눈부셨다.　　　　　57

마치 사람이 선을 행함으로써
더 많은 기쁨을 느끼면 나날이
자신의 덕행이 나아감을 깨닫듯이,　　　　　60

나는 그 기적이 더욱 아름다워지는 것을
보면서, 하늘과 함께 돌아가는 내 회전이
더욱더 넓게 확장되었음을 깨달았다.　　　　　63

또한 마치 여인이 얼굴에서 부끄러움의

19　원문에는 *cantori*, 즉 〈노래하는 사람들〉로 되어 있다.
20　훌륭한 노래 솜씨를 보여 주었다는 뜻이다.

짐을 벗어 버릴 때, 아주 짧은 순간에
새하얀 모습으로 바뀌는 것처럼,[21]   66

내가 몸을 돌렸을 때 내 눈에도 그랬으니,
나를 자기 안에 받아들인 온화한
여섯째 별의 하얀빛 때문이었다.   69

나는 그 목성의 횃불 속에 있던
사랑의 불꽃들이 내 눈앞에서
우리의 문자를 쓰는 것을 보았다.   72

마치 물가에서 솟아오른 새들이
자신들의 먹이에 즐거워하며, 때로는
둥글게 때로는 다른 모양을 이루듯이,   75

거룩한 영혼들은 빛 속에서
날아다니며 노래를 불렀고,
D나 I, 또는 L 자 모양을 이루었다.   78

처음에는 노래의 가락에 움직였는데,
나중에는 그 글자들 중 하나가 되더니

21 여자의 얼굴이 부끄러움에 빨갛게 물들었다가 부끄러움이 사라지면
다시 하얀빛으로 바뀌는 것처럼.

잠시 동안 멈추었고 침묵을 지켰다.   81

오, 신성한 페가소스[22]여, 그대는
천재들에게 영광과 영생을 주고, 그들은
그대와 함께 도시와 왕국을 영원하게 만드니,   84

나에게 그대의 빛을 비추어, 내가 보았던
그 형상들을 표현하여 이 짧은 시구에
그대의 능력이 나타나게 해주소서!   87

그러니까 그들은 다섯에 일곱을 곱한
자음과 모음으로 보였으니,[23] 나는
나에게 표현된 그 글자들을 보았다.   90

씌어진 전체의 앞부분은 동사와 명사로
DILIGITE JUSTITIAM이었고, 뒷부분은
QUI JUDICATIS TERRAM이었다.[24]   93

22   그리스 신화에 나오는 날개 달린 말로, 헬리콘산을 발굽으로 차서 무
사 여신들에게 바쳐진 샘물 히포크레네(〈말[馬]의 샘〉)가 솟아오르게 했다. 여
기서는 무사 여신들을 가리킨다.
23   뒤이어 말하듯이 영혼들은 35개의 자음과 모음으로 이루어진 문구를
이루고 있다.
24   DILIGITE JUSTITIAM은 〈정의를 사랑하라〉는 뜻이고, QUI
JUDICATIS TERRAM은 〈땅을 심판하는 자들이여〉라는 뜻의 라틴어 문구
이다.

그런 다음 그들은 다섯째 낱말의 M 자 안에
질서 있게 모여들었고, 그리하여 목성은
황금으로 장식된 은처럼 보였다.   96

그리고 M 자의 꼭대기에 있던 빛들이
내려오더니,[25] 그들을 움직이는 선[26]을
노래하면서 그곳에 머무는 것을 보았다.   99

또한 마치 불타는 통나무를 두드리면
무수한 불꽃들이 솟아오르고, 거기에서
멍청이들은 자기 운명을 점쳐 보는 것처럼,   102

무수하게 많은 빛들이 일어나더니
태양이 정해 준 대로 불타오르면서
더러는 많이 더러는 약간 솟아올랐다.   105

그리고 각자 자기 자리에서 잠잠해졌고,
나는 그 아로새겨진 불에서 독수리의
머리와 목이 그려지는 것을 보았다.   108

25 M 자의 위쪽 양끝에 있던 영혼들이 약간 아래로 내려오고, 따라서 뾰
족한 부분이 완만하게 굽이진 모습으로 바뀐다. 뒤이어 이 글자는 양 날개를
약간 펼쳐 아래로 드리우고 있는 독수리의 형상을 이룬다.
26 하느님.

그 그림을 그리는 분은 안내자도 없이

스스로 안내하시고, 바로 그분에게서

보금자리를 만들어 주는 힘이 나온다.   111

처음에는 M 자 위에서 백합꽃이 된 것에

만족해 보이던 축복받은 영혼들이

약간 움직여 그런 형상을 완성시켰다.   114

오, 아름다운 별이여, 우리의 정의는

그대가 장식하는 하늘의 결과임을

얼마나 많은 보석들이 보여 주었는가!   117

그러므로 나는 그대의 움직임과 덕성이

시작되는 정신[27]께 기도하니, 그대의 빛을

흐리는 연기가 나오는 곳[28]을 보시고,   120

기적들과 순교들로 둘러싸인

성전[29] 안에서 사고파는 것에 대해

이제 다시 한번 분노해 주시기를.   123

27   하느님.
28   로마 교황청을 가리킨다.
29   교회를 가리킨다. 예수가 예루살렘의 성전에서 장사하던 사람들에게
분노한 일화에 대해서는 「마태오 복음서」 21장 12절 이하, 「요한 복음서」 2장
14절 이하 참조.

오, 내가 관조하는 하늘의 군대[30]여,

지상에서 사악한 예[31]를 따라 길 잃은

모든 사람들을 위하여 기도해 주소서!   126

예전에는 칼로 싸움을 하였으나, 지금은

경건한 아버지께서 누구에게도 거부하지

않는 빵을 여기저기서 빼앗는구나.[32]   129

하지만 썼다가 바로 지우는 너[33]는 네가

망치는 포도밭[34]을 위해 죽은 베드로와

바울로가 아직 살아 있음을 생각하라.   132

너는 분명히 말하겠지.「혼자 살기를

원하였고, 또한 춤 때문에 순교로 끌려간

사람[35]에 대한 나의 열망은 확고하니,   135

30 목성의 하늘에 있는 성스러운 영혼들을 가리킨다.

31 교회의 목자들을 가리킨다.

32 교황이 파문과 성무금지(聖務禁止)를 무기로 하느님의 영혼의 빵을 주
지 않는 것을 비난한다. 일부에서는 당시의 교황 요하네스 22세(재위
1316~1334)가 1317년 칸그란데 델라 스칼라에게 파문을 내린 것을 암시하는
것으로 보기도 한다.

33 프랑스 카오르 출신의 교황 요하네스 22세를 가리킨다. 그는 손쉽게
파문장을 썼다가 돈을 받고 취소하였다고 알려졌으나 사실과 다르다.

34 교회를 가리킨다.(「천국」12곡 87행 참조)

35 세례자 요한이다. 그는 광야에서 홀로 살았고, 나중에 헤로데 왕에게
붙잡혀 살로메의 춤에 대한 대가로 순교하였다. 하지만 여기에서는 세례자 요

나는 고기잡이[36]나 바울로를 모르노라.」

한의 모습이 새겨진 피렌체의 금화 피오리노(「지옥」 30곡 73~74행 참조)를
가리킨다.
　36　어부 출신 베드로.

제19곡

거대한 독수리 형상으로 모인 영혼들은 마치 하나의 존재처럼 한목소리로 말한다. 단테는 그리스도를 믿지 않았으나 훌륭한 덕성을 가졌던 사람들도 구원을 받을 수 있는지 질문한다. 독수리는 인간의 지성으로는 하느님의 정의를 헤아릴 수 없다고 대답한다. 그런 다음 여러 나라 군주의 부패와 타락을 일일이 열거하며 비난한다.

함께 어우러진 영혼들이 감미로운

희열 속에서 만드는 아름다운 모습[1]이

날개를 펼친 채 내 앞에 나타났다.　　　　　　　3

각각의 영혼은 안에서 햇살이 아주

눈부시게 불타올라 나의 눈 속에서

다시 반사되는 작은 루비 같았다.　　　　　　　6

지금 내가 이야기하려는 것은 목소리로

말한 적도 없고 잉크로 쓴 적도 없으며,

어떤 상상력도 이해할 수 없는 것이었다.　　　　9

나는 부리[2]가 말하는 것을 듣고 보았는데,

1　독수리의 모습이다.
2　독수리의 부리이다.

그 목소리는 〈우리〉와 〈우리 것〉 대신
〈나〉와 〈나의 것〉이라고 말하는 것이었다.[3]   12

그는 말했다. 「정의롭고 자비로웠기 때문에
나는 어떤 욕망도 바랄 수 없을
영광으로 이곳에서 찬양되고 있노라.   15

그리고 나의 기억을 지상에 남겼는데,
사악한 사람들이 그런 예를 칭찬하면서도
실제로는 전혀 따르지 않고 있구나.」   18

타오르는 숯이 많아도 단 하나의 열기만
느껴지듯, 많은 사랑들이 모인 모습에서
그런 단 하나의 목소리가 흘러나왔다.   21

그래서 곧바로 나는 말했다. 「오, 영원한 희열의
무궁한 꽃들이여, 그대들의 향기는
모두 나에게 단 하나처럼 보이시니,   24

지상에서 어떤 음식도 찾지 못하여
오랫동안 나를 배고프게 했던 커다란

3   독수리는 영혼들이 모여 있기 때문에 1인칭 복수로 말해야 할 텐데, 마
치 하나의 단일한 존재인 것처럼 1인칭 단수로 말하고 있다.

굶주림[4]을 영감으로 풀어 주십시오. 　　　　　　27

성스러운 정의가 하늘에서 다른 왕국을
거울로 비추시면, 그대들은 베일 없이
그것을 깨닫는 것으로 알고 있습니다. 　　　　30

그대들은 내가 얼마나 주의 깊게 듣고자
하는지 알고 있으며, 내가 그토록 오래
굶주렸던 의혹이 무엇인지 아십니다.」 　　　33

마치 매가 머리 덮개[5]에서 벗어나
머리를 움직이고 날개를 펼치면서
의지를 드러내고 멋지게 보이듯이, 　　　　36

저 위에 있는 자만 부르는 노래와 함께
성스러운 은총의 찬양으로 이루어진
그 표상[6]도 그렇게 하는 것을 보았다. 　　39

그리고 말했다. 「세상의 끝에 컴퍼스를
돌리시고,[7] 그 안에다 보이거나

4　커다란 의혹을 가리킨다.
5　매사냥을 할 때 매의 머리에 덮개를 씌워 잠자코 있게 하다가 사냥터에
서 덮개를 벗겨 날아오르게 하였다.
6　독수리 형상이다.

감추어진 만물을 배치하신 분[8]은

우주 전체에 당신의 가치를
새길 수 없으셨으니, 당신의 말씀이
무한하게 넘치지는 않는다.[9]

그것은 모든 창조물 중 최고였던 최초의
오만한 자[10]가 빛을 기다리지 않고
설익은 채 떨어진 것에서도 분명하고,

그러므로 그보다 못한 모든 자연은
스스로 판단하고 끝이 없는 선을
담기에는 작은 그릇임이 분명하다.

그러니까 온갖 사물들을 가득 채우는
거룩한 정신의 빛들 중에서 일부가
되어야 하는 너희들의 시야는,

겉으로 보이는 것을 넘어서서

7   온 세상, 즉 우주의 경계를 한정했다는 뜻이다.
8   세상을 창조한 하느님이다.
9   모든 창조물 안에 하느님의 말씀이 완벽하게 구현되어 있는 것은 아니라는 뜻이다.
10   원래 천사로 창조되었으나 하느님에게 반역한 지옥의 마왕 루키페르.

그분의 원리를 분별해 낼 정도로
자신의 본성으로 유능할 수 없다.   57

따라서 너희들의 세상이 받는 시야는
영원한 정의 속을 바라보지만,
눈으로 바다를 바라보는 것과 같으니,   60

물가에서 아무리 바닥을 들여다보아도
깊은 곳을 보지 못하니, 바닥은 있지만
깊음이 그것을 감추기 때문이노라.   63

전혀 동요 없는 잔잔함에서 나오지
않는 것은 빛이 아니라, 어둠이거나
육신의 그림자, 또는 독약이니라.   66

살아 있는 정의가 너에게 감추었던
구석이 이제 활짝 열려 있는데도,
너는 거기에 대해 자주 질문하였다.   69

너는 말했지. 〈그리스도에 대하여 논하는
사람도 없고, 읽거나 쓰는 사람도 없는
인도의 강변에서 한 사람이 태어나는데,   72

그의 모든 의지와 훌륭한 행동은
인간의 이성으로 판단해 볼 때
삶이나 설교에서 아무 죄가 없습니다.   75

그는 세례도 받지 않고 믿음도 없이
죽습니다. 어떤 정의가 그를 처벌합니까?
믿지 않는다고 그의 죄가 어디 있습니까?〉   78

그런데 너는 누구이기에 설교대에 앉아
한 뼘도 안 되는 짧은 시야로 천 리나
멀리 떨어진 곳을 감히 판단하려 하느냐?   81

만약 『성경』이 너희들 위에 있지 않다면,
나와 함께 자세히 따지는 자에게는
놀랍게도 의심할 만한 것이 있으리라.   84

오, 지상의 동물들이여, 조잡한 정신들이여!
스스로 선하신 최초의 의지는 최고의
선인 당신에게서 떠난 적이 없노라.   87

그 의지에 화합하는 것은 정의로우니,
창조된 어떤 선도 그것을 이끌지 못하고,
그 의지가 비추어 선을 낳는 것이다.」   90

마치 황새가 새끼들에게 먹이를
준 다음에 보금자리 위를 맴돌면
받아먹은 새끼는 어미를 바라보듯이　　　　　　93

나는 똑같이 내 눈썹을 치켜떴고,
그 축복받은 형상은 수많은
의지들[11]에 이끌려 날개를 움직였다.　　　　　96

독수리는 맴돌면서 노래하고 말했다.
「나의 노래를 네가 이해하지 못하듯이
너희 인간은 영원한 심판을 깨닫지 못한다.」　　99

성령의 그 눈부시게 빛나는 불꽃들은
로마인들이 세상에서 존경받게 만든
형상 속에서 잠시 동안 침묵한 다음　　　　　102

다시 말했다. 「그리스도께서 십자가에
못 박히시기 이전이나 이후에, 그분을
믿지 않은 자는 이 왕국에 오르지 못했다.　　105

하지만 보아라. 〈그리스도여, 그리스도여!〉 외치는
많은 사람이 심판 때는 그리스도를 몰랐던

11　독수리 형상을 이루고 있는 축복받은 영혼들의 의지이다.

사람보다 그분에게서 더 멀리 있게 될 것이다.　　　108

그런 그리스도인들을 에티오피아 사람[12]이

처벌할 것이니, 그때는 두 친구가 하나는

영원한 부자로, 하나는 가난뱅이로 나뉘리라.　　　111

페르시아 사람들[13]이 너희 왕들[14]에게,

그들의 모든 잘못이 적혀 있는 책[15]이

펼쳐진 것을 볼 때 뭐라고 말하겠는가?　　　114

거기에는 알베르트[16]의 행동들 중에서,

곧이어 펜이 기록하겠지만, 프라하의

왕국을 폐허로 만들 행동이 보일 것이다.　　　117

거기에는 멧돼지의 타격에 죽을 자[17]가

12　그리스도를 믿지 않는 사람을 일반적으로 가리킨다.

13　에티오피아 사람처럼 그리스도를 믿지 않는 사람들을 가리킨다.

14　그리스도교 나라의 통치자들이다.

15　모든 인간의 잘잘못이 기록되는 책으로, 최후의 심판 때 펼쳐진다고
한다.

16　합스부르크 왕가의 알베르트 1세 황제이다.(「연옥」 6곡 97행 참조) 그
는 1304년 보헤미아 왕국을 침략하여 파괴하였다.

17　프랑스의 〈미남왕〉 필리프 4세.(「연옥」 7곡 109행 참조) 그는
1297~1304년에 있었던 플랑드르와의 전쟁에서 비용을 마련하기 위해 함량
미달의 화폐를 주조하여 화폐 가치를 떨어뜨렸다. 1314년 사냥 중에 타고 있
던 말을 멧돼지가 들이받아 말에서 떨어졌고, 그 후 얼마 지나지 않아서 사망

화폐를 위조함으로써 센강 위에

초래하게 될 고통이 보일 것이다.   120

거기에는 스코틀랜드와 잉글랜드 사람들을

미치게 하여 자기 영토에서만 살 수 없게

만드는 목마른 오만함[18]이 보일 것이다.   123

용기를 몰랐고 또 원하지도 않았던

보헤미아 왕[19]과 스페인 왕[20]의

나약한 생활과 호사스러움이 보이리라.   126

예루살렘의 절름발이[21]에 대해 그의

선행은 I로 기록되는 반면, 그 반대는

M으로 기록된 것이 보이리라.[22]   129

하였다.

18 잉글랜드와 스코틀랜드 사이의 전쟁, 말하자면 영토의 야욕에 목마른 것을 의미한다.

19 1278~1305년 보헤미아의 왕이었던 벤체슬라우스 4세를 가리킨다.(「연옥」 7곡 102행 참조)

20 아홉 살의 나이에 카스티야 왕이 된 페르디난도 Ferdinando 4세(1285~1312)를 가리킨다.

21 카를로 단조 2세이다.(「천국」 6곡 106행 참조) 일명 〈절름발이〉로 일컬어진 그는 예루살렘 왕의 칭호까지 물려받았다.

22 로마 숫자 표기에서 I는 1에, M은 1000에 해당한다. 따라서 그의 선행은 하나인 반면, 그와 반대되는 악행은 천 가지라는 뜻이다.

안키세스[23]가 오랜 삶을 마감하였던
불의 섬[24]을 통치하고 있는 자[25]의
탐욕스러움과 비열함이 보일 것인데,   132

그가 얼마나 하찮은지 알리기 위해,
그의 기록은 생략된 글자들로 되어
좁은 공간에 많이 쓰게 될 것이다.   135

또 아주 고귀한 혈통[26]과 두 개의 왕관을
부끄럽게 만든 그의 숙부[27]와 형[28]의
더러운 행동들이 모두에게 밝혀질 것이다.   138

포르투갈의 왕과 노르웨이의 왕,[29]

23 아이네아스의 아버지이다.(「지옥」 1곡 74행 참조) 아들과 함께 이탈리
아반도를 향해 가던 중 시칠리아에서 사망하였다.
24 시칠리아를 뜻하는데, 에트나 화산 때문에 그렇게 부른다.
25 아라곤 왕가의 페데리코 2세이다.(「연옥」 7곡 119행 참조)
26 아라곤 왕조를 가리킨다.
27 아라곤의 왕 페드로 3세의 동생이자 페데리코 2세의 숙부로, 1262년
마요르카 왕국의 왕위를 이어받은 하이메 2세(1248~1312)이다. 뒤이어 말하
듯 아라곤의 왕위를 물려받은 하이메 2세와는 다르다.
28 아라곤의 왕 하이메 2세이다.(「연옥」 7곡 119행 참조) 그는 페드로 3세
의 둘째 아들로 시칠리아의 왕이었다가 1291년 형이 죽은 후 아라곤의 왕이
되었다.
29 1279~1325년 포르투갈의 왕이었던 디니즈Diniz와 1299~1319년 노
르웨이의 왕이었던 하콘Haakon 5세를 가리키는데, 단테는 그들에 대해 자세
하게는 몰랐던 것 같다.

불행하게도 베네치아의 화폐를 보았던
라슈카[30]의 왕도 거기에서 알려질 것이다.   141

오, 더 이상 악정에 시달리지 않는다면,
행복한 헝가리[31]여! 오, 둘러싸고 있는
산으로 무장한다면, 행복한 나바라[32]여!   144

그에 대한 보장으로, 벌써 니코시아와
파마구스타[33]가 자신들의 짐승 때문에
고통받고 슬퍼하는데, 그는 다른 짐승들 곁을   147

떠나지 않는다는 것을 모두 알아야 한다.」

30 Raška(세르비아어로는 Рашка). 세르비아 왕국의 중심 지역으로
1282~1321년 왕이었던 우로슈Uroš 2세는 베네치아의 순은 화폐를 위조하
였다.
31 1301년 헝가리는 프랑스 왕가의 계열인 카를로 마르텔로(「천국」 8곡
31행 참조)의 아들 카를로 로베르토의 지배하에 들어가게 된다.
32 나바라 왕국(「지옥」 22곡 48행 참조)은 피레네산맥에 둘러싸여 있었
는데, 1304년 프랑스 왕국의 일부가 되었다.
33 니코시아Nicosia와 파마구스타Famagusta는 키프로스의 두 도시로,
그 당시 프랑스 계열의 왕 앙리 2세(〈자신들의 짐승〉)의 폭정에 시달리고 있
었다.

제20곡

독수리는 자신의 형상을 이루고 있는 영혼들 중 일부를 가리키며 소개한다.
다윗은 눈동자를 이루고 있으며, 그 주위에는 트라야누스, 히즈키야, 콘스탄티
누스, 굴리엘모 2세, 리페우스 등이 자리 잡고 있다. 그리고 독수리는 트라야
누스와 리페우스가 어떻게 해서 천국으로 올라오게 되었는지 설명해 준다.

온 세상을 비추는 자[1]가 우리의

반구에서 아래로 내려가고, 또

온 사방의 낮이 스러지게 될 때   3

이전에는 그 혼자만으로 타오르던

하늘이 곧바로 하나의 빛을 반사하는

수많은 빛들로 다시 보이게 되는데,[2]   6

세상과 지도자들의 표시가 축복받은

부리[3] 안에서 침묵하자 하늘의

그런 형상이 내 머릿속에 떠올라,   9

그 모든 살아 있는 빛들[4]이 더욱더

1 태양.
2 당시의 관념에서 해가 지면 나타나는 달과 별들은 모두 태양의 빛을 반
사하는 것으로 간주되었다.
3 독수리의 부리이다.

빛나면서, 지금은 내 기억에서 빠져나간
노래들을 부르기 시작하였기 때문이다.   12

오, 웃음의 옷을 입은 달콤한 사랑이여,
오로지 성스러운 생각들만 불어넣는
그 피리들 속에서 얼마나 불타올랐던가!   15

내가 본 대로 여섯째 빛[5]을 장식하는
고귀하고 빛나는 보석들이 자신들의
천사 같은 노래를 끝마친 다음에는,   18

산꼭대기 원천의 풍부함을 보여 주며
바위들 사이로 맑게 흘러내리는
시냇물의 속삭임이 들려오는 듯했다.   21

비파의 소리는 목[6] 근처에서 자기
모습을 띠고, 피리 소리는 구멍을
통과하는 바람에서 나오는 것처럼,   24

독수리의 속삭임은 조금도

4 목성의 영혼들을 가리킨다.
5 목성.
6 연주자가 손가락으로 현(弦)들을 눌러 음을 조절하는 부분이다.

머뭇거리지 않고 마치 텅 빈 듯한
목구멍을 타고 위로 올라왔다.　　　　　　　　　27

그리고 그곳에서 소리가 되었으며
부리를 통하여 말이 되어 나왔으니,
기다리던 내 마음이 그것을 기록하였다.　　　　30

그가 말하였다.「세상의 독수리들이
태양을 바라보고 견뎌 내는 부분[7]을
이제 나에게서 자세히 보아야 한다.　　　　　　33

나의 모습을 이루는 불꽃들 중에서
머리 위에 눈이 되어 빛나는 자들은
모든 등급에서 최고이기 때문이다.　　　　　　36

한가운데에서 눈동자로 빛나는 자는
성령을 노래하였으며, 이 고장에서
저 고장으로 궤를 옮겼던 사람이다.[8]　　　　　39

이제 그는 자기 노래의 업적을 아는데,

7　눈을 가리킨다. 독수리는 태양을 직접 바라볼 수 있다고 믿었다.
8　다윗을 말한다. 그는 성령의 영감을 받아「시편」을 썼고, 〈약속의 궤〉를
여러 고장을 거쳐 예루살렘까지 옮겼다.

그것이 얼마나 자기 재능의 결과인지
거기에 상응하는 보상을 통해 안다.   42

둥글게 눈썹을 이루는 다섯 중에서
나의 부리에 가장 가까이 있는 자는
자식 잃은 과부를 위로했던 자[9]인데,   45

이제 이 아름다운 삶과 그 반대의 삶[10]을
체험하였기에 그리스도를 따르지 않음이
얼마나 비싼 대가를 치르는지 알고 있다.   48

내가 지금 말하는 둥근 부분[11]에서
가장 위쪽에 뒤따라 나오는 자[12]는
진정한 참회로 죽음을 늦추었는데,   51

지금은 합당한 기도가 지상에서는
오늘의 것을 내일의 것으로 만들지라도
영원한 심판은 변치 않는다는 것을 안다.   54

9 로마의 트라야누스 황제다. 자식을 잃은 과부에 대한 그의 겸손한 일화
와 교황 그레고리우스 1세가 그를 구원해 준 일화에 대해서는 「연옥」 10곡
73행 이하 참조.
10 천국의 삶과 지옥의 삶을 가리킨다.
11 눈썹 부분이다.
12 유대의 왕 히즈키야로, 그는 기도를 통해 자신의 삶을 15년 연장하였
다.(「열왕기 하권」 20장 1~6행 참조)

곁에 있는 자[13]는, 나쁜 결과를 낳았지만

좋은 의도로, 목자에게 양보하기 위해

나와 법률을 갖고 그리스인이 되었는데,   57

이제 자신의 선행에서 유래한 악이

비록 세상을 황폐하게 만들었지만

자신에게 해롭지 않다는 것을 안다.   60

눈썹의 기울어진 곳에 보이는 자는

굴리엘모[14]였으니, 살아 있는 카를로와

페데리코[15]를 원망하는 땅이 애석해한다.   63

이제 그는 하늘이 정의로운 왕을

얼마나 사랑하는지 아는데, 눈부신

자기 모습으로 그것을 보여 주노라.   66

트로이아 사람 리페우스[16]가 이 눈썹의

13　로마의 콘스탄티누스 황제다. 그는 로마를 교황에게 양보하기 위해 수도를 그리스의 비잔티온으로 옮겼으며, 「콘스탄티누스의 증여」(「지옥」 19곡 115~117행 참조)는 좋은 의도에 의한 것이지만 결과적으로는 교회의 부패로 이어졌다.

14　1166~1189년 시칠리아의 왕이었던 굴리엘모Guglielmo 2세로 그는 정의로운 군주로 백성들의 사랑을 받았다.

15　당시 나폴리와 시칠리아를 통치하던 〈절름발이〉 카를로 2세와 아라곤의 페데리코 2세.(「천국」 19곡 127~135행 참조)

거룩한 빛들 중에서 다섯째라는 것을

저 아래 오류의 세상에서 누가 믿겠는가?   69

이제 그는 비록 자기 눈으로 바닥을

볼 수 없지만,[17] 세상이 보지 못하는

하느님의 은총을 충분히 알고 있노라.」   72

공중에 솟아오른 종달새가 처음에는

노래하다가, 충만한 마지막 감미로운

가락에 만족하여 침묵하는 것처럼,   75

당신이 원하시는 대로 모든 사물이

이루어지게 하시는 영원한 기쁨이

각인된 형상도 나에게 그렇게 보였다.   78

그런데 마치 유리가 색깔로 물들듯

나는 나의 의혹을 비추고 있었지만,[18]

침묵하며 시간을 기다리지 못하고   81

16 트로이아의 영웅으로 도시가 함락될 때 영웅적으로 싸우다가 죽었다.
베르길리우스는 『아이네이스』 2권 426~428행에서 그를 칭찬하였다.

17 천사들이나 천국의 영혼들도 하느님의 깊은 뜻을 모두 알지 못한다는
뜻이다.

18 유리가 사물의 색깔을 그대로 비추듯이, 마음속의 의혹이 얼굴에 그대
로 드러나 보였다는 뜻이다.

그 무게의 힘에 떠밀린 나의 입이
〈이들은 어찌 된 일입니까?〉 하고 말했고,
그러자 빛들의 커다란 잔치가 보였다.[19]   84

그리고 곧이어 축복받은 표상은
내가 놀란 상태에 있지 않도록
더욱 불타는 눈으로 나에게 대답하였다.   87

「보아하니 내가 말하기 때문에 너는
그것을 믿지만, 어떻게 그런지 모르니까[20]
비록 믿더라도 그것은 감추어져 있구나.   90

너는 마치 사물을 이름으로는 잘 알지만,
만약 다른 사람이 설명해 주지 않으면
그 본질을 보지 못하는 사람과 같다.   93

하늘의 왕국은 뜨거운 사랑과 생생한
희망에 의하여 폭행을 당하는데,[21]

19 단테의 궁금증을 풀어 줄 수 있다는 기쁨에 영혼들이 더욱 눈부시게
빛났다는 뜻이다.
20 트라야누스 황제와 리페우스의 구원이 어떻게 이루어졌는지 모른다
는 뜻이다.
21 인간의 뜨거운 사랑과 희망이 천국을 감화시킨다는 것을 역설적으로
표현하고 있다. 〈세례자 요한 때부터 지금까지 하늘 나라는 폭행을 당하고 있
다. 폭력을 쓰는 자들이 하늘 나라를 빼앗으려고 한다.〉(「마태오 복음서」11장

그것들은 하느님의 의지를 이긴다.   96

하지만 사람이 사람을 이기는 것과 달리,
하느님의 의지는 지기를 원하고, 지면서
자비로 이기기 때문에 이기는 것이다.[22]   99

천사들이 장식하고 있는 곳[23]에
눈썹의 첫째와 다섯째 영혼[24]이
있는 것을 보고 너는 놀라는구나.   102

그들은 네가 믿듯이 이교도가 아니라
그리스도인으로 죽었으니, 수난당하실 발과
수난당하신 발[25]을 확고하게 믿었단다.   105

하나[26]는 절대 좋은 의지로 돌아가지
못하는 지옥에서 다시 살아났으니,[27]

12절)

22 하느님의 절대적 의지와는 달리(「천국」 4곡 109~111행 참조) 상대적 의지는 인간의 열렬한 사랑과 희망을 자비로 받아들인다는 뜻이다.

23 천국을 가리킨다.

24 앞에서 말한 트라야누스 황제와 리페우스의 영혼이다.

25 십자가에 못 박힌 발로 여기서는 그리스도를 가리키는데, 리페우스는 앞으로 수난당할 그리스도를 믿었고, 트라야누스 황제는 이미 수난당한 그리스도를 믿었다는 뜻이다.

26 트라야누스 황제.

27 원문에는 〈뼈로 돌아갔으니〉로 되어 있다.

그것은 생생한 희망의 보상이었다.   108

그 생생한 희망을 그를 부활시키도록
하느님께 했던 기도에 힘을 불어넣었기에
그분의 의지가 움직일 수 있었노라.   111

내가 말하는 영혼은 잠시 육신으로
되돌아와서 그 안에 머물렀는데
자신을 도와줄 수 있는 분을 믿었고,   114

믿으면서 진정한 사랑의 불로
불타올랐으니, 두 번째 죽음은
이 행복으로 올라올 가치가 있었다.   117

다른 영혼[28]은 창조물들이 절대로
그 최초의 물결을 볼 수 없을 정도로
심오한 샘에서 솟아나는 은총으로,   120

지상에서 자신의 모든 사랑을 정의에
바쳤기에, 또 다른 은총으로 하느님께서
미래의 구원으로 그의 눈을 열어 주셨지.   123

28 리페우스

그리하여 그는 구원을 믿었으며
더 이상 이교의 악취를 참지 못하고,
오류에 빠진 사람들을 꾸짖었단다.   126

네가 오른쪽 바퀴에서 보았던
세 여인[29]이 세례가 있기 천 년 전에
그에서 세례의 역할을 하였노라.   129

오, 예정(豫定)이여, 그대의 뿌리는
최초 원인을 보지 못하는 눈들에서
얼마나 멀리 떨어져 있는가!   132

그리고 너희 인간들이여, 판단하는 데
신중해라. 하느님을 뵙고 있는 우리도
선택받은 자들을 모두 알지 못하노라.   135

그런 한계는 우리에게 감미로우니
우리의 행복은 그 선 안에서 완성되어
하느님께서 원하시는 것을 우리도 원한다.」   138

그렇게 그 거룩한 형상으로부터

29 지상 천국의 신비로운 행렬에서(「연옥」 29곡 121~129행) 수레의 오
른쪽 바퀴 곁에 있던 세 여인으로, 향주삼덕인 믿음, 희망, 사랑을 상징한다.

나의 짧은 시야를 밝혀 주기 위해
달콤한 약이 나에게 주어졌다.   141

훌륭한 소리꾼에게 훌륭한 연주자가
현들의 떨림을 뒤따르게 하여
노래가 한결 듣기 좋게 되듯이,   144

나의 기억으로는, 독수리가 그렇게
말하는 동안, 축복받은 그 두 빛은
마치 눈을 깜박이듯 독수리의 말에   147

화합하여 불꽃들을 반짝거렸다.

제21곡

단테와 베아트리체는 일곱째 하늘인 토성의 하늘로 올라간다. 그곳에서 최고의 하늘까지 이어진 끝없이 높은 계단 위로 관조의 삶을 살았던 영혼들이 오르내리고 있다. 그중에서 성 다미아니의 영혼이 하느님의 심오한 뜻에 대해 이야기한 다음, 성직자들의 타락에 대해 한탄한다. 그의 말이 끝나자 커다란 함성이 들려온다.

나의 눈은 이미 내 여인의 얼굴에

고정되어 있었고, 눈과 함께 내 마음도

다른 모든 것에서 벗어나 있었다.　　　　　　　　　　　3

하지만 그녀는 웃지 않고 말을 꺼냈다.

「만약 내가 웃는다면, 그대는 재가

된 세멜레[1]처럼 되어 버릴 것이오.　　　　　　　　　　6

그대가 보았듯이, 나의 아름다움은

영원한 궁전의 계단들[2]을 거쳐

위로 올라갈수록 더욱더 불타오르고　　　　　　　　　　9

1　고전 신화에 나오는 세멜레는 유노의 꼬임에 빠져 유피테르의 원래 모습을 보는 순간 너무 강렬한 빛에 타서 죽어 버렸다.(「지옥」 30곡 1행 참조)
2　천국의 하늘들이다.

눈부시게 되어, 만약 절제되지 않으면,
그 찬란함에 그대 인간의 능력은
번개에 부서지는 나뭇가지처럼 되리다.   12

우리는 지금 일곱째 광휘[3]에 올라왔으니,
그 빛은 불타는 사자[4]의 가슴 밑에서
지금 저 아래 세계를 비추고 있지요.   15

온 마음을 그대의 눈 속에 고정하여,
이 거울[5]에서 그대에게 보이는 모습이
그대 눈[6] 속에 그대로 비추게 하시오.」   18

내가 다른 것으로 주의를 돌렸을 때
축복받은 그녀의 모습에서 내 얼굴이
얼마나 흡족함을 얻었는지 아는 사람은,   21

그 천상의 안내자에게 복종하는 것이
나에게 얼마나 기쁜 일이었는지
그 두 가지[7]를 비교해 보면 알리다.   24

3   일곱째 하늘인 토성의 하늘이다.
4   지금 토성은 사자자리에 있다.
5   토성.
6   원문에는 〈거울들〉로 되어 있다.
7   베아트리체의 얼굴을 관조하는 기쁨과 그녀의 말에 순종하는 기쁨.

그의 지배하에 온갖 사악함이 죽었던
사랑받는 지도자의 이름을 간직하고
세상 주위를 도는 수정(水晶)[8] 속에서,　　　　　27

나는 눈부시게 빛나는 황금 빛깔의
층계[9]가 위로 솟아 있는 것을 보았는데,
나의 눈이 끝까지 닿지 않을 정도였다.　　　　　30

또한 계단들을 따라 수많은 광채들이
내려오는 것을 보았는데, 하늘에 보이는
모든 빛이 거기에 모여 있는 것 같았다.　　　　　33

마치 날이 샐 무렵 갈까마귀들이
한데 모여서 자연스러운 습관으로
차가운 깃털들을 녹이려고 움직이다가,　　　　　36

어떤 놈은 날아가 돌아오지 않고
어떤 놈은 떠났던 자리로 되돌아오고
다른 놈은 허공을 맴돌며 남아 있듯이,　　　　　39

8　토성을 가리킨다. 토성의 이름이 된 사투르누스는 전설적인 황금시대
에 크레테섬을 통치하였다.(「지옥」 14곡 96행 참조)
9　야곱이 꿈에 보니 〈땅에 층계가 세워져 있고 그 꼭대기는 하늘에 닿아
있는데, 하느님의 천사들이 그 층계를 오르내리고 있었다〉.(「창세기」 28장
12절)

한꺼번에 내려왔던 그 불꽃들도
어느 계단에 이르러 서로 부딪치자
그와 똑같이 움직이는 것처럼 보였다.   42

그리고 우리에게 가장 가까이 멈춘
빛[10]이 밝아졌기에 나는 속으로 말했다.
〈그대가 나에게 알리는 사랑을 알겠습니다.〉   45

그런데 내가 말하고 침묵할 때와 방법을
기대하는 여인[11]이 가만있기에 욕망과
달리 묻지 않는 것이 좋다고 생각했다.   48

그러자 모든 것을 보시는 분[12]을
봄으로써 나의 침묵을 본 그녀가
말했다. 「그대의 뜨거운 욕망을 풀어요.」   51

그래서 나는 말했다. 「나의 공덕은
그대의 대답을 들을 만하지 않지만,

10　이어지는 121행에서 이름이 나오는 피에트로 다미아니Pietro Damiani(1007~1072). 라벤나 출신 성직자로 카트리아산 중턱의 베네딕투스 수도원에서 수도 생활을 시작하여 수도원장이 되었고 1057년 추기경이 되었다.
11　베아트리체. 단테는 그녀가 원하는 대로 말을 하거나 침묵한다.
12　하느님.

나의 질문을 허용하는 여인을 보아,　　　　　54

그대의 기쁨 안에 감추어져 있는
축복받은 영혼이여, 이토록 나에게
가까이 있는 이유를 말해 주십시오.　　　57

또 저 아래 다른 하늘들에서 경건하게
울리던 천국의 감미로운 교향곡이 왜
이 하늘에서는 침묵하는지 말해 주오.」　　　60

그는 대답했다. 「그대는 인간의 시각과
청각을 갖고 있기 때문에, 베아트리체가
웃지 않듯이 여기서는 노래하지 않지요.[13]　　　63

나는 내가 입고 있는 빛과 말로
단지 그대를 환대하기 위하여
이 성스러운 계단들을 내려왔을 뿐　　　66

더 큰 사랑에 더 서두른 것은 아니니,
불꽃이 그대에게 보여 주듯이, 저 위에는
훨씬 크고 강한 사랑이 불타고 있다오.　　　69

13　베아트리체가 단테의 눈이 멀지 않도록 웃지 않은 것처럼, 귀가 먹지
않도록 일부러 노래하지 않는다는 뜻이다.

하지만 세상을 다스리는 지혜에 우리가
봉사하게 만드시는 높은 자비는 그대가
보다시피 우리를 여기 배치하시지요.」   72

나는 말했다. 「성스러운 등불이여, 이 궁전에서는
자유로운 사랑만으로 영원한 섭리를
따르기에 충분하다는 것을 잘 압니다.   75

하지만 내가 이해하기 어려운 것은
무엇 때문에 그대의 동료들 중에서
그대만 이 임무에 예정되었습니까?」   78

내가 마지막 말을 끝마치기도 전에
그 빛은 자신의 한가운데를 중심으로
재빠른 맷돌처럼 스스로 회전하였고,   81

그 안에 있던 사랑이 대답하였다.
「하느님의 빛은 내 위에 비추시어
내가 들어 있는 이 빛을 꿰뚫으시고,   84

그 힘은 나의 시야[14]와 합쳐
나를 위로 들어 올리시니, 그 빛이

14 자연적인 지성적 능력이다.

유래한 최고의 본질을 나는 봅니다.   87

나는 거기에서 나오는 기쁨으로
빛나게 되니, 내 시야[15]가 밝은 만큼
내 불꽃의 밝기가 비례하기 때문이오.   90

그러나 하늘에서 가장 빛나는 영혼도,
하느님을 직접 응시하는 세라핌 천사도
그대의 질문에는 대답하지 못합니다.   93

그대가 묻는 것은 영원한 율법의
심연 속으로 너무 깊이 들어가서 모든
창조물의 시야를 벗어나기 때문이오.   96

그러니 그대가 인간 세계로 돌아가면
그것을 알려 주어, 감히 그런 목표에
발을 들여놓지 못하도록 하시오.   99

여기에서 빛나는 마음도 땅에서는 연기를
내니,[16] 하늘에서도 못 하는 것을 어떻게

15   하느님을 직관할 수 있는 능력이다.
16   인간의 지성은 하늘에서는 은총으로 빛나지만, 지상에서는 오류로 흐
려진다.

저 아래에서 할 수 있을지 보시오.」   102

그렇게 그의 말이 제한하였기에
나는 의문을 포기하였고, 겸손하게
물러나 그가 누구인지 질문하였다.   105

「그대 고향에서 멀지 않은 이탈리아의
두 해안[17] 사이에 천둥소리가 아래에서
들릴 정도로 높은 바위들이 솟아   108

카트리아[18]라 부르는 산을 이루는데,
그 아래에 오직 예배만을 위해 마련된
수도원이 하나 축성되어 있답니다.」   111

그렇게 그는 세 번째 말을 시작하였고
계속해서 말했다. 「그곳에서 나는
하느님 섬기는 일에 확고하였으니,   114

올리브기름만으로 양념된 음식으로도
추위와 더위를 가볍게 견디어 냈고,

17   동쪽의 아드리아 해안과 서쪽의 티레니아 해안을 가리킨다.
18   Catria. 구비오 북동쪽 아펜니노산맥에 있는 해발 1701미터의 높은 산
으로 피렌체에서 직선거리로 약 120킬로미터 떨어져 있다.

명상적인 생각들에 만족하였지요.   117

그 수도원은 이 하늘들을 풍요롭게
해주곤 하였는데,[19] 이제는 황량하니
곧이어 분명히 드러나야 할 것이오.[20]   120

그곳에서 나는 피에트로 다미아니였고,
아드리아 해변에 있는 성모 마리아의
집에서는 죄인 피에트로였답니다.[21]   123

인간으로서의 삶이 얼마 남지 않았을 때
나에게 요구하여 지금 갈수록 나쁜 것으로
바뀌고 있는 그 모자[22]를 쓰게 되었지요.   126

19 그곳에서 수도한 많은 사람이 천국에 올라갔다는 뜻이다.

20 이 구절이 구체적으로 무엇을 암시하는지 분명하지 않다.

21 논란이 많은 구절이다. 단테 시대에 널리 퍼진 오류에 의하면 성 다미아니는, 〈죄인 피에트로〉라는 뜻의 라틴어 이름 Petrus Peccator로 알려진 피에트로 델리 오네스티Pietro degli Onesti(1040~1119)와 동일시되었는데, 그는 성 다미아니가 죽은 뒤인 1096년에 아드리아해 바닷가에 성모 마리아(원문에는 〈우리의 여인Donna Nostra〉으로 되어 있다) 수도원을 세웠다. 일부에서는 단테가 그런 오류를 그대로 반복하는 것으로 해석하고, 반면 일부에서는 오류는 바로잡는 것으로 해석한다.

22 추기경의 모자를 가리킨다. 다미아니는 마지못해 추기경 직책을 수락하였다. 그런데 추기경의 상징인 모자는 다미아니의 시대에 없었으며, 1254년 교황 인노켄티우스 4세에 의해 제도화되었다.

케파[23]도, 성령의 커다란 그릇[24]도

어느 집[25]에서나 주는 음식을 먹으며

야윈 모습에 맨발로 왔었습니다.   129

그런데 요즈음의 목자들은 너무나도

무거워, 이쪽저쪽에서 떠받쳐 주고

앞에서 끌고 뒤에서 들어 주기 원하지요.   132

그들의 외투 자락은 타는 말도 뒤덮어

하나의 거죽 아래 두 마리 짐승이 가니,

오, 그토록 참아야 하는 인내시여!」[26]   135

그 목소리에 수많은 불꽃들이 계단을

내려와 맴도는 것을 보았는데,

돌 때마다 더욱 아름다워졌다.   138

불꽃들은 그 빛 주위로 와서 머물며

여기에서는[27] 비슷하게 낼 수도 없는

23   〈바위〉라는 뜻의 아람어로 베드로를 가리키는데, 예수가 그렇게 불렀다고 한다.(「요한 복음서」 1장 42절 참조)
24   〈선택받은 그릇〉 바오로.(「지옥」 2곡 28행 참조)
25   원문에는 *ostello*, 즉 〈여관〉, 〈주막〉으로 되어 있다.(「루카 복음서」 10장 5~8절, 「코린토 신자들에게 보내는 첫째 서간」 10장 27절 참조)
26   하느님의 인내를 뜻한다.

이해할 수 없게 천둥처럼 나를 압도하였다.

27 지상 세계에서.

제22곡

베아트리체가 함성의 원인에 대해 설명해 준다. 성 베네딕투스의 영혼이 다가와 관조의 영혼들을 소개한다. 그리고 처음에는 훌륭한 뜻으로 시작되었던 수도원의 타락에 대하여 한탄한다. 단테와 베아트리체는 여덟째 하늘인 붙박이별들의 하늘로 올라가고, 발아래에 일곱 행성과 함께 있는 조그맣고 보잘것없는 지구를 내려다본다.

나는 놀라움에 압도되어 내 길잡이에게

몸을 돌렸는데, 마치 어린아이가 가장

믿을 만한 곳으로[1] 달려가는 것 같았다.　　　　　　　3

그러자 그녀는 창백하게 헐떡이는

자식에게 곧바로 달려가 부드러운

목소리로 달래 주는 것처럼 나에게　　　　　　　6

말했다. 「그대는 천국에 있음을 모르나요?

천국은 아주 성스럽고 모든 것이 훌륭한

열망에서 나온다는 것을 모르나요?　　　　　　　9

그대가 함성 소리에 그렇게 놀랐으니,

노래와 나의 웃음이 그대를 어떻게

1　어머니에게.

만들지 이제 생각해 볼 수 있으리오.							12

함성 속의 기도를 이해하였다면,
그대가 죽기 전에 보게 될 복수를
이제 그대는 분명히 잘 알 것이오.							15

이 위의 칼은 성급하거나 더디게 자르지
않는데, 다만 원하거나 두려워하며
기다리는 자에게는 그렇게 보이지요.							18

그러니 이제 다른 것으로 눈을 돌려요.
내 말대로 그대의 시선을 돌리면
아주 탁월한 영혼들을 보게 되리다.」						21

그녀가 바라는 대로 눈을 돌려
나는 백여 개의 둥근 빛들을 보았는데,
모두 서로의 빛살로 더욱 아름다워졌다.						24

나는 욕망[2]의 <u>끄</u>트머리를 속으로
억누르면서, 혹시 지나치지 않을까
질문하기 망설이는 사람처럼 서 있었다.						27

2 질문하고 싶은 욕망.

그런데 그 진주들 중에서 가장 크고
빛나는 진주[3]가 나의 욕망을
채워 주기 위하여 앞으로 나섰다.   30

그리고 그 안에서 들려왔다. 「나처럼
우리 사이에서 불타는 자비를 보았다면,
그대의 생각들은 표현되었을 것이오.   33

하지만 그대가 기다리느라 높은 목표에
늦게 도달하지 않도록, 그대가 너무
망설이는 생각에 내가 대답해 주리다.   36

기슭에 카시노[4]가 있는 그 산의
꼭대기는 예전에 사악한 성향에다
현혹된 사람들[5]이 찾는 곳이었는데,   39

우리를 이처럼 숭고하게 만드는 진리를

3 성 베네딕투스Benedictus(480~547)를 가리킨다. 그는 움브리아 지방
의 노르치아 출신으로 14살에 은수 수도자가 되었다. 그의 명성을 듣고 찾아온
수도자들을 중심으로 수도원을 세웠으나, 시기와 질투 때문에 그를 살해하려
는 시도와 모함도 있었다. 523년 이탈리아 남부의 몬테 카시노Monte Cassino,
즉 카시노산에서 이교도 신전을 무너뜨린 곳에 수도원을 세우고 복음을 전파
하였다.
4 Cassino. 로마 동남쪽으로 100여 킬로미터 떨어진 도시이다.
5 올바른 믿음을 갖지 못하고 오류에 빠진 이교도들을 가리킨다.

땅에 가져오신 그분의 이름을 그곳에
맨 처음 모신 사람이 바로 나랍니다.　　　　　　42

커다란 은총이 내 위에 비쳤기에 나는
세상을 유혹했던 불경한 경배에서
주변에 있는 도시들을 구해 냈답니다.　　　　　45

여기 다른 모든 관조의 빛들은
거룩한 꽃과 열매를 낳는 뜨거운
열정에 불붙었던 사람들이었지요.　　　　　48

여기 마카리우스,[6] 여기 로무알두스[7]가
있고, 수도원 안에 확고하게 발을 딛고
굳은 마음을 지킨 내 형제들이 있지요.」　　　51

나는 말했다. 「그대가 나와 말하면서
보여 주는 애정과, 내가 그대의 모든
열정 속에서 주목하는 훌륭한 모습은　　　　54

6　Macarius. 동방에서 수도 생활 운동을 확산시킨 알렉산드리아 출신의
마카리우스(?~404), 또는 리비아 사막에서 은수 생활을 했던 다른 마카리우
스(?~391)로 보기도 한다.
7　Romualdus(?~1027). 라벤나 출신으로 카말돌리Camaldoli 수도원의
창설자이다.

나의 신뢰감을 활짝 열어 주었으니,

마치 태양 덕택에 장미꽃이 필 때

그 모든 역량을 드러내는 것 같습니다.   57

그래서 부탁하오니, 아버지 같은 그대는

내가 그대의 드러난 모습[8]을 볼 만한

은총을 얻을 수 있는지 알려 주십시오.」   60

그러자 그는 말했다. 「형제여, 그대의 높은 소원은

나와 다른 모든 사람의 소원이 이루어지는

저 위의 마지막 하늘[9]에서 채워질 것이오.   63

그곳에서는 모든 소원이 완벽하고

성숙하고 온전하니, 오로지 그곳에서만

모든 부분이 언제나 있던 곳에 있습니다.   66

그곳은 공간 속에 있지 않고 축도 없으며,[10]

또한 우리의 층계는 그곳까지 닿기 때문에

그곳은 그대의 시야에서 사라지는 것이오.   69

8 빛 속에 감추어지지 않은 인간의 모습을 가리킨다.
9 최고의 하늘 엠피레오를 가리킨다.
10 엠피레오는 온 세상이 담겨 있는 곳이기 때문에 공간의 장소가 아니
며, 따라서 다른 하늘처럼 하나의 축을 중심으로 회전하지도 않는다.

충계의 가장 꼭대기가 그곳까지

닿는 것을 족장 야곱이 보았을 때

천사들이 가득한 모습으로 보였지요.   72

하지만 지금은 그 충계를 오르려고

누구도 땅에서 발을 떼지 않으니, 나의

규칙[11]은 종이 쓰레기로 남아 있지요.   75

수도원을 둘러싸고 있던 벽들은

악의 소굴이 되었고, 수도자들의 옷은

썩은 밀가루로 가득한 자루가 되었소.   78

하지만 무거운 고리 돈놀이[12]도

수도자들의 마음을 미치게 만드는

열매만큼 하느님의 뜻을 거역하지 않으니,[13]   81

교회가 소유하는 것은 무엇이든 모두

하느님의 이름으로 구하는 사람들의 것이지,

친척이나 나쁜 사람의 것이 아니기 때문이오.   84

11   베네딕투스회 수도 규칙을 가리킨다.
12   고리 돈놀이는 하느님의 뜻을 거역하는 것으로서 큰 죄로 간주되었
다.(「지옥」11곡 95~96행 참조)
13   성직자들의 탐욕이 무거운 이자를 받는 돈놀이보다 더 나쁘다는 뜻
이다.

인간의 육신은 너무나 약한 것이기에
지상에서는 시작이 좋아도 참나무가 싹터서
도토리를 맺을 때까지 지속되지 못하지요.[14]   87

베드로는 황금도 은도 없이 시작했고,
나는 기도하고 금식하면서 시작했으며,
프란치스코는 겸손으로 수도원을 시작했지요.   90

만약 각자의 시작을 살펴본 다음
그것이 흘러간 곳을 잘 살펴본다면,
그대는 흰색이 검어진 것을 볼 것이오.   93

하느님께서 원하셨을 때, 요르단강이
거꾸로 흐르고 홍해가 갈라진 것은,
여기서 도움을 보는 것보다 놀라웠지요.」[15]   96

그렇게 말한 다음 그는 자기 동료들과
합류하였는데, 그들은 모두 모여들더니
회오리바람처럼 돌면서 위로 올라갔다.   99

14 인간의 연약한 본성으로 인해, 지상에서는 아무리 좋은 제도라도 오래
지속되지 못하고 결국 타락하게 된다는 뜻이다.
15 요르단강의 기적(「여호수아기」 3장 14~47행)이나 홍해의 기적(「탈출
기」 14장 21~29행)보다 성직자들의 타락을 뿌리 뽑기 더 어렵다는 뜻이다.

감미로운 여인은 나에게 눈짓 하나로
그들을 뒤따라 층계로 오르게 했으며,
그녀의 힘은 내 능력을 넘어서게 했으니,   102

자연의 법칙대로 올라가고 내려가는
이곳 지상에는 나의 날개[16]와 비교할
정도로 빠른 움직임은 전혀 없었다.   105

오, 독자여, 내가 그곳에 가기 위해
자주 죄를 뉘우치고 가슴을 치는
그 경건한 승리[17]로 돌아갈 수 있다면……   108

불 속에 손가락을 넣었다 꺼내는 것보다
빨리, 나는 황소자리 뒤의 별자리[18]를
보는 순간 이미 그 안에 들어가 있었다.   111

오, 영광스러운 별들이여, 위대한 힘으로
충만한 빛이여, 나의 재능은 무엇이든
모두 그대들에게서 나온 것이니,   114

16   단테가 위로 날아오르는 속도를 가리킨다.
17   천국.
18   쌍둥이자리로 단테가 태어났을 때의 별자리이다.

내가 처음 토스카나의 공기를 느꼈을 때,[19]
죽어 갈 모든 생명의 아버지인 태양이
그대들과 함께 떠오르고 또 기울었으며,   117

그대들을 움직이는 높은 하늘[20]에
들어갈 은총이 나에게 베풀어졌을 때
그대들의 구역이 나에게 할당되었소.   120

지금 나의 영혼은 그대들에게 경건하게
기원하니, 내 영혼을 끌어당기는 험한
길을 넘어설 힘을 얻기 위해서입니다.   123

베아트리체가 말을 꺼냈다. 「그대는
마지막 구원[21]에 가까이 있으니,
맑고 날카로운 눈을 가져야 합니다.   126

그러므로 그 안에 들어가기 전에
저 아래를 바라보고, 이제 그대의
발아래 어떤 세상이 있는지 보세요.   129

19 토스카나의 피렌체에서 태어났을 때.
20 붙박이별들의 하늘을 가리킨다.
21 하느님.

그리하여 이 둥근 창공[22]을 거쳐 기쁜
마음으로 오는 승리의 무리[23]에게 그대
마음이 최대한 즐겁게 보이도록 해요.」   132

나는 일곱 개의 천구를 모두 눈으로
돌아보았고, 이 지구를 보았는데 그
초라한 모습에 웃음이 나올 정도였다.   135

그래서 나는 지구를 하찮게 생각하는
견해에 최대한 찬성하는데, 다른 것을
생각하는 자는 정말 훌륭하다고 할 수 있다.   138

나는 레토의 딸[24]을 보았는데, 전에는
희박하고 빽빽하기 때문이라고 믿었던
그런 그림자[25]가 없이 빛나고 있었다.   141

히페리온이여, 그대 아들[26]의 모습을
거기서 보았고, 마이아와 디오네[27]가

22   원문에는 *etere*, 즉 〈에테르〉로 되어 있는데, 엄밀하게 말하면 지구의
대기권 너머 우주 공간에 있는 아주 순수한 물질을 가리킨다.
23   뒤이어 제23곡에 나오듯이, 그리스도와 사도들이다.
24   디아나, 즉 달을 가리킨다.
25   달의 반점으로 단테는 달의 물질이 희박하거나 빽빽하기 때문에 얼룩
져 보인다고 생각하였다.(「천국」 2곡 59~60행 참조)
26   태양을 가리킨다. 태양신 헬리오스는 티탄 히페리온의 아들이다.

그 가까이 돌고 있는 것을 보았다.   144

또한 유피테르[28]가 자기 아버지와 아들
사이에서 조절하는 것을 보았고, 그렇게
나는 행성들의 움직임을 분명히 보았다.   147

그리고 일곱 개 모두 얼마나 큰지,
얼마나 빠른지, 또 얼마나 멀리
떨어져 있는지 분명하게 드러났다.   150

영원한 쌍둥이자리와 함께 회전하는 나에게,
우리를 무척 난폭하게 만드는 꽃밭[29]은
언덕에서 강어귀까지 샅샅이 드러나 보였다.   153

그리고 나는 아름다운 눈[30]을 바라보았다.

27   금성과 수성. 마이아는 베누스의 어머니이고, 디오네는 메르쿠리우스
의 어머니.
28   목성을 가리킨다. 유피테르의 아버지는 사투르누스, 즉 토성이고, 아
들은 마르스, 즉 화성이다. 단테는 목성이 토성의 차가움과 화성의 뜨거움 사
이에서 온도를 조절하는 것으로 보았다. (『향연』 2권 13장 25절 참조)
29   지구를 가리킨다.
30   베아트리체의 눈이다.

제23곡

붙박이별들의 하늘에서 단테는 그리스도가 내려오는 것을 본다. 뒤이어 아름다운 장미 같은 성모 마리아와, 백합꽃 같은 그리스도의 사도들이 나타난다. 하지만 단테는 눈부시게 찬란한 그리스도의 빛을 직접 바라볼 수가 없다. 그리스도는 위로 올라가고, 가브리엘 천사가 성모 마리아 주위를 돌며 노래한다. 그리고 모두들 아름다운 목소리로 「하늘의 여왕」을 합창한다.

모든 사물을 숨겨 버리는 밤이 되면,

사랑하는 나뭇가지들 사이에서 귀여운

자기 새끼들의 보금자리에 앉았던 새는   3

사랑하는 새끼들을 보기 위해, 또

그들에게 먹일 먹이를 찾기 위해

힘겨운 노동마저 자신에게 달가워   6

때 이르게[1] 탁 트인 가지 위에서

열렬한 애정으로 태양을 기다리며

새벽이 밝아 오기를 뚫어지게 바라보듯이,   9

나의 여인도 똑바로 서서 태양이 가장

덜 서두르는 것처럼 보이는 쪽[2]을 향해

1 아직 해가 떠오르지 않은 이른 새벽에.

254

주의 깊게 바라보고 있었으니,   12

열망하고 몰입해 있는 그녀를 바라보며
나는 무엇인가를 원하면서 갈망하고, 또
바라면서 만족해하는 사람처럼 되었다.   15

그러나 내가 기다린 순간과, 하늘이
더욱더 빛나는 것을 본 순간 사이에는
아주 짧은 시간이 흘렀을 뿐인데,   18

베아트리체가 말했다. 「저기, 개선하는
그리스도의 무리와, 이 천구들의 회전에서
거두어들인 온갖 결실[3]을 보아요!」   21

그녀의 얼굴은 온통 불타올랐고, 그녀의
눈은 기쁨으로 충만해 보였으니, 말로
설명하지 않고 넘어가는 것이 좋으리.   24

2 남쪽. 정오 무렵 태양이 자오선 근처를 지날 때에는 느리게 움직이는 것
처럼 보인다.
3 천구들의 회전이 지상의 생명체들에게 주는 영향들의 결과를 가리킨다.
단테는 그리스도와 사도들이 내려오는 것을 로마 시대의 개선 행렬에 비유하
고 있는데, 개선 행렬에서는 적에게서 노획한 전리품들을 실은 수레가 맨 앞에
섰다.

청명한 보름달 밤에 구석구석
하늘을 물들이는 영원한 님페들[4]
사이에서 트리비아[5]가 환하게 웃듯이,　　　　　　27

나는 무수한 등불들 위로, 우리의
태양이 하늘의 눈들[6]을 불붙이듯이,
모든 것을 불붙이는 태양[7]을 보았다.　　　　　　30

그런데 빛나는 실체가 너무나도 밝게
생생한 빛을 나의 얼굴에 비추었고
나는 그 빛을 감당할 수 없었다.　　　　　　33

오, 베아트리체, 부드럽고 사랑스러운 안내자!
그녀가 말했다. 「그대를 압도하는 것은
그 어떤 것도 막을 수 없는 힘이라오.　　　　　　36

너무나도 오랫동안 열망했던 대로
하늘과 땅 사이에 길을 열어 주신
지혜와 능력이 바로 저기 계신다오.」　　　　　　39

4　별들을 가리킨다.
5　달의 여신 디아나의 다른 이름이다.
6　별들을 가리킨다. 즉 지구에서 볼 때 태양이 별들을 빛나게 하듯이.
7　그리스도.

마치 번갯불[8]이 구름 속에 담겨 있지
못할 정도로 팽창하여 밖으로 터져서
자기 본성대로 땅에 떨어지는 것처럼, 42

나의 정신은 그 잔치 음식 사이에서[9]
더욱더 커져 자기 밖으로 나갔으니,
어떻게 되었는지 기억하지 못한다.[10] 45

「눈을 뜨고 내가 어떤 모습인지 보아요.
그대는 본 것들[11] 덕택에 내 미소를
견뎌 낼 수 있을 정도로 강해졌습니다.」 48

나는 마치 잊어버린 환상에서 제정신으로
돌아와, 그 환상을 다시 기억하려고
헛되이 애쓰는 사람과 똑같았는데, 51

그때 그러한 충고를 들었으니,
지난 일을 기록하는 책에서 절대
지워지지 않도록 감사할 만하였다. 54

8 중세의 관념에서는 구름 속의 뜨겁고 건조한 증기가 팽창하여 더 이상
구름 안에 머물지 못하고 지상으로 떨어지는 것이 번개라고 믿었다.
9 풍요로운 정신적 음식들의 향연에 비유하고 있다.
10 황홀경에 정신을 잃어 기억하지 못한다는 뜻이다.
11 특히 그리스도의 〈빛나는 실체〉를 보았다는 지적이다.

폴리힘니아[12]가 자매들과 함께
자신들의 달콤한 젖으로 살찌웠던
모든 혀[13]들이 지금 나를 돕기 위해   57

소리를 내고 그녀의 성스러운 미소와
성스러운 모습에 빛나는 것을 노래해도
진실의 천 분의 일에도 미치지 못하리라.   60

그러므로 이 거룩한 시[14]는 천국을
묘사하면서, 마치 끊어진 길과 마주친
사람처럼 건너뛰어야 할 것이다.   63

그러나 무거운 주제와 그것을 짊어지는
인간의 어깨를 생각하는 사람이라면
그 아래에서 떤다고 비난하지 않으리니,   66

대담한 뱃머리가 가르면서 가는 물길은
조그마한 배의 길도 아니고, 자기
힘을 아끼는 사공의 길도 아니다.   69

12 아홉 무사 여신들 중 하나로 찬가와 춤을 관장한다.
13 시인들의 혀.
14 단테는 자신의 이 작품을 가리켜 〈희극*comedia*〉이라 불렀는데(「지옥」
16곡 128행, 21곡 2행) 여기에서는 〈거룩한 시〉라고 부른다. 이 표현은 「천국」
25곡 3행에서도 반복된다.

「무엇 때문에 그대는 내 얼굴에

이끌려, 그리스도의 빛 아래 꽃 피는

아름다운 정원을 바라보지 않는가요?   72

하느님의 말씀이 그 안에서 육화(肉化)된

장미꽃[15]이 여기 있고, 그 향기에 착한

길을 선택한 백합꽃들[16]이 여기 있어요.」   75

베아트리체가 그렇게 말하였기에

언제나 그녀의 충고에 따르는 나는

약한 눈썹의 싸움으로 다시 돌아갔다.   78

예전에 구름의 틈 사이를 통과한

햇살이 맑게 비치는 꽃 핀 들판을

그늘 속의 내 눈이 보았던 것처럼,[17]   81

광채의 원천을 보지는 못했지만,

위에서 내려오는 눈부신 빛살에

불타오르는 빛들의 무리를 보았다.   84

15   성모 마리아를 가리킨다.
16   그리스도를 뒤따른 사도들을 가리킨다.
17   구름이 해를 가리고 있는 그늘에서 구름 사이를 통과한 햇살이 비치는
풀밭을 바라보았던 것처럼.

오, 그들을 그렇게 각인하시는 너그러운
힘이시여, 당신을 바라볼 수 없던 나의
눈에 여유를 주고자 위로 올라가셨군요.   87

내가 아침저녁으로 언제나 부르는
아름다운 꽃[18]의 이름은 내 영혼을
사로잡아 그 최고의 빛을 보게 했다.   90

지상에서 승리하였듯이 저 위에서
승리하는 생생한 별의 크기와
밝기가 나의 두 눈을 물들였을 때   93

하늘 한가운데서 눈부신 횃불[19]이
내려와 왕관 모양의 원을 이루어
그녀를 둘러싸고 주위를 맴돌았다.   96

지상의 선율이 제아무리 감미롭게
울리고 자신에게 영혼을 이끈다 해도,
하늘을 보석처럼 빛나게 만드는   99

그 아름다운 사파이어를 둘러싼

18   장미꽃으로 상징되는 성모 마리아.
19   천사 가브리엘이다.

리라[20]의 소리와 비교해 본다면

구름을 찢는 천둥소리와 같을 것이다.　　　　　102

「나는 사랑의 천사, 우리 소원의

숙소가 되었던 배 속에서 솟아나는

커다란 기쁨 주위를 맴돌고 있으니,　　　　　105

하늘의 여인이시여, 당신이 아드님을

따라 최고의 하늘에 들어가 더욱

빛내시는 동안 나는 줄곧 돌 것입니다.」　　　　108

그렇게 주위에 맴돌던 선율이

마무리되자, 다른 모든 빛들이

마리아의 이름을 울려 퍼지게 했다.　　　　　111

하느님의 입김과 작용 안에서

가장 생생해지고 가장 불타며, 세상의

모든 천구를 감싸는 장엄한 외투[21]는　　　　114

안쪽 경계선[22]을 우리 위에 드리우고

20　고대부터 널리 사용되던 현악기이다.
21　아홉째 하늘인 최초 움직임의 하늘이다.
22　여덟째 하늘의 바깥쪽과 경계를 이루는 아홉째 하늘의 안쪽 가장자리
이다.

있었는데, 내가 있던 곳에서는 너무

멀어 그 모습이 아직 보이지 않았다.   117

그러므로 나의 눈은 당신의

아드님을 뒤따라 위로 올라간,

왕관을 쓴 불꽃을 따를 수 없었다.   120

마치 어린아이가 젖을 먹은 다음

불꽃처럼 밖으로 타오르는 마음에

엄마를 향해 팔을 벌리는 것처럼,   123

그 눈부신 빛들은 각자의 불꽃을

위로 뻗쳤고, 그렇게 마리아를 향한

드높은 애정을 나에게 명백히 보여 주었다.   126

그리고 내 앞에 머물며 「레기나 코엘리」[23]를

노래하였는데, 너무나도 감미로워서

그 기쁨은 나를 떠난 적이 한 번도 없었다.   129

오, 이곳 지상에서 좋은 씨를 뿌리는

일꾼[24]들이었던 저 풍성한 곳간[25]에

23 Regina Coeli. 라틴어로 〈하늘의 여왕〉을 뜻하며 오래된 성모 찬가 중 하나로 오늘날까지 부활 삼종기도로 사용된다.

얼마나 큰 풍요로움이 쌓여 있는가!   132

바빌론의 귀양살이[26]에서 황금을

버리고, 울면서 얻었던 보물을

그들은 여기에서 누리며 살고 있구나.   135

여기 하느님과 마리아의 높으신 아드님

아래, 그런 영광의 열쇠를 가진 분[27]이

오래되고 새로운 무리[28]와 함께   138

그분의 승리를 축하하고 있구나.

24   원문에는 *bobolce*로 되어 있고, 일부에서는 〈씨 뿌리기에 좋은 땅〉으로 해석하기도 한다.

25   사도들의 영혼으로 좋은 씨앗을 뿌려 거둬들인 풍부한 곡식을 보관하는 창고에 비유하고 있다.

26   이승에서의 삶을 소위 〈바빌론 유배〉에 비유한다. 역사적으로는 고대 유대인들이 바빌로니아 왕국에 의해 멸망하여 집단으로 강제 이주된 사건을 가리킨다.

27   성 베드로.

28   구약과 신약에 나오는 축복받은 자들이다.

제24곡

베아트리체의 부탁으로 축복받은 영혼들의 무리가 단테를 반갑게 맞이한다.
베아트리체는 성 베드로에게 단테를 시험해 보라고 부탁한다. 베드로는 믿음
에 대하여 질문하고, 단테는 삼위일체의 교리에 맞게 대답한다. 만족스러운
대답에 베드로는 단테를 축복해 준다.

「오, 복되신 어린양[1]의 큰 잔치에

선택된 무리여, 그분이 그대들을 먹이셔

그대들의 소원은 언제나 충족되니,   3

이 사람[2]이 하느님의 은총으로

죽음의 시간이 되기도 전에 그대들의

식탁에서 떨어지는 것을 맛보게 되었다면,   6

그 큰 애정[3]에 마음을 열어 이슬을

좀 주세요. 그대들은 언제나 그분의

생각이 흐르는 샘물에서 마십니다.」   9

1   예수 그리스도를 가리킨다. 〈이튿날 요한은 예수님께서 자기 쪽으로 오
시는 것을 보고 말하였다. 《보라, 세상의 죄를 없애시는 하느님의 어린양이시
다.》〉(「요한 복음서」 1장 29절)
2   단테.
3   그대들이 먹는 지혜를 얻고 싶은 단테의 욕망이다.

베아트리체가 그렇게 말하자, 그 행복한
영혼들은 고정된 축 위로 원을 이루어
혜성처럼 돌면서 세찬 불꽃을 내뿜었다.   12

시계 장치 원판들이 돌아가는데, 그것을
바라보는 사람에게, 첫째는 움직이지 않고
마지막 원판은 날아가듯 보이는 것처럼,[4]   15

그 고리들도 빠르거나 느리게
서로 다른 속도로 춤을 추면서,
각자의 풍부함을 느끼게 해주었다.   18

나에게 가장 아름답게 보였던 고리에서
불꽃 하나[5]가 나오는 것을 보았는데,
그보다 밝은 것이 없게 행복해 보였다.   21

그는 베아트리체 주위를 세 번
돌면서 성스러운 노래를 불렀는데,
내 상상력이 다시 말할 수 없으니,   24

4 지름이 큰 원판은 움직이지 않는 것처럼 보이고, 작은 원판은 아주 빨리
도는 것처럼 보이듯이.
5 성 베드로의 영혼이다.

나의 펜은 건너뛰고 적지 않으련다.
우리의 상상력은 말과 마찬가지로 그런
주름에 너무 생생한 색깔이기 때문이다.[6]   27

「오, 성스러운 나의 누이여, 그토록
경건하게 청하니 그대의 뜨거운 애정에
나는 저 아름다운 고리에서 벗어났다오.」   30

그 축복받은 불꽃은 멈추어 서서
나의 여인을 향하여 말을 꺼냈고,
위에서 내가 말했던 대로 말하였다.   33

그녀는 말했다.「오, 위대한 사람의 영원한 빛이여,
우리 주님께서 이 놀라운 환희에서
지상으로 가져온 열쇠를 맡기신 이여,   36

그대가 바다 위로 걸어가게 하였던[7]
믿음과 관련하여 가볍고 무거운 점에 대해

6 그림을 그릴 때 옷의 주름을 묘사하려면 옷보다 덜 생생한 색깔을 사용
하는 것이 음영을 표현하는 데 더 적합하기 때문에, 너무 생생한 색깔로는 표
현하기 어렵다는 뜻이다.
7 예수가 갈릴리 호수의 물 위로 걸어오는 것을 보고 제자들이 놀라자, 예
수는 베드로에게 물 위로 걸어오라 하였고, 베드로는 배에서 내려 물 위로 걸어
갔다.(「마태오 복음서」14장 22~33절 참조)

266

그대 원하는 대로 이 사람을 시험해 보소서.   39

그가 옳게 사랑하고 옳게 희망하고 믿는지
그대에게 감출 수 없으니, 그대의 눈은
모든 것이 비치는 곳[8]을 보기 때문이오.   42

하지만 이 왕국은 진정한 믿음으로
시민들을 뽑았으니,[9] 그 영광을 위해
그가 믿음에 대해 말하는 게 좋을 것이오.」   45

스승이 문제를 종결하기 위해서가 아니라
증명하기 위해[10] 질문을 제기할 때까지
학생[11]은 준비하고 말을 하지 않듯이,   48

그녀가 말하는 동안, 나는 온갖 논리로
준비하였으니, 그러한 질문자와
그런 문제에 바로 대답하기 위해서였다.   51

8   하느님.
9   진정한 믿음을 가진 자들만 천국의 시민이 될 수 있다.
10   어떤 문제에 대해 결론을 내리거나 정의하기 위해서가 아니라, 학생의
능력을 증명하기 위해.
11   원문에는 *baccelliere*로 되어 있는데, 중세의 학교에서 일정한 과정을
마치고 학위를 받기 위해 구술시험을 받는 학생을 가리킨다.

「착한 그리스도인이여, 믿음이 무엇인지
밝혀 보아라.」 그 말이 흘러나오는
빛을 향하여 나는 고개를 들었다.   54

그리고 베아트리체를 바라보았는데,
그녀는 재빠른 눈짓으로, 내가 내면의
샘 밖으로 물을 흘려 내보내게 하였다.   57

나는 말을 꺼냈다. 「높으신 총대장[12]에게
내가 고백하게 하시는 은총이시여,
내 생각을 잘 표현하게 해주소서.」   60

그리고 이어서 말했다. 「아버지, 당신과
함께 로마를 좋은 길로 이끄신 당신의
사랑하는 형제[13]의 진실한 펜이 썼듯이,   63

믿음이란 희망하는 것들의 실체이며,
눈에 보이지 않는 것들의 확증이니,[14]

12   원문에는 *primopilo*로 되어 있는데, 로마의 군대에서 수석 백인대장
(百人隊長)을 의미한다. 여기에서는 사도들의 으뜸인 성 베드로를 가리킨다.
13   성 바오로. 베드로와 바오로가 로마를 좋은 길로 이끌었다는 것은, 예
수의 삶과 가르침을 증언하다가 로마에서 순교하였다는 뜻이다.
14   〈믿음은 우리가 바라는 것들의 보증이며 보이지 않는 실체들의 확증
입니다.〉(「히브리인들에게 보낸 서간」 11장 1절)

268

그것이 믿음의 본질이라 생각합니다.」   66

그러자 나는 들었다. 「왜 그는 믿음을
실체에 두고, 이어서 확증에 두었는지
잘 이해한다면 올바로 깨달은 것이다.」   69

곧이어 나는 말했다. 「여기에서 자신의 모습을
나에게 보여 주는 심오한 것들이 저
아래의 눈들[15]에는 감추어져 있어서,   72

그것들의 존재는 오직 믿음 안에만
있고, 그 위에 높은 소원이 세워지며
따라서 실체로 이해되는 것입니다.   75

그리고 다른 것을 보지 않고 바로
그 믿음으로부터 추론해야 하고,
따라서 확증으로 이해되는 것입니다.」   78

그러자 나는 들었다. 「그 모든 것을
지상에서 교리로 그렇게 이해한다면,
궤변가의 재간은 설 자리가 없으리라.」   81

15 지상에 사는 사람들의 눈이다.

불타는 사랑에서 그런 말이 들려왔고
이어서 덧붙여 말했다. 「이 동전의
무게와 순도[16]를 잘 이해했구나. 하지만   84

그것을 네 지갑 안에 갖고 있는지 말해라.」
이에 나는 말했다. 「네, 그 주조(鑄造)에 아무런
의심 없이 온전히 간직하고 있습니다.」   87

곧이어 거기서 빛나던 심오한 빛에서
들려왔다. 「모든 덕성이 토대로 삼는
그 귀중한 보석[17]은 어디에서 그대에게   90

왔는가?」 이에 나는 말했다. 「옛날 양피지와
새로운 양피지[18] 위에 널따랗게
퍼져 나간 성령의 풍족한 비가,   93

나에게 그토록 날카롭게 결론짓게 한
논법이며, 그것과 반대되는 모든
증명은 나에게 빈약해 보입니다.」   96

16 믿음을 귀중한 돈에 비유하고 있다. 무게와 순도, 즉 금이나 은의 혼합
비율은 믿음의 중요성과 내용을 의미한다.
17 믿음.
18 구약과 신약을 가리킨다.

그러자 나는 들었다.「그렇게 결론짓게
만든 옛날 명제와 새로운 명제[19]를
그대는 왜 하느님의 말씀으로 여기는가?」　　　　　99

나는 말했다.「나에게 진리를 열어 주는 증거는
뒤따른 기적들인데, 그 앞에서 자연은
쇠를 달구거나 모루를 치지 못합니다.」[20]　　　　102

그가 말하였다.「그 기적들이 있었다고
누가 그대에게 장담하는가? 다름 아니라,
증명해야 할 진리가 그렇게 말할 뿐이다.」　　　　105

나는 말했다.「만약에 기적들이 없는데도 세상이
그리스도교를 향했다면, 그것이 기적이니
다른 것은 백 분의 일도 되지 않습니다.　　　　108

그래서 당신은 가난하고 배고픈 채, 지금은
가시나무가 되었지만 전에는 포도나무였던
좋은 나무[21]를 심으려고 밭에 들어갔지요.」　　　　111

19　구약과 신약을 가리킨다.
20　기적은 자연의 질료와 도구들을 초월하는 초자연적인 현상이라는 뜻
이다.
21　초기 그리스도교 신앙은 포도나무처럼 훌륭했는데, 지금은 타락하여
가시나무로 전락하였다는 뜻이다.

그 말이 끝나자 고리를 이루고 있던 높고

거룩한 무리가 저 위의 노랫가락으로

〈하느님 찬미합니다〉[22] 노래하였다.   114

그리고 이 가지에서 저 가지로

검사하면서,[23] 나를 이끌어 마지막

잎사귀까지 도달하게 한 귀한 분[24]은   117

다시 말을 시작하였다. 「그대의 마음과

사랑을 속삭이는 은총은 지금까지 당연히

필요한 만큼 그대 입을 열어 주셨으니,   120

나는 그대가 밖으로 표현한 것을

인정하지만, 이제 그대의 믿음이 어디서

왔는지, 그대가 믿는 것을 밝혀 보아라.」   123

나는 말했다. 「오, 거룩한 아버지, 더 젊은

발보다 먼저 무덤에 들어갈 정도로[25]

22 원문에는 이탈리아어 *Dio laudamo*로 되어 있는데, 라틴어 *Te Deum laudamus*(〈하느님 당신을 찬미합니다〉)로 널리 알려진 성가이다.

23 믿음에 대한 세부적인 것들을 샅샅이 캐물으면서.

24 원문에는 *barone*, 즉 〈남작(男爵)〉으로 되어 있는데, 베드로를 가리킨다.

25 예수의 무덤이 비었다는 말을 듣고 베드로와 요한이 달려갔다. 요한(〈더 젊은 발〉)은 먼저 도착했지만 무덤 안으로 들어가지 않았고, 늦게 도착한

당신이 믿었던 것을 보는 영혼이시여,   126

당신은 망설임 없는 내 믿음의 본질을
내가 명백히 밝히길 원하시고, 또한
그런 믿음의 원인에 대해 물으셨지요.   129

대답하겠습니다. 나는 사랑과 뜻으로
움직임 없이 온 하늘을 움직이시는,[26]
유일하고 영원하신 하느님을 믿습니다.   132

나는 그런 믿음에 대한 물리적이고
형이상학적인 증거들은 없지만,
모세와 예언자들, 시편들[27]을 통해,   135

복음서들과, 성령이 그대들을 밝혀 주신
뒤에 그대들이 썼던 것들[28]을 통해
하늘에서 내려온 진리가 나에게 전해 줍니다.   138

베드로가 먼저 무덤 안으로 들어갔다.(「요한 복음서」 20장 3~9절 참조)

  26   자신은 전혀 움직이지 않으면서 모든 하늘을 움직이게 만든다는 뜻
이다.

  27   구약을 총체적으로 가리킨다.

  28   신약에서 네 복음서를 제외한 「사도행전」과 여러 서간들, 「요한 묵시
록」을 가리킨다.

그리고 영원한 세 위격(位格)을 믿으며,
*sono*와 *este* [29]를 모두 허용하도록
하나이며 셋이신 그 본질을 믿습니다.   141

복음서의 교리는 여러 번 반복하여
지금 내가 말하는 심오하고도 거룩하신
상태[30]로 저의 마음에 봉인해 줍니다.   144

이것이 시작이요, 이것이 불티이니,
거기서 나중에 생생한 불꽃으로 확장되고
하늘의 별처럼 내 안에서 빛납니다.」   147

마치 마음에 드는 말을 들은 주인이
하인의 말이 끝나자마자 그 말을
칭찬하며 바로 하인을 껴안아 주듯이,   150

나에게 말하도록 명령한 사도의
불빛은 내가 말을 마치자 노래하면서
나를 세 바퀴 돌고 축복해 주었으니,   153

29 *sono*는 동사 *essere*(〈있다〉, 〈~이다〉)의 3인칭 복수형이고, *este*(현대
이탈리아어로는 *è*)는 3인칭 단수이다. 삼위일체는 셋이라는 복수이면서, 동시
에 하나이기 때문에, 두 가지 동사 변화를 모두 허용한다는 뜻이다.
30 삼위일체의 신비.

내 말이 그토록 마음에 들었던 것이다!

제25곡

단테는 고향 피렌체로 돌아가 시인으로서 월계관을 쓰고 싶은 희망을 표현한다. 베아트리체는 성 야고보를 소개한다. 야고보는 단테에게 희망의 덕성에 대해 질문하고, 단테의 만족스러운 대답에 영혼들이 노래한다. 이어서 복음서의 작가 성 요한이 나타나는데, 너무나도 찬란한 빛에 단테는 베아트리체의 모습을 볼 수도 없다.

하늘과 땅이 도움을 주었으며

여러 해 동안 나를 야위게 했던

이 거룩한 시[1]가 혹시라도,　　　　　　　　　　　　3

싸움을 거는 늑대들의 적으로서

어린양처럼 잠들어 있던 나를 우리[2]

밖으로 몰아냈던 잔인함을 이긴다면,　　　　　　　6

이제 나는 다른 목소리, 다른 모습[3]의

시인으로 돌아가, 내가 세례받았던

샘물[4]에서 월계관을 받을 것이다.　　　　　　　9

1　단테가 지금 쓰고 있는 『신곡』을 가리킨다. (「천국」 23곡 61행 참조)
2　고향 피렌체.
3　원문에는 *vello*, 즉 〈머리카락〉으로 되어 있다.
4　단테가 세례를 받았던 산조반니 세례당, 즉 피렌체를 가리킨다.

거기에서 나는 영혼들을 하느님께

인도하는 믿음 속에 들어갔고, 그 덕택에

나중에 베드로는 내 주위를 돌았으니까.　　　　12

그리스도의 대리인들 중 첫째[5]가

나왔던 그 둥근 고리에서 바로 그때

빛 하나[6]가 우리를 향하여 나왔고,　　　　15

내 여인은 기쁨에 넘쳐 나에게 말했다.

「보세요, 귀한 분[7]을. 그를 위해 저

아래에서는 갈리시아[8]를 순례하지요.　　　　18

마치 비둘기가 자기 짝 가까이 날아갈 때,

서로 주위를 맴돌고 속삭이며 서로가

서로에게 애정을 표현하는 것처럼,　　　　21

위대하고 영광스러운 군주[9]가 다른

군주[10]를 맞이하며 하늘에서 맛보는

5　성 베드로.
6　성 야고보.
7　여기에서도 원문은 〈남작〉으로 되어 있다.(「천국」24곡 117행 참조)
8　Galicia. 스페인 북서부 대서양에 가까운 갈리시아 지방의 산티아고 데 콤포스텔라에 성 야고보의 유해가 있기 때문에 순례자들이 많이 찾고 있다.
9　성 베드로.

음식[11]을 찬양하는 것을 나는 보았다.   24

서로의 인사가 끝난 다음 각자
내 앞에 말없이 멈추었는데, 얼굴을
들지 못할 정도로 눈부시게 타올랐다.   27

그러자 베아트리체가 웃으며 말했다.
「우리 성전의 너그러움을 글로
기록하신[12] 영광스러운 영혼이여,   30

이 높은 곳에 희망[13]이 울리게 하소서.
예수께서 세 명[14]을 더 사랑하신 만큼
그대는 희망을 상징하기 때문이오.」   33

「고개를 들고 용기를 갖도록 하라.
인간 세상에서 이 위로 오르는 자는
우리의 빛살로 성숙해져야 하느니라.」   36

10   성 야고보.
11   하느님의 은총을 가리킨다.
12   「야고보 서간」을 가리킨다.
13   향주삼덕 중에서 두 번째로 희망에 대하여 단테에게 질문하라고 유도
한다.
14   사도들 중에서 베드로, 야고보, 요한은 각각 믿음, 희망, 사랑을 상징하
는 것으로 해석된다.

둘째 불꽃에서 이렇게 위안하는 말이
들려왔기에, 나는 너무 무거워 숙이고
있던 눈을 산들에게[15] 들어 올렸다.   39

「우리의 황제께서는 은총으로 그대가
죽기 전에 가장 비밀스러운 꽃밭에서
당신의 귀족들[16]을 만나 보기 원하시니,   42

이 궁전의 참모습을 보고 나서,
지상에서 선을 사랑하게 만드는 희망을
그대와 다른 사람들에게 심어 주도록,   45

희망이 무엇인지, 그대 마음에서 어떻게
꽃피웠으며, 어디에서 왔는지 말해 봐라.」
그렇게 둘째 불꽃은 이어서 말하였다.   48

그러자 내 날개의 깃털을 그토록
높이 날도록 인도했던 경건한 여인이
나를 앞질러 이렇게 대답하였다.   51

15   베드로와 야고보를 향해.
16   원문에는 〈백작들〉로 되어 있는데, 천국에 있는 축복받은 영혼들을 가
리킨다.

「우리 모두를 비추시는 태양 속에 쓰여

있듯이, 전투하는 교회[17]에 이 사람보다

더 큰 희망을 가진 아들은 없습니다.   54

그래서 그의 싸움이 끝나기도 전에[18]

이집트에서 나와 예루살렘으로 와서[19]

직접 볼 수 있도록 허용되었습니다.   57

알기 위해서가 아니라, 그대가 얼마나

그 덕성을 기쁘게 여기는지 말하도록

질문하신 다른 두 가지 점[20]에 대해서는   60

그에게 맡깁니다. 그것들은 어렵거나

자랑거리도 아니니, 그가 대답하리다.

하느님의 은총이 그를 도와주시기를.」   63

제자가 스승에게 자기가 잘 아는 것에

대해서는 자신의 능력을 보여 주기 위해

17   지상의 삶에서 육체나 악마, 악의 세력과 싸우는 신자들의 공동체를
가리킨다.

18   죽기 전에.

19   이스라엘 백성이 이집트에서 벗어나 약속의 땅으로 들어갔듯이, 단테
가 지상 세계에서 천국으로 올라간 것을 가리킨다.

20   희망이 무엇인지, 어떻게 해서 단테의 마음속에 자리 잡게 되었는지에
대한 질문이다.

즐거운 마음으로 이내 대답하는 것처럼   66

나는 말했다. 「희망이란 미래의 영광을
확실히 기다리는 것이며, 하느님의
은총과 이전의 공덕이 희망을 낳습니다.   69

그 빛은 많은 별들로부터 나에게 왔지만,
최고의 지도자를 최고로 노래했던 분[21]이
가장 먼저 내 마음속에 심어 주었습니다.   72

그는 테오디아[22]에서 〈당신 이름을 아는
이들은 당신을 신뢰합니다〉[23] 말했는데,
나처럼 믿음이 있다면 누가 모르겠습니까?   75

그분 이외에 그대는 나중에 편지[24]에서
나에게 그것을 심어 주셨으니, 나는 가득 차서
다른 사람에게 그대의 빗물을 부어 줍니다.」   78

21 「시편」을 통해 하느님을 찬양한 다윗.
22 Teodia. 신을 의미하는 그리스어 테오스 *theós*에서 만들어 낸 용어로,
하느님을 찬양하는 노래인 「시편」을 가리킨다.
23 〈당신 이름을 아는 이들이 당신을 신뢰하니 / 주님, 당신을 찾는 이들
을 아니 버리시기 때문입니다.〉(「시편」 9편 11절)
24 「야고보 서간」을 가리킨다.

내가 그렇게 말하는 동안, 그 생생한

불꽃 가운데에서 마치 번개처럼

섬광이 순간적으로 번득이곤 하였다.   81

그리고 말했다. 「싸움터를 떠날 때까지,[25]

또한 종려나무[26]까지 나를 뒤따른 덕성을

향하여 아직도 나를 불태우는 사랑은,   84

그대가 즐겁게 여기는 희망에 대해

말하기를 원하니, 희망이 그대에게

약속한 것을 말한다면 나는 기쁘겠노라.」   87

나는 말했다. 「구약과 신약 성경은 하느님께서

선택하시는 영혼들에게 징표를 보여 주고,

그 징표가 나에게 그 뜻을 가르쳐 줍니다.   90

그들은 모두 자기 땅에서 두 겹 옷[27]을

입을 것이라고 이사야는 말하는데,[28]

25 죽을 때까지. 앞의 54~55행에 나오듯이 지상에서의 삶을 전투에 비유
한다.

26 순교를 상징한다.

27 부활 때 다시 입을 영혼과 육신의 옷이다.

28 이스라엘은 〈수치를 갑절로 받았고 치욕과 수모가 그들의 몫이었기에
자기네 땅에서 재산을 갑절로 차지하고 영원한 기쁨이 그들의 것이 되리
라〉.(「이사야」61장 7절)

282

그 땅은 바로 이곳의 달콤한 삶입니다.   93

그리고 그대의 형제[29]는 흰 겉옷에
대한 부분[30]에서 훨씬 더 분명하게
그러한 계시를 우리에게 보여 줍니다.」   96

이런 말을 마치자, 먼저 우리 위에서
〈당신을 신뢰합니다〉[31] 노래가 들려왔고,
거기에 모든 고리[32]가 합창으로 화답했다.   99

그런 다음, 그중에서 빛 하나[33]가 더욱
빛났는데, 게자리에 그런 수정이 있다면,
겨울의 한 달은 낮만 계속될 것이다.[34]   102

그리고 허영 때문이 아니라, 오로지

29   성 요한을 가리킨다.
30   〈모든 민족과 종족과 백성과 언어권에서 나온 그들은, 희고 긴 겉옷을
입고 손에는 야자나무 가지를 들고서 어좌 앞에 또 어린양 앞에 서 있었습니
다.〉(「요한 묵시록」 7장 9절)
31   73~74행에서 인용한 「시편」의 구절이다.
32   원을 이루어 돌고 있는 축복받은 영혼들이다.
33   성 요한이다.
34   12월 말부터 1월 말까지 태양은 게자리와 정반대의 전갈자리에 있기
때문에, 태양이 뜰 때 게자리는 지고, 태양이 질 때 떠오른다. 따라서 만약 게자
리에 태양처럼 빛나는 별이 있다면, 그 한 달 동안은 마치 태양이 지지 않는 것
처럼 낮만 계속될 것이다.

신부를 위하여 처녀가 즐거운 마음으로
일어나 춤추는 무리 안으로 들어가듯이,   105

그 빛나는 빛은, 자신들의 불타는 사랑에
어울리는 가락에 맞추어 춤추고 있던
두 빛[35]에게로 가는 것을 나는 보았다.   108

그리고 노래와 원무 속으로 들어갔으며,
나의 여인은 신부처럼 움직이지 않고
말없이 그들을 바라보고 있었다.   111

「이분은 우리 펠리컨[36]의 가슴에
남아 있던 분이며,[37] 또한 십자가로부터
위대한 임무에 선택되었던 분이라오.」[38]   114

내 여인이 그렇게 말했는데, 말하기
전부터 그들을 주의 깊게 바라보던
시선을 조금도 움직이지 않았다.   117

35   베드로와 야고보.
36   펠리컨은 자기 가슴을 부리로 쪼아 나온 피로 새끼들을 먹여 살린다고
믿었다. 따라서 그리스도를 상징하는 새로 간주되었다.
37   요한은 예수의 사랑을 받았던 제자이다.(「요한 복음서」 13장 23절,
21장 20절 참조)
38   요한은 예수(《십자가》)로부터 성모 마리아를 돌보라는 부탁을 받았
다.(「요한 복음서」 19장 26~27절 참조)

태양의 부분 일식을 보기 위해

눈을 응시하며 애쓰는 사람이 결국

보려다가 보지 못하게 되는 것처럼,[39]   120

내가 그 불꽃에게 그렇게 하였는데,

이런 말이 들려왔다. 「무엇 때문에 그대는

여기 없는 것[40]을 보려고 눈이 부시는가?   123

나의 육신은 땅에서 흙이 되어 있고,

영원한 계획과 우리 숫자가 맞을 때까지[41]

다른 육신들과 함께 있을 것이다.   126

축복받은 수도원[42]에 옷을 두 벌

입고 올라온 빛은 단지 둘뿐이니,[43]

그런 사실을 그대들의 세상에 전하라.」   129

39   태양을 직접 바라보았다가 눈이 부셔 결국 아무것도 보지 못하게 되는 것처럼.

40   육신을 가리킨다. 예수가 요한에게 〈너는 나를 따르라〉고 말한 데에서 요한은 죽지 않는다는 소문이 퍼졌고(「요한 복음서」 21장 22~23절 참조), 따라서 요한은 육신을 가진 채 천국에 올라갔다고 믿는 사람들이 있었는데, 단테는 그런 믿음을 반박하고 있다.

41   하느님이 예정한 대로 축복받은 영혼들의 숫자가 될 때까지, 말하자면 최후의 심판 때까지.

42   천국.

43   육신을 그대로 간직한 채 천국에 오른 사람은 예수 그리스도와 성모 마리아 둘뿐이라는 뜻이다.

이 소리에 불타는 회전이 잠잠해졌고,
그와 동시에 세 명의 목소리가 함께
어우러진 달콤한 합창도 멈추었는데,   132

마치 피곤함이나 위험을 피하려고
물속을 헤치던 노들이 모두
휘파람 소리에 멈추는 것과 같았다.   135

베아트리체를 보려고 몸을 돌렸을 때,
행복한 세상에서 그녀 곁에 있으면서도,
혹시라도 그녀를 볼 수 없지 않을까[44]   138

아, 나는 얼마나 가슴을 졸였던가!

44   혹시 눈이 완전히 멀어 앞으로는 베아트리체를 보지 못하는 것이 아닐
까 염려한다.

제26곡

성 요한은 단테에게 사랑의 덕성에 대해 질문한다. 단테는 사랑의 대상이 무엇인지, 사랑은 어디에서 시작되고, 어떻게 완성되는지 대답한다. 단테의 대답에 축복받은 영혼들이 노래로 화답한다. 다시 시력을 회복한 단테는 아담의 영혼이 오는 것을 본다. 단테는 아담에게 궁금한 것을 질문하고 그 대답을 듣는다.

꺼져 버린 시력 때문에 걱정하는 동안

내 눈을 꺼뜨렸던 눈부신 불꽃에서

목소리가 들려와 내 관심을 끌며　　　　　　　　　　3

말했다. 「나로 인해 소진된 시력이

다시 회복될 때까지 이야기를

하며 보상하는 것이 좋을 것이다.　　　　　　　　　6

그럼 그대의 영혼은 어디를 겨냥하는지

말하라. 또 그대 시력은 잠시 꺼졌을 뿐

완전히 죽지 않았음을 명심하여라.　　　　　　　　9

이 하느님 나라로 그대를 안내하는

여인은 하나니아스[1]의 손이 가졌던

1　다마스쿠스 사람 하나니아스는 하느님의 명령으로 시력을 잃은 사울,

힘을 눈 속에 갖고 있기 때문이다.」   12

나는 말했다. 「내 눈은 언제나 나를 불태우는 불과

함께 그녀가 들어왔던 문이니, 빠르든

늦든 그녀가 원하는 대로 치유되겠지요.   15

이 궁전을 기쁘게 해주시는 선[2]은

나에게 크든 작든 사랑을 가르치는

모든 『성경』의 알파와 오메가[3]입니다.」   18

순간적인 눈부심의 두려움에서 나를

벗어나게 해준 바로 그 목소리는

내가 좀 더 이야기하도록 배려하여   21

말했다. 「그대는 분명 좀 더 가는 체로

밝혀야 하니,[4] 그대 활이 그런 표적을

겨냥하도록 누가 인도했는지 말해 보라.」   24

즉 바오로의 눈을 뜨게 해주었다.(「사도행전」9장 10절 이하 참조)

　2　하느님.

　3　그리스어 알파벳의 첫 글자와 마지막 글자로, 처음과 마지막, 시작과 끝
을 의미한다. 이 표현은 「요한 묵시록」 1장 8절, 21장 6절, 22장 13절 등 세 곳
에 나온다.

　4　눈이 가는 체로 거르듯이 자세하게 설명하라는 뜻이다.

나는 말했다. 「철학적 논증들과, 여기에서
내려가는 권위[5]를 통하여 그런
사랑이 내 안에 봉인되어야 합니다.   27

선은 선으로서 이해되는 만큼
사랑을 불붙이며, 더 많은 선을
자체 안에 포함할수록 더 커집니다.   30

그러므로 사랑 바깥에 있는 모든 선은
그 빛살의 빛[6]에 불과할 정도로
가장 탁월한 최고의 본질[7]을 향하여,   33

그런 증거가 자리 잡고 있는 진리를
분별하는 자의 마음은 다른 무엇보다
그것을 사랑하며 움직여야 합니다.   36

모든 영원한 실체들의 최초 사랑을
나에게 증명해 주는 분[8]이 그런
진리를 나의 지성에 밝혀 줍니다.   39

5 하느님이 천국에서 내려 보내는 영감을 받아 쓴 『성경』의 권위와 교회
의 가르침이다.
6 최고의 선이 아닌 반영된 선을 뜻한다.
7 하느님.
8 아리스토텔레스를 가리킨다.

모세에게 당신 자신에 대해 〈나는
너에게 모든 선을 보여 주겠다〉[9] 말하신
진정한 저자[10]의 목소리가 밝혀 주시며,　　　　　42

또한 다른 모든 포고문들 이상으로
이곳의 신비를 지상에 외쳐 주는 고귀한
포고문[11]을 시작하며 그대가 밝혀 줍니다.」　　　45

그리고 나는 들었다. 「인간의 지성과
또한 거기에 일치하는 권위를 통하여
그대 사랑의 최고는 하느님을 향한다.　　　　　48

하지만 그분을 향하게 만드는 다른
줄들[12]을 느끼는지 말하여, 그 사랑이
몇 개의 이빨로 그대를 깨무는지 밝혀라.」　　　51

그리스도의 독수리[13]의 성스러운 의도는

9　원문에는 *Io ti farò vedere ogne valore*라고 되어 있는데, 대중판 성경
『불가타』의 「탈출기」 33장 19절의 라틴어 구절 *Ego ostendam omne bonum
tibi*를 옮긴 것이다. 한국 천주교 주교회의의 『성경』에는 〈나는 나의 모든 선을
네 앞으로 지나가게 하고〉라고 되어 있다.

10　『성경』의 진정한 저자는 하느님이다.

11　「요한 묵시록」을 가리킨다.

12　다른 동기들을 가리킨다.

13　성 요한을 가리킨다. 「요한 묵시록」 4장 7절에 나오는 독수리를 중세

감추어져 있지 않았고, 오히려 나는

내 고백을 어디로 인도하려는지 깨달았다.　　　　54

그래서 말하기 시작했다. 「하느님께로

나의 마음을 돌릴 수 있는 모든

깨묽이 나의 사랑에 기여하였으니,　　　　57

세상의 존재와 나의 존재, 그리고

내가 살도록 그분[14]이 감내하신 죽음,

모든 신자들이 나처럼 희망하는 것이,　　　　60

앞에서 말한 생생한 인식과 함께

나를 그릇된 사랑의 바다에서 구하여

올바른 해변으로 인도했기 때문입니다.　　　　63

영원한 꽃밭지기[15]의 모든 꽃밭을

무성하게 만드는 잎사귀들에 그분의

선이 전해진 만큼 그것들을 사랑합니다.」　　　　66

내가 말을 마치자 감미로운 노래가 하늘에서

교부들은 성 요한의 상징으로 보았다.

　14　예수 그리스도.

　15　하느님을 가리킨다. 하느님은 농부에 비유되기도 한다 (「요한 복음서」
15장 1절 참조)

울렸고, 다른 자들과 내 여인이 말했다.
「거룩하시도다, 거룩하시도다, 거룩하시도다!」   69

마치 날카로운 빛이 비치면 막(膜)에서
막을 거쳐 눈부신 빛으로 향하는
시력[16] 때문에 잠에서 깨어나는데,   72

깨어난 사람은 갑작스런 깨어남에
판단 능력이 되살아날 때까지
보는 것을 피하고 무감각한 것처럼,   75

베아트리체는 수천 리까지 비추는
눈부신 자기 눈의 빛살로 내 눈에서
온갖 티끌들을 모두 거두어 주었으니,   78

나의 눈은 전보다 더 잘 보였고,
나는 깜짝 놀라 우리와 함께 있는
넷째 빛[17]에 대하여 질문하였다.   81

그러자 나의 여인이 말했다. 「저 빛 안에는
최초 힘이 창조하신 최초 영혼[18]이

16   센 빛이 비치면 시신경은 두뇌에서 동공으로 향한다.
17   뒤에서 밝혀지듯이 아담의 영혼이다.

자신의 창조주를 관조하고 있지요.」   84

마치 스치는 바람결에 나뭇가지의
끄트머리가 구부러졌다가, 고유의
세우는 힘으로 다시 일어나는 것처럼,   87

내가 그랬으니, 그녀가 말하는 동안
어리둥절해 있다가, 말하고 싶은
욕망에 불타올라 자신감을 되찾았다.   90

그리고 나는 말했다. 「오, 유일하게
익은 채 창조된 열매여, 모든 신부가
딸이자 며느리가 되는 오래된 아버지여,   93

온 정성을 다하여 간절히 부탁하니
말해 주오. 당신은 내 욕망을 아시니,
나는 말하지 않고 곧바로 듣겠습니다.」   96

때로는 무언가를 뒤집어쓴 동물이
발버둥치면, 씌워진 덮개가 뒤따라
움직여 그 느낌이 밖으로 드러나듯,   99

18 하느님이 창조한 최초의 인간인 아담.

그와 비슷하게 그 최초의 영혼은
나를 기쁘게 해주려고 얼마나 즐겁게
왔는지 덮개[19]를 통해 드러내 보였다.   102

그리고 말했다. 「그대가 나에게 말하지
않아도, 나는 그대의 욕망을 그대가
분명하게 아는 것보다 잘 아니,   105

모든 것을 똑같이 비춰 주면서도
정작 자신은 전혀 비추지 않는
진실한 거울을 통해 보기 때문이다.   108

그녀가 기나긴 계단을 통해 그대를
안내한 높은 정원[20]에 하느님께서
나를 두신 지 얼마나 되었는지, 그곳이   111

나의 눈에는 얼마 동안 즐거웠는지,[21]
또 엄청난 분노의 원인과, 내가 만들어
사용한 언어에 대해 그대는 듣고 싶구나.   114

19 아담을 둘러싸고 있는 빛을 가리킨다.
20 연옥의 꼭대기에 있는 지상 천국이다.
21 내가 지상 천국에 얼마 동안 있었는지.

내 아들아, 나무 열매를 맛본 것
자체가 이 귀양살이의 원인이 아니라,
다만 표시를 넘어선 것이 원인이었다.   117

그대 여인이 베르길리우스를 이끌어 낸
그곳[22]에서 나는 태양이 4302번
도는 동안 이 모임을 열망하였고,   120

또한 내가 지상에 있는 동안에
태양이 930번 자기 길의 모든
별들에게 돌아오는 것을 보았지.[23]   123

내가 말하던 언어는 니므롯[24]의
백성이 해낼 수 없는 일에 몰두하기
전에 이미 완전히 사라져 버렸다.   126

하늘의 흐름에 따라 바뀌는 인간의

22　지옥의 림보.
23　아담은 930세에 죽었고(「창세기」5장 5절), 1266년 전 그리스도가 십
자가에 못 박힐 때까지(「지옥」21곡 112~114행) 림보에서 4302년 기다렸다
는 뜻이다. 이런 계산에 의하면 1300년을 기준으로 할 때 아담의 창조 이후 인
류의 역사는 6498년이 흐른 셈이다.
24　그는 바벨탑 건축의 책임자로 간주되었는데, 바벨탑이 붕괴되면서 아
담의 태초 언어는 사라지고 인류의 언어가 혼동되게 되었다.(「지옥」31곡
77~78행 참조)

성향 때문에 영원히 지속되는

이성적인 일은 전혀 없기 때문이다.   129

인간이 말하는 것은 자연스러운

일이지만, 자연은 이렇든 저렇든

너희들이 원하는 대로 내버려 둔단다.   132

내가 지옥의 고통으로 내려가기 전에는

지금 나를 감싸고 있는 기쁨의 원천인

최고의 선을 지상에서 I로 불렀는데,   135

나중에 EI로 불렀고 그래야 마땅하다.[25]

인간들의 관례는 나뭇가지의 잎새같이

지고 나면 새잎이 나오기 때문이다.   138

물결 위로 가장 높이 솟은 산[26]에서,

25 하느님을 처음에는 I로 불렀다가 나중에 EI로 불렀다는 주장인데, 그
정확한 의미나 근거는 분명하게 밝혀지지 않았다. I는 하느님을 뜻하는 히브리
어 〈야훼*Iahweh*〉의 첫 문자(히브리어로는 요드*Yod*)이고, EI은 〈엘로
힘*Elohim*〉의 첫 두 문자를 가리키는 것으로 해석되기도 한다. 일부에서는 로
마 숫자에서 I가 〈하나〉, 즉 1을 의미하고, 또한 발음이나 표기가 가장 쉽고 간
단하기 때문이라고 해석하기도 한다. 라틴어로 쓴 저술『속어론*De vulgari elo-
quentia*』에서 단테는 아담이 말한 최초의 언어가 히브리어였다고 주장하였고
(1권 6장 5절), 하느님의 최초 이름이 EI이었다고 주장하였다(1권 4장 4절).
26 대양 한가운데에 있는 연옥의 산꼭대기에 있는 지상 천국을 가리킨다.

첫째 시간부터 태양이 4분의 1을

바꾸는 여섯째 시간이 될 때까지[27]   141

나는 순수했다가 죄지은 삶을 살았노라.」

27 성무일도에 따른 시간 계산법(「지옥」34곡 96행 역주 참조)에 의하면,
대략 오전 6시(〈첫째 시간〉)부터 태양이 4분의 1, 즉 90도 회전한 후인 정오 무
렵(〈여섯째 시간〉)까지이다. 그러니까 아담은 에덴동산에서 처음 약 여섯 시
간 동안에는 순수하였지만 선악과를 따먹은 후에는 죄지은 삶을 살았다는 것
이다.

제27곡

영광의 노래가 울려 퍼지더니 성 베드로의 영혼이 흰빛에서 붉은빛으로 바뀌며 교회와 성직자들의 부패를 꾸짖는다. 이어 사도들의 영혼은 위로 올라가고, 단테는 다시 한번 지구를 바라본다. 단테와 베아트리체는 아홉째 하늘인 최초 움직임의 하늘로 올라간다. 그리고 베아트리체는 탐욕으로 인한 인간의 타락을 탄식한다.

「성부와 성자와 성령께 영광을!」
온 천국이 노래하기 시작했으니,
나는 감미로운 노래에 취하였다.   3

내가 본 것은 마치 우주의 미소처럼
보였는데, 나의 취함이 듣는 것과
보는 것 속으로 들어갔기 때문이다.   6

오, 행복함이여! 오, 형언할 수 없는
즐거움! 오, 사랑과 평화의 온전한 삶!
오, 바랄 것 없이 안전한 풍부함이여!   9

나의 눈앞에는 네 개의 횃불이
불타고 있었는데, 맨 처음에 왔던
불꽃[1]이 더욱 생생해지기 시작했고,   12

그의 모습은, 만약 목성과 화성이

새처럼 서로 깃털을 바꾼다면,

목성이 바뀔 것처럼 변하였다.[2]   15

그 위에서 각자에게 순서와 임무를

분배하는 섭리에 의하여 축복받은

합창대의 모든 부분이 침묵했을 때,   18

나는 들었다. 「내 빛깔이 바뀐다고

놀라지 마라, 내가 말하는 동안

이들 모두 색깔이 바뀜을 볼 테니까.   21

하느님의 아드님이 보시기에는

비어 있는 내 자리,[3] 내 자리,

내 자리를 지상에서 더럽히는 자[4]는   24

내 무덤[5]을 피와 악취의 시궁창으로

1   베드로의 영혼이다.
2   목성은 흰색이고 화성은 붉은색인데, 마치 목성이 호성의 색깔로 변하
듯이, 베드로의 영혼이 붉은빛으로 바뀌었다는 뜻이다. 여기에서 붉은빛은 분
노를 상징한다.
3   교황의 자리를 가리키는데, 연이어 세 번이나 부름으로써 타락한 성직
자에 대한 분노의 강도를 표현한다.
4   당시의 교황 보니파키우스 8세를 가리키는 것으로 짐작된다.
5   베드로의 무덤이 있는 산피에트로 성당, 즉 교황청을 가리킨다.

만들었으니, 여기에서 떨어진 사악한
놈[6]이 저 아래에서 좋아하고 있구나.」   27

그러자 아침과 저녁이면 태양과
마주 보는 구름이 띠는 색깔[7]로 온통
하늘이 물드는 것을 나는 보았다.   30

그리고 자신에 대해 확신하고 있는
정숙한 여인이 남들의 잘못에 대해
듣기만 해도 당황하는 것처럼,   33

베아트리체도 얼굴빛을 바꾸었으니,
최고의 권능이 수난당하셨을 때
하늘에 그런 일식[8]이 있었으리라.   36

그런 다음 얼굴빛이 바뀐 것에
못지않게 많이 변한 목소리로
그의 말이 계속해서 말하였다.   39

6 루키페르.
7 붉은 노을 빛깔이다.
8 예수 그리스도(〈최고의 권능〉)가 십자가에서 숨을 거둘 무렵이다. 〈낮
열두 시부터 어둠이 온 땅에 덮여 오후 세 시까지 계속되었다.〉(「마태오 복음
서」27장 45절)

「나의 피와 리누스, 클레투스[9]의 피로

그리스도의 신부[10]가 양육된 것은

황금을 얻기 위해서가 아니라, 이   42

행복한 삶을 얻기 위해서였고, 식스투스,

피우스, 칼릭스투스, 우르바누스[11]는

수많은 통곡 끝에 피를 뿌렸노라.   45

우리의 의도는 그리스도교 백성의

일부가 우리 후계자들의 오른쪽에,

또 일부는 왼쪽에 앉는 것이 아니었고,[12]   48

또한 나에게 맡겨진 열쇠들이

세례받은 자들에 대항하여 싸우는

깃발의 문장이 되는 것도 아니었으며,   51

내가 거짓되고 거래되는 특권들에 봉인의

9　리누스Linus(재위 67?~79?)와 클레투스Cletus(재위 79?~88)는 베드로의 뒤를 이은 교황으로 둘 다 순교하였다.

10　교회.

11　식스투스Sixtus 1세(재위 116?~125?), 피우스Pius 1세(재위 142?~155?), 칼릭스투스Calixtus 1세(217~223?), 우르바누스Urbanus 1세(223?~230)도 순교한 교황들이었다.

12　교황의 오른쪽에 앉아 지지하는 세력은 궬피파이고, 왼쪽에 앉아 반대하는 세력은 기벨리니파이다.

그림[13]이 되는 것도 아니었으니, 나는

그 때문에 종종 붉어지고 불꽃이 튀노라.   54

사나운 늑대들이 목자의 옷을 입고

모든 목장에 있는 것이 여기서 보이니,

오, 하느님의 보호여, 왜 누워만 있습니까?   57

카오르와 가스코뉴 사람들[14]이 우리 피를

마시려 하니, 오, 훌륭했던 출발이여,

얼마나 사악한 종말로 떨어져야 하는가!   60

하지만 내 생각으로는, 스키피오[15]를 통해

로마에게 세계의 영광을 지켜 주셨던

높으신 섭리가 곧 도와주실 것이다.   63

그러니, 아들아, 인간의 몸으로 다시

저 아래로 내려갈 너는 입을 열어

내가 말한 것을 숨기지 말고 말하라.」   66

13   교황의 봉인 도장에는 성 베드로의 모습이 새겨져 있었다.

14   프랑스 카오르 출신의 교황 요하네스 22세와, 가스코뉴 출신의 교황 클레멘스 5세를 암시한다.

15   카르타고의 한니발을 무찔렀던 스키피오 아프리카누스.(「지옥」 31곡 115~117행 참조)

마치 하늘에서 염소의 뿔이 태양과
닿을 무렵에[16] 얼어붙은 수증기[17]가
송이송이 지상의 대기에 떨어지듯이,   69

그곳에서 우리와 함께 머무르던 승리의
수증기들[18]이 창공을 장식하면서
위로 송이송이 올라가는 것을 보았다.   72

나의 눈은 그 모습들을 뒤쫓았는데,
사이의 공간이 너무 넓어 더 이상
쫓아갈 수 없을 때까지 뒤쫓았다.   75

그리고 내가 위를 응시하다 멈추자
베아트리체가 말했다. 「이제 아래를
보고, 그대가 얼마나 회전했는지 봐요.」   78

전에 내려다보았던 시간[19]부터, 나는
첫째 기후대의 중앙에서 끝까지의

16 태양이 염소자리에 들어갈 때, 즉 12월 하순부터 1월 하순까지의 겨울
이다.
17 대기 중의 수증기가 얼어붙은 눈을 가리킨다.
18 축복받은 영혼들.
19 단테가 붙박이별들의 하늘에 올라가며 처음으로 지구를 바라보았을
때이다.(「천국」22곡 127행 이하 참조)

활꼴 전체를 거쳐 왔음을 깨달았다.[20]　　　　　81

나는 카디스[21] 너머 울릭세스의 미친
항로[22]를 보았고, 이쪽으로 에우로파[23]가
달콤한 짐이 되었던 해안 근처를 보았다.　　　84

이 꽃밭[24]의 더 많은 장소들이 나에게
보였을 테지만, 태양은 내 발밑에서
별자리[25] 하나 이상 더 나아가 있었다.　　　87

20　옛날 지리학에서는 사람들이 사는 북반구를 적도와 평행이 되도록 일곱 〈클리마*clima*〉, 말하자면 기후대로 나누었다. 그중 첫째 기후대는 적도에 가장 가까우며, 그 동쪽 끝은 인도의 갠지스강이고, 한가운데는 예루살렘, 서쪽 끝은 스페인 서쪽이었다. 그리고 그 지역들은 경도 180도에 걸쳐 있는 것으로 간주하였기 때문에(「지옥」 20곡 125행 역주 참조), 중앙의 예루살렘과 스페인 서쪽은 90도, 그러니까 대략 여섯 시간의 거리에 있다.

21　Cadiz. 스페인 남서쪽 지브롤터 해협 근처의 도시이다.

22　지브롤터 해협 너머의 대서양을 가리킨다. 울릭세스의 항해에 대해서는 「지옥」 26곡 106행 이하 참조.

23　포이니키아의 왕 아게노르의 딸로 유피테르의 사랑을 받았다. 유피테르는 황소로 변해 그녀의 마음을 사로잡았고, 그녀를 등에 태워 납치하였다. 그녀에게서 유럽이라는 이름이 유래하였다.

24　지구를 가리킨다.(「천국」 22곡 152행 참조)

25　황도 12궁의 별자리. 지금 단테는 붙박이별들의 하늘에서 자신의 별자리인 쌍둥이자리에 있고(「천국」 22곡 151행) 태양은 양자리에 있다(「지옥」 1곡 40행). 그 사이에는 황소자리가 있기 때문에, 태양은 단테보다 서쪽으로 30도 이상 앞서 나가 있다. 따라서 예루살렘과 거의 같은 자오선 상에 있는 포이니키아 해변은 이미 어둠 속에 있어서 단테의 눈에는 보이지 않아야 한다. 하지만 84행에서 단테는 그 해변 〈근처〉를 보았다고 말했기 때문에, 전적으로 오류라고 말하기는 어렵다.

언제나 내 여인을 향하여 사랑에 빠진

내 마음은 그녀에게 눈길을 돌리고자

그 어느 때보다 더욱 불타올랐는데,　　　　　　　90

만약 자연이나 예술이 마음을 빼앗기

위하여, 인간의 육체나 그림 안에

눈을 사로잡는 미끼를 만들었다면,　　　　　　　93

그 모든 것을 합해도, 그녀의 미소 짓는

얼굴을 보았을 때, 나에게 빛나던 성스러운

즐거움에 비하면 아무것도 아니리라.　　　　　　　96

그리고 그 시선이 나에게 준 힘은 레다의

멋진 보금자리[26]에서 나를 끌어내

가장 빠른 하늘[27]로 밀어 올렸다.　　　　　　　99

높고도 생생한[28] 그곳의 부분들은

모두 똑같았으니, 베아트리체가 나에게

26　쌍둥이자리를 가리킨다. 별자리가 된 쌍둥이 카스토르와 폴리데우케스(「연옥」 4곡 61행 참조)는 레다가 백조로 변신한 유피테르와 정을 통해 낳은 알에서 태어났다.

27　최초 움직임의 하늘은 지구에서 가장 멀리 떨어져 있으며 가장 빠르게 회전한다.

28　일부 판본에는 *vicissime*로 되어 있어 〈가장 가까운〉으로 해석되기도 한다.

어느 장소를 선택했는지 말할 수 없다.						102

하지만 내 욕망을 아는 그녀는
마치 그녀 얼굴 속에서 하느님이
기뻐하시듯 행복하게 웃으며 말했다.						105

「중심을 고정하고 다른 모든 것을
돌게 하는 우주[29]의 본성은 바로
이곳을 그 출발점으로 시작하지요.						108

그리고 이 하늘은 하느님의 마음 이외에,
우주를 돌리는 사랑과 거기에서 내리는
힘이 불타는 다른 장소를 갖지 않아요.						111

이 하늘이 다른 하늘들을 감싸듯
빛과 사랑이 이곳을 한 원으로 감싸는데,
그 경계는 둘러싸는 분만이 아십니다.						114

그 운동은 다른 운동으로 결정되지 않고,
마치 열이 둘과 다섯으로 나뉘듯
다른 하늘들이 그 움직임에 의존하지요.						117

29 고정되어 있는 지구를 중심으로 모든 우주가 회전한다는 관념이다.

그러니 어떻게 시간이 이 화분 안에서
뿌리를 내리고 다른 하늘들에서 잎을
피우는지[30] 이제 그대는 잘 알겠지요.　　　　　120

오, 탐욕이여, 너는 인간들을 네 밑에
잠기게 하여, 누구도 네 물결 밖으로
눈을 돌릴 수 없도록 만드는구나!　　　　　123

의지는 사람들 안에서 잘 꽃피우지만,
끊임없는 비가 튼튼한 자두나무들을
썩은 쭉정이 나무들로 만드는구나.[31]　　　　126

믿음과 순수함은 오직 어린아이들에게서
발견되지만, 뺨에 수염이 나기도 전에
그것도 모두 사라져 버리는구나.　　　　　129

아직 말을 더듬을 때는 금식하던 사람도
나중에는 무절제한 혓바닥으로 어떤
달이든[32] 온갖 음식을 먹어 치우고,　　　　132

30　시간은 운동에서 비롯되기 때문에, 최초 움직임의 하늘에서 시작되어
다른 하늘들에서 나타난다.
31　좋은 나무라도 꽃이 필 무렵 계속되는 비에는 좋은 열매를 맺지 못
한다.
32　금식을 하는 사순절도 가리지 않는다는 뜻이다.

말을 더듬을 때는 자기 어머니를

사랑하고 따르던 사람도 온전하게

말할 때면 어머니가 묻히기 바라는구나.　　　　　135

아침을 가져오고 저녁을 남기는 자[33]의

첫 눈길에 그의 아름다운 딸[34]의 하얀

피부도 그와 마찬가지로 검게 변하는구나.　　　　138

그렇지만 그대는 놀라지 않도록,

지상에는 다스리는 자가 없기 때문에[35]

인류가 길을 벗어난다고 생각하세요.　　　　141

그러나 지상에서 무시되는 백 분의 일 때문에

1월이 완전히 겨울에서 벗어나기 전에,[36]

33　태양을 가리킨다.

34　이 태양의 딸이 구체적으로 누구를 가리키는지, 무엇을 상징하는지 알
수 없다. 자연이나 인류, 또는 교회로 보는 학자도 있고, 헬리오스의 딸 키르케
로 해석하는 학자도 있다. 그리고 이 3행 연구 전체가 문법적으로나 논리적으
로 여러 가지 논란의 대상이다.

35　훌륭한 교황이나 황제가 없기 때문에.

36　수천 년, 즉 오랜 세월이 흐르기 전이라는 뜻이다. 기원전 46년 율리우
스 카이사르가 개정한 달력(소위 율리우스력(曆))은 1년을 365일 여섯 시간으
로 계산하였는데, 그것은 실제보다 약 12분(대략 하루의 100분의 1)을 초과하
는 것이었다. 따라서 백 년이면 하루의 오차가 발생하고, 결국 수천 년 후에는
1월에 벌써 봄이 될 것이다. 이런 오차는 1582년 교황 그레고리우스 13세의 개
정(그레고리우스력)으로 수정되었다.

이 높은 하늘들이 빛을 비출 것이니,[37]   144

마침내 오랫동안 기다리던 운명[38]이
이물을 고물이 있는 쪽으로 돌려
배가 똑바로 달리게 할 것이며,   147

꽃이 핀 뒤에 좋은 열매가 맺으리다.」

37 지상 세계에 영향력을 행사할 것이라는 뜻이다.
38 폭풍우로 해석되기도 한다.

제28곡

최초 움직임의 하늘에서 단테는 처음으로 하느님이 있는 곳을 바라보는데, 너무나도 강렬한 빛에 눈을 감을 수밖에 없다. 베아트리체는 하느님을 중심으로 둘러싸고 있는 아홉 하늘들의 움직임과 상호 관계들에 대하여 설명한다. 그리고 아홉 하늘에 배치된 아홉 품계의 천사들에 대해 설명한다.

내 마음을 천국으로 만드는 그녀가

초라한 인간들의 현재 삶을 꾸짖으며

그 진실을 활짝 열어 보여 준 다음,　　　　　　3

직접 보거나 미처 생각하기도 전에

자기 등 뒤에서 비추는 횃불의 반사된

불꽃을 거울 속에서 발견한 사람이,　　　　　　6

그 거울이 진실을 말하는가 보려고 몸을

돌려, 마치 노래와 박자가 일치하듯

거울과 진실이 일치함을 보는 것처럼,　　　　　　9

사랑이 밧줄로 나를 사로잡았던

아름다운 눈을 바라보면서 나도

그랬던 것으로 내 기억은 기억한다.[1]　　　　　　12

1　마치 등 뒤의 횃불이 거울에 반사된 것을 보고 몸을 돌려 확인하듯, 단

그렇게 나는 돌아섰고, 주의 깊게

그 회전을 응시하면 그 하늘에서

나타나는 것과 내 눈이 부딪쳤을 때   15

빛을 발하는 점 하나를 보았는데,

너무나 강렬해서 그 강한 예리함에

불붙어 타는 눈을 감아야만 했다.   18

지상에서는 작아 보이는 별이라도,

별과 별을 나란히 배치하듯이

그 곁에 놓으면 달처럼 보일 것이다.   21

아마 수증기가 더욱 빽빽해질 때

빛[2]이 그려 주는 후광이 그것을

가까이 둘러싸고 있는 만큼,   24

그 점 주위를 불타는 테두리[3]가

돌고 있었는데, 세상 주위를 가장

빨리 도는 움직임[4]보다 더 빨랐다.   27

테는 베아트리체의 눈 안에서 무언가 빛나는 것을 발견하고, 그것을 확인하기
위해 몸을 돌려 바라본다.
　2　해나 달의 빛이다.
　3　하느님이 자리하고 있는 지점을 중심으로 아홉 품계의 천사들이 아홉
겹의 동심원을 이루어 돌고 있다.

또 그 원은 다른 원에, 그것은 셋째 원에,
셋째는 넷째 원에, 넷째는 다섯째 원에,
다섯째는 여섯째 원에 둘러싸여 있었다.　　　　　30

그다음에 일곱째 원이 뒤따랐는데
유노의 심부름꾼[5] 전체도 그것을
담기에는 비좁을 정도로 넓었다.　　　　　33

여덟째와 아홉째 원도 그런 식이었고,
각각의 원은 중심에서 멀리 떨어진
숫자에 따라 더 느리게 움직였으며,　　　　　36

순수한 불꽃[6]에 가장 가까이 있는
원이 가장 순수한 빛으로 빛났는데,
진리에 더 가깝기 때문이라고 믿는다.　　　　　39

내가 강렬한 궁금증에 사로잡힌 것을
본 나의 여인은 말했다. 「저 지점에
하늘과 모든 자연이 의존하고 있지요.　　　　　42

4　최초 움직임의 하늘의 운행이다.
5　이리스, 즉 무지개를 가리킨다.
6　하느님.

거기에 가장 가까이 있는 원을 보세요.

그 움직임은 불타는 사랑에 자극되어

그렇게 빠르다는 것을 알아야 해요.」   45

나는 말했다. 「내가 저 원들에서 보는

질서대로 세상이 배치되어 있다면,

나에게 보이는 것만으로 배부를 것이오.[7]   48

하지만 우리 감각의 세상에서는

중심에서 멀리 떨어진 회전[8]일수록

더욱 거룩한 것으로 볼 수 있지요.[9]   51

그러므로 빛과 사랑만으로 경계를

이루는 이 천사들의 놀라운 성전에서

나의 열망이 충족되어야 한다면,   54

원본과 사본[10]이 왜 일치하지 않는지

좀 더 설명을 들어야 하겠으니, 내가

7   충분히 이해할 것이라는 뜻이다.

8   하늘.

9   인간의 감각으로 보면 지구에서 멀리 떨어진 하늘일수록 하느님에게
가까이 있는 것으로 지각된다는 뜻이다.

10   원래의 것과 그것을 본뜬 것을 가리킨다. 천사들과 그들이 관장하는
하늘들, 천상과 지상, 지성의 세계와 감각의 세계 등을 암시하는 것으로 해석
된다.

그것을 관조해도 헛일이기 때문이오.」 57

「그런 매듭에는 그대의 손가락들이
충분하지 않더라도 놀라지 마오.
시험하기 위해 어려운 것은 아니니까.」 60

내 여인은 그런 다음 이어서 말했다.
「충분히 배부르려면 내 말을 잘 듣고
거기에 날카롭게 관심을 집중하세요. 63

물리적인 원들이 넓거나 좁은 것은
그 부분들 전체에 퍼지는 힘이
크고 작음에 따라 그런 것입니다. 66

최대의 선은 최대의 행복을 이루고,
최대의 물체는 그 부분들이 골고루
채워지는 만큼 최대의 행복을 담지요. 69

그러므로 다른 모든 우주를 이끄는
이 하늘[11]은 가장 많이 사랑하고
가장 많이 아는 원에 해당합니다. 72

11 최초 움직임의 하늘.

그렇기 때문에 그대에게 둥글게
보이는 실체들의 겉모습이 아니라
힘에다 그대의 척도를 대본다면,   75

각 하늘에서 큰 것에는 많이,
작은 것에는 조금 그 지성에
상응하는 놀라운 비례를 볼 것이오.」   78

보레아스[12]가 바람을 불 때 가장
부드러운 뺨 쪽으로 불면[13] 대기의
반구는 눈부시고 맑게 개어 있고,   81

이전에 흐리게 하던 안개를
깨끗이 흩어 버리면, 하늘이
온 사방에서 아름답게 웃듯이,   84

나의 여인이 명백한 대답을
해주었을 때 나도 그러하였으니,
하늘의 별처럼 진리가 보였다.   87

12 북풍의 신이다.
13 보레아스는 뺨의 가운데, 왼쪽, 오른쪽으로 서로 다른 바람을 분다고
믿었는데, 〈가장 부드러운〉 오른쪽 뺨으로 불 때 북서풍이 불고 가장 덜 매서운
바람이라고 한다.

그리고 그녀의 말이 끝나자

끓어오르는 쇳물이 불꽃들을 튀기듯

그 원들도 눈부신 불꽃들을 날렸다.　　　　　　　　　90

각 불꽃에는 둥근 화염이 뒤따랐는데,

불꽃들의 숫자는 체스의 갑절[14]이

무수히 늘어나는 것보다 더 많았다.　　　　　　　　93

나는 합창대들의 호산나를 들었는데,[15]

그들을 있는 자리에 두고, 또 있던 자리에

언제나 있게 할 고정점을 향한 노래였다.　　　　　　96

그러자 내 마음속의 의혹들을 아는

여인이 말했다.[16] 「처음의 원 두 개는

14　전설에 의하면 체스의 발명자는 페르시아 왕에게 보상을 요구했는데, 총 64칸으로 이루어진 체스판의 첫 칸에는 곡식 한 알, 둘째 칸에는 네 알, 셋째 칸에는 여덟 알 하는 식으로 각 칸마다 두 배씩 달라고 했다. 대수롭지 않다고 생각한 왕은 수락하였으나, 64번째 칸까지 그 숫자는 기하급수적으로 늘어났고, 결국 자기 왕국의 모든 곡식으로도 지불할 수 없다는 것을 깨달았다고 한다.

15　원문에는 〈합창대에서 합창대로 호산나를 노래하는 소리를 들었다〉로 되어 있는데, 여기에서 합창대는 천사들의 원을 가리킨다.

16　이어서 베아트리체는 천사들의 품계에 대해 설명하는데, 그 품계에 대한 신학자들과 교부들의 견해는 일치하지 않는다. 여기에서 단테는 위(僞) 디오니시우스(「천국」 10곡 115~117행)의 견해를 따르고 있는데, 『천상의 위계에 대하여』에서 설명하는 천사들의 품계와 라틴어 이름, 그들이 관장하는 하늘은 다음과 같다.

316

세라핌들과 케루빔들을 보여 주었어요.   99

각자의 궤도[17]를 저렇게 빨리 도는 것은

최대한 그 점[18]과 닮기 위해서이며,

닮을수록 그들의 직관은 높아집니다.   102

그 주위를 도는 다른 사랑들은

거룩한 모습의 트로누스라 불리는데,

상급 3품(三品)
1. 세라핌*seraphim*, 치품(熾品) 천사: 최초 움직임의 하늘.
2. 케루빔*cherubim*, 지품(智品) 천사: 붙박이별들의 하늘.
3. 트로누스*thronus*, 좌품(座品) 천사: 토성의 하늘.
중급 3품
4. 도미나티오*dominatio*, 주품(主品) 천사: 목성의 하늘.
5. 비르투테스*virtutes*, 역품(力品) 천사: 화성의 하늘.
6. 포테스타테스*potestates*, 능품(能品) 천사: 태양의 하늘.
하급 3품
7. 프린키파투스*principatus*, 권품(權品) 천사: 금성의 하늘.
8. 아르칸겔루스*archangelus*, 대(大)천사: 수성의 하늘.
9. 안겔루스*angelus*, 천사: 달의 하늘.
세라핌과 케루빔은 구약 여러 곳에서 언급되는데, 한국 천주교 주교회의의
새 번역 『성경』에서 각각 〈사랍〉과 〈커룹〉으로 옮기고 있다. 반면 「에페소 신
자들에게 보낸 서간」 1장 21절, 「콜로새 신자들에게 보낸 서간」 1장 16절에서
언급되는 트로누스, 도미나티오, 비르투테스, 포테스타테스, 프린키파투스에
대해서는 그냥 보통명사로 간주하여 각각 〈왕권〉, 〈주권〉, 〈권능〉, 〈권세〉, 〈권
력〉 등으로 옮기고 있다.
    17   본문에는 *vimi*로 되어 있는데, 끈, 즉 하느님과 연결시켜 주는 사랑의
연결선을 의미한다.
    18   고정된 점처럼 움직이지 않는 하느님이다.

그렇게 해서 첫째 3품이 끝납니다.   105

모든 지성이 그 안에 담겨 있는
진리를 깊이 바라보는 만큼, 모두들
기쁨을 얻는다는 것을 알아야 해요.   108

여기에서 알 수 있듯이, 축복받음은
보는 행위에서 나오는 것이지, 나중에
뒤따르는 사랑에 토대를 두지 않으며,[19]   111

또한 보는 것은 은총과 훌륭한
의지가 낳는 공덕으로 측정되니,
그렇게 단계에서 단계로 나아가지요.[20]   114

밤의 양자리가 절대 빼앗지 못하는
이 영원한 봄[21]에 그런 식으로

19   축복의 첫째 조건은 보는 것, 즉 하느님을 관조하는 것이며, 하느님에 대한 사랑은 그 뒤에 나타난다는 것이다.

20   천국에서 축복받는 것은 은총에서 공덕, 직관, 사랑, 축복으로 이어지는 단계들을 거친다는 뜻이다. 즉 하느님이 원하는 대로 나눠주는 은총에 의해 창조물들의 공덕이 이루어지고, 그 공덕에 따라 하느님을 직관할 수 있으며, 그 직관에 뒤이어 하느님을 사랑하게 되고, 그것이 바로 천국의 행복이라는 것이다.

21   양자리는 봄에 태양과 함께 떠오르고 지며, 가을에는 밤에 보인다. 그러니까 가을이 넘보지 못하는 봄을 가리킨다.

318

새싹을 틔우는 또 다른 3품이   117

세 겹 기쁨을 드러내는 세 품계에서
울려 나오는 세 가지 선율과 함께
영원히 호산나를 노래합니다.   120

이 등급 안에는 다른 천사들이 있으니,
첫째는 도미나티오, 둘째는 비르투테스,
셋째 품계는 포테스타테스이지요.   123

그리고 끝에서 셋째와 둘째 원[22]에는
프린키파투스와 아르칸겔루스들이 돌고,
마지막은 즐거운 안겔루스들의 차지입니다.   126

이 품계들은 모두 위를 우러러보고
아래에 영향을 주어, 하느님을 향해
모두가 이끌고 또한 이끌리게 되지요.   129

디오니시우스는 커다란 열망으로
이 등급들을 관조하는 데 몰입하였고,
나와 똑같이 분류하고 이름을 붙였지요.   132

22 그러니까 하느님, 즉 고정점에서 보면 일곱째 원과 여덟째 원이다.

하지만 나중에 그레고리우스[23]는

그와 달리하였고, 따라서 이 하늘에서

눈을 뜨자마자 자기 자신을 비웃었지요.   135

그렇게 비밀스러운 진리를 인간이

지상에서 밝혔다고 그대는 놀라지 마오.

이 위에서 그것을 본 자[24]가 하늘들의   138

다른 진리와 함께 그에게 알려 주었으니까요.」

23　교황 그레고리우스 1세는 자기 저술에서 위 디오니시우스와는 약간 다르게 천사들을 배치하였다.

24　성 바오로. 『천상의 위계에 대하여』의 저자 위(僞) 디오니시우스는, 살아 있는 몸으로 천국을 방문한 성 바오로(「지옥」2곡 28~30행 참조)가 천사들에 대해 직접 말해 주었다고 주장한다.

제29곡

베아트리체가 천사들과 여러 하늘들이 어떻게 창조되었는지 설명한다. 그리고 무엇 때문에 일부 천사가 반역하였는지, 천사들의 본질적인 성격은 무엇인지 이야기한다. 그리고 천사에 대하여 그릇된 관념을 퍼뜨리는 학자와 설교자들을 비판한다.

레토의 두 자식[1]이 제각기

양자리와 저울자리에 있으면서

동시에 지평선을 허리띠로 삼을 때,   3

천정(天頂)이 그들을 균형 잡는

순간부터 각자가 반구를 바꾸며

그 허리띠에서 벗어나는 순간까지,[2]   6

바로 그 시간만큼 베아트리체는

나를 압도한 점[3]을 응시하며

얼굴에 미소와 함께 침묵하였다.   9

1 아폴로와 디아나, 즉 해와 달을 가리킨다.
2 양자리와 저울자리는 정반대 위치에 있으므로, 각자 동시에 지평선 상에 있을 때는 천정, 즉 하늘의 꼭대기를 중심으로 완전히 대칭의 위치에서 균형을 이룬다. 바로 그 순간부터 하나는 떠오르고, 다른 하나는 지면서(〈반구를 바꾸며〉) 그 균형을 깨뜨리는 순간까지이므로 아주 짧은 시간이다.
3 너무 눈부셔서 바라볼 수 없었던 하느님.

그리고 말했다. 「그대가 듣고 싶은 것[4]을
묻지 않고 말하지요, 나는 모든 시간과
장소가 모이는 곳을 보았으니까요.   12

있을 수 없지만 당신의 선을 늘리기
위해서가 아니라, 당신의 반사된 빛이
〈나는 존재한다〉 말할 수 있도록,[5]   15

시간을 초월하고 다른 모든 제한[6]을
초월하는 영원함 속에서 영원한 사랑은
원하는 대로 새로운 사랑들[7]로 열렸지요.   18

그렇다고 전에는 가만히 계시지 않았으니,
하느님께서 이 물 위로 지나가기 전에는[8]
이전도 이후도 없었기 때문이라오.   21

형식과 질료가 결합되고 분리된 채,[9]

4 천사들에 대한 단테의 의문. 즉 언제, 어디서, 어떻게 창조되었는지 알고 싶어 한다.

5 하느님의 빛이 반사된 것이 바로 창조물이며, 그 반사된 빛에 의해 창조물은 비로소 존재하게 된다.

6 공간.

7 창조물들.

8 하느님의 창조 행위에 대한 비유이다. 〈어둠이 심연을 덮고 하느님의 영이 그 물 위를 감돌고 있었다.〉(「창세기」 1장 2절)

세 줄 활에서 화살 세 개가 나오듯,

오류 없는 존재로 나오게 되었지요.   24

그리고 마치 유리나 호박, 수정에

빛을 비추면, 빛이 와서 그 안에서

반사될 때까지 전혀 시차가 없듯이,[10]   27

마찬가지로 주님의 세 가지 결과는

처음 시작에 어떠한 구별도 없이

완전히 동시에 자기 존재로 빛났지요.   30

실체들[11]의 구성과 질서도 함께

창조되었고, 그것들은 순수한 행위[12]로

만들어진 세상의 꼭대기[13]에 있었으며,   33

순수한 가능성[14]은 낮은 곳[15]에 있었고,

9 창조는 순수한 형식, 순수한 질료, 형식과 질료가 결합된 것 등 세 가지 형태로 이루어졌다.

10 빛이 투명한 물체 안에서 순식간에 반사되듯이 창조는 순간적으로 이루어졌다는 뜻이다.

11 지성적 실체인 천사들을 가리킨다.

12 토마스 아퀴나스에 의하면 형식(22행 참조)은 곧 행위를 가리킨다. 천사들은 형식, 즉 순수한 행위에 의해 창조되었다.

13 최고의 하늘 엠피레오로 천사들은 그곳에서 창조되었다.

14 가능성은 바로 질료를 가리킨다. 무형의 일차적 질료는 순수한 가능성에 지나지 않는다.

그 사이[16]에서는 가능성이 행위와 함께

절대 끊기지 않는 매듭을 지었지요.[17]　　　　　　　　36

히에로니무스[18]가 쓴 바에 의하면,

천사들은 다른 세상이 만들어지기 전,

아주 오래전에 창조되었답니다.[19]　　　　　　　　39

하지만 그 진리는 성령의 기록자들[20]이

여러 곳에서 썼으니, 그대가 잘

살펴본다면 알 수 있을 것이오.　　　　　　　　42

또 이성도 그것을 약간 알고 있으니,[21]

그 원동력들[22]이 그렇게 오랫동안

15　여러 가지 질료들로 구성된 지상 세계.

16　지상 세계와 엠피레오 사이의 여러 하늘들.

17　엠피레오 아래의 하늘들은 형식과 질료, 즉 행위와 가능성이 결합되어 창조되었다.

18　Eusebius Hieronymus(347?~420). 달마치아 지방에서 태어난 교부로 동방을 여행하면서 히브리어와 그리스어를 공부하였고, 로마로 돌아와 교황 다마수스 1세(재위 366~383)의 요청으로 성경을 라틴어로 번역하였다. 그의 라틴어 번역본을 가리켜 일반적으로 『불가타』 성경이라고 부른다.

19　천사들은 감각의 세계가 창조되기 오래전에 창조되었다는 주장인데, 이에 대한 다른 견해들이 뒤이어 언급된다.

20　『성경』을 기록한 사람들.

21　인간의 이성은 그런 초월적인 것들에 대해 단지 부분적으로만 알 수 있다.

22　천사들. 그들은 바로 하늘들을 움직이는 원동력이다.

불완전했다고 인정하지 않으려 하지요.[23]   45

그대는 그 사랑들[24]이 언제, 어디서,
어떻게 창조되었는지 이제 알았으니,
그대의 열망에서 세 불꽃은 꺼졌군요.[25]   48

그런데 숫자를 헤아려 채 스물까지
이르기도 전에 금세 천사들의 일부가
그대들 원소의 주체를 뒤흔들었지요.[26]   51

다른 일부는 남아서 그대가 보는
이 예술[27]을 즐겁게 시작했으니,
그 회전을 절대 멈추지 않습니다.   54

추락의 원인은, 그대가 보았듯이
온 세상의 무게에 짓눌려 있는
그자[28]의 저주받은 오만함이었지요.   57

23   천사의 임무는 하늘들을 움직이는 것인데, 만약 움직일 하늘들이 아직
없는 상태라면 불완전하다고 말할 수 있기 때문이다.
24   천사들.
25   세 가지 궁금증은 해결되었다는 뜻이다.
26   천사들이 창조된 순간부터 그들 일부가 반역할 때까지 아주 짧은 시간
이 흘렀다는 뜻이다. 또한 지상의 4대 원소(흙, 물, 불, 바람) 중에서 흙이 가장
중요한 역할을 하는데, 반역한 천사들은 바로 땅으로 떨어졌다.
27   하늘들을 움직이는 놀라운 임무이다.

여기에서 그대가 보는 천사들은
자신에게 그런 인식[29]을 마련해 주신
선에 의해 존재함을 겸손하게 인정했지요.   60

따라서 빛나는 은총과 그들의 공덕으로
그들의 시야는 높이 고양되었기에,
확고하고 충만한 의지를 갖고 있어요.   63

은총을 받는다는 것은 애정이
자신에게 열리는 데 따른 공덕임을
그대는 의심하지 말고 확신하기 바라오.   66

내 말을 잘 알아들었다면, 그대는
이제 다른 도움 없이도 이 모임[30]에
대하여 잘 관찰할 수 있을 것이오.   69

그러나 그대들 지상의 학교에서는
천사의 본성이 인식하고 기억하며
원하는 것이라고 가르치기 때문에,   72

28 지구의 중심에 처박혀 있는 루키페르.
29 하느님의 신비를 바라보고 관조할 수 있는 능력이다.
30 천사들의 모임.

지상에서 그러한 강의로 모호하게
만들어 혼동되는 진리를 그대가
분명히 볼 수 있도록 좀 더 말하리다.   75

이 실체들은 하느님의 얼굴을 보고
행복해진 다음, 아무것도 감출 수 없는
그 얼굴에서 눈을 돌리지 않았으니,   78

따라서 새로운 대상 때문에 보는 것이
가로막히지도 않고, 따라서 구분된
개념 때문에 기억할 필요도 없지요.[31]   81

지상에서는 뜬눈으로 꿈을 꾸고
믿거나 믿지 않으면서 진리를 말하는데,
여기에 가장 큰 죄와 치욕이 있습니다.   84

지상에서 그대들은 철학을 하면서
하나의 길로 가지 않으니, 겉모습에
대한 애착과 생각이 그렇게 이끌지요.   87

31   하느님 안에서 모든 것을 보는데 그 안에 과거나 미래도 있기 때문에
기억할 필요도 없으며, 인간의 지성처럼 추론하기 위해 개념을 구분할 필요도
없다.

하지만 『성경』을 왜곡하거나 또는
한쪽에 제쳐 둘 때보다, 이 위에서는
그런 것에 대해 보다 덜 분노합니다.　　　　　　90

그것[32]을 세상에 씨 뿌리려고 얼마나
피를 흘렸는지, 겸손히 거기에 접근하는
사람이 얼마나 즐거운지 생각하지 않아요.　　　93

각자 돋보이려 애쓰고 새로운 것을
고안하며 설교자들도 그렇게 하는데,
복음서에 대해서는 침묵하고 있어요.　　　　96

누구는 그리스도의 수난 때 달이
뒷걸음쳐서 사이에 끼어들었기에
햇빛이 지상에 닿지 않았다고 말하고,　　　　99

또 누구는 햇빛이 스스로 숨었기에
유대인들과 마찬가지로 스페인과 인도
사람들에게도 일식이 있었다고 말하지요.　　102

피렌체에 라포와 빈도[33]가 많다지만,

32　『성경』을 가리킨다.
33　라포Lapo와 빈도Bindo는 당시 피렌체에서 아주 흔한 이름이었다.

328

해마다 여기저기 강단에서 외치는 그런

꾸며 낸 이야기만큼 많지는 않으리다.   105

그리하여 아무것도 모르는 양 떼는

바람만 먹고 목장에서 돌아오는데,

그 폐해를 몰랐다고 용서되지 않아요.[34]   108

그리스도께서는 당신의 첫 집단[35]에

〈너희는 가서 세상에 헛소리를 전해라〉

말하지 않고 진리의 토대를 주셨으며,[36]   111

그것만이 그들의 뺨에서 울려 나왔으니,

믿음을 불태우기 위한 싸움에서

그들은 복음을 창과 방패로 삼았는데,   114

지금은 익살과 말장난으로 설교하러

다니고, 더 잘 웃기기 위해 고깔[37]을

부풀리니, 더 이상 바랄 게 없지요.   117

34 무지가 죄에 대한 변명이 될 수 없다는 뜻이다.
35 사도들의 집단을 가리킨다.
36 예수는 제자들에게 말했다. 〈너희는 온 세상에 가서 모든 피조물에게
복음을 선포하여라.〉(「마르코 복음서」16장 15절)
37 수도자들이 머리에 쓰는 두건 또는 고깔모자로 수도복에 붙어 있다.

하지만 고깔 끝에 새[38]가 깃들이니,
대중들이 그것을 본다면, 믿었던
사면이 어떤 것인지 알게 되리다.   120

그 때문에 많은 어리석음이 지상에
늘어났고, 어떤 근거의 증명도 없는
온갖 약속에 사람들이 몰려들었지요.   123

성 안토니오[39] 돼지는 그것으로 살찌고,
더욱 심한 다른 돼지들도 가짜로
찍어 낸 동전[40]을 지불하며 살찌지요.   126

그런데 우리는 길을 많이 벗어났으므로
이제 그대는 똑바른 길로 눈을 돌려
시간과 길을 단축하도록 하세요.   129

이 자연[41]은 단계들마다 숫자가
많아서, 인간의 언어나 개념이

38 악마를 상징한다.(「지옥」22곡 96행, 34곡 46행 참조)
39 성 안토니우스(251?~356)는 이집트의 은수 수도자로 수도 생활의 창시자이다. 하지만 후대에 그의 이름을 팔아 타락한 수도자들로 인하여 돼지와 관련된 여러 전설이 생겼고, 그가 세운 수도원의 수도자들은 중세에 게걸스러운 수도자들로 알려져 있었다.
40 아무런 가치도 없는 거짓 사면을 뜻한다.
41 천사들.

330

거기에 미칠 수 없을 정도이며,   132

다니엘을 통하여 드러나는 것을
살펴본다면, 그가 말한 숫자에는
확정된 숫자가 없음을 알 것이오.[42]   135

그 모두를 비추시는 최초의 빛은
당신과 합치는 광채들의 숫자만큼
많은 방법으로 그들 안에 수용되지요.   138

또한 애정은 지각하는 행위에 뒤따르기
때문에[43] 사랑의 달콤함도 그들에게
서로 다르게 끓어오르거나 미지근하지요.   141

그대 이제 영원하신 힘의 탁월함과
너그러움을 보세요, 수많은 거울들을
만드시어 그 안에 부서진 다음에도   144

전과 다름없이 스스로 하나이니까요.」

42 「다니엘서」 7장 10절에서 〈그분을 시중드는 이가 백만이요 그분을 모
시고 선 이가 억만이었다〉고 했는데, 어떤 확정된 숫자를 가리키는 것이 아니
라는 뜻이다.

43 하느님에 대한 사랑은 하느님을 바라보고 직관하는 행위에 뒤이어서
나타난다.(「천국」 28곡 109~114행 참조)

제30곡

최초 움직임의 하늘에서 천사들의 빛이 서서히 사라지고 베아트리체는 더욱
아름다운 모습으로 빛난다. 단테와 베아트리체는 최고의 하늘 엠피레오로 올
라간다. 그곳은 눈부시게 빛나는 빛의 강물 같고, 거기에서 생생한 불꽃들이
튀어나온다. 한가운데의 빛을 중심으로 천사들과 축복받은 영혼들이 장미꽃
같은 형상으로 둘러싸고 있다. 베아트리체는 단테를 그 안으로 데려간다.

약 6천 마일 떨어진 곳에서 여섯째

시간이 불타고, 이곳 세상은 거의

평평한 침상에 그림자를 드리울 때,[1]   3

우리의 머리 위로 높다란 하늘의

한가운데에서 일부 별들은 빛을 잃어

이곳 지상까지 닿지 않기 시작하고,   6

태양의 가장 밝은 시녀[2]가 더욱

다가옴에 따라, 하늘은 가장 아름다운

1   단테는 엠피레오로 올라가는 것을 지상 세계의 새벽에 비유하고 있는
데, 해 뜨기 약 한 시간 전을 가리킨다. 중세 아랍의 천문학자 알프라가누스는
지구의 둘레를 약 2만 4백 마일로 계산하였다. 따라서 동쪽으로 약 6천 마일 떨
어진 곳이 정오(〈여섯째 시간〉)라면, 이곳의 지평선(〈평평한 침상〉)은 아직 어
둠에 잠겨 있으면서 새벽을 기다리고 있다.
2   새벽 여명.

별까지 별들을 하나하나 꺼뜨린다.　　　　　　　9

그와 다름없이 승리의 잔치 무리[3]는
나를 압도했던 점을 맴돌면서 자신들이
감싸는 것에 의해 에워싸이는 듯하였고,[4]　　　12

조금씩 나의 시야에서 사라졌기에,
나는 아무것도 볼 수 없는 데다가
사랑에 이끌려 베아트리체를 바라보았다.　　　15

지금까지 그녀에 대하여 말한 것이
모두 한 편의 찬가로 엮어지더라도
이번 임무에는 별로 어울리지 않으리.[5]　　　18

내가 본 아름다움은 우리의 능력을
벗어날 뿐 아니라, 그 창조주만이
온전히 향유하실 것이라고 믿는다.　　　21

희극이나 비극 작가가 자기 주제의

3　하느님을 둘러싸고 있는 천사들.
4　천사들이 하느님을 둘러싸고 있는데, 오히려 하느님에 의해 둘러싸이는 것처럼 보인다.
5　지금 내 눈앞에 나타나는 그녀의 아름다움을 충분히 묘사하는 데에는 부족할 것이라는 뜻이다.

한 지점에서 압도당한 것 이상으로
나는 이 고비에서 졌음을 인정하니,   24

아주 약한 눈에 태양이 비추듯,
그 달콤한 웃음에 대한 회상은
나 자신의 마음을 빼앗기 때문이다.[6]   27

내가 이승의 삶에서 그녀의 눈을
처음 본 날부터 지금 보는 때까지
내 노래의 이어짐은 멈추지 않았는데,   30

하지만 막바지에 이른 예술가처럼,
이제는 시로써 그녀의 아름다움을
뒤쫓는 것을 중단해야 하리라.   33

이제 자신의 힘든 소재를 끝마치는
나의 나팔보다 훨씬 더 커다란
악대에게 맡겨야 할[7] 그 여인은   36

유능한 안내자의 몸짓과 목소리로

6   내 마음의 다른 모든 능력을 빼앗기 때문에 말로 표현할 수 없다는 것
이다.
7   나보다 훨씬 더 유능한 시인이 노래해야 할.

다시 말했다. 「가장 커다란 물체[8]에서
우리는 순수한 빛의 하늘로 나왔으니,   39

사랑으로 가득한 지성의 빛이요,
기쁨으로 가득한 진짜 선의 사랑이며,
온갖 달콤함을 능가하는 기쁨이지요.   42

여기에서 그대는 천국의 양쪽 무리[9]를
볼 것인데, 하나는 최후의 심판 때
보게 될 모습들로 되어 있답니다.」[10]   45

마치 갑작스러운 번개가 시력을
흩어 버려, 가장 강렬한 대상을
눈으로 볼 수 없도록 만들듯이   48

눈부신 빛이 내 주위에 빛났고,
나는 그 광채의 베일에 휩싸여
아무것도 눈에 보이지 않았다.   51

8　모든 하늘들을 감싸고 있기 때문에 가장 큰 하늘인 최초 움직임의 하늘
이다.

9　천사들의 무리와 축복받은 영혼들의 무리이다.

10　축복받은 영혼들의 무리는 최후의 심판 때 다시 입게 될 육신을 갖춘
모습으로 보일 것이라는 뜻이다.

「이 하늘을 평온하게 만드는 사랑은
당신의 불꽃에 초[11]를 준비시키려고
저런 인사로 당신 안에 맞이하십니다.」   54

이렇게 간략한 말이 내 안으로
들어오자마자 나는 금세 내 능력보다
훨씬 위로 상승하는 것을 깨달았고,   57

새롭게 되찾은 시력으로 불탔으니,
제아무리 눈부신 불꽃이라 해도
내 눈이 견디지 못할 것은 없었다.   60

나는 아름다운 봄꽃들로 채색된
두 기슭 사이로 눈부시게 흐르는
강물과 같은 형상의 빛을 보았다.   63

강물에서는 생생한 불꽃들[12]이 튀어나와
온 사방의 꽃들[13] 사이로 떨어졌는데,
마치 황금으로 둘러싸인 루비 같았다.   66

11   하느님의 빛으로 빛날 영혼을 가리킨다.
12   천사들.
13   축복받은 영혼들.

336

그리고 향기에 취한 듯 눈부신 빛의
소용돌이로 되돌아가, 어떤 불꽃은
들어가고 어떤 불꽃은 다시 나왔다.						69

「그대가 보는 것을 이해하도록 그대를
애태우고 충동질하는 큰 욕망이
강렬할수록 내 마음은 기쁩니다.						72

하지만 큰 갈증이 충족되기 전에
그대는 이 물을 마셔야 해요.」[14]
내 눈의 태양[15]이 그렇게 말했다.						75

그리고 덧붙였다. 「강물과, 들어가고
나오는 보석들,[16] 풀들의 웃음[17]은
그들 참모습의 희미한 첫머리입니다.						78

그들이 불완전하기 때문이 아니라,
아직 그토록 높은 눈을 갖지 못한
바로 그대의 결함 때문이랍니다.」						81

14   그들의 진정한 모습을 볼 수 있으려면, 먼저 빛의 강물을 눈으로 마시
고 시력을 더욱 강화해야 한다는 뜻이다.
15   베아트리체를 가리킨다.
16   원문에는 〈토파즈들〉로 되어 있는데, 천사들을 가리킨다.
17   〈풀들의 웃음〉은 바로 꽃들인데, 축복받은 영혼들을 가리킨다.

평소보다 아주 늦게 잠에서 깬
아기가 젖을 향해 황급히 얼굴을
돌리는 것이 아무리 재빠르다 해도,						84

내가 나의 눈을 더 좋은 거울로
만들기 위해, 좋아지도록 흐르는
물결로 몸을 숙인 것보다 못하리라.						87

그렇게 내 눈[18]이 그 빛의 물결을
마시자마자 처음에는 기다랗게
보이던 물결이 둥글게 보였다.						90

또한 가면을 쓰고 있던 사람들이
자기 것이 아닌 모습을 벗으면
이전과는 전혀 다르게 보이듯이,						93

그렇게 꽃들과 불꽃들이 나에게는
커다란 축제로 바뀌었으며, 나는
하늘의 두 궁전[19]을 분명히 보았다.						96

오, 진정한 왕국의 높은 승리를

18　원문에는 〈내 눈꺼풀의 처마〉로 되어 있다.
19　천사들과 축복받은 영혼들의 두 무리를 가리킨다.

나에게 보여 주신 하느님의 빛이여,
내가 본 대로 말할 힘을 주소서!　　　　　　　99

저 위에서 빛은, 오직 창조주를
보는 데서만 자신의 평화를 얻는
창조물들[20]에게 창조주를 보이게 한다.　　　102

그 빛은 둥근 형상으로 퍼져 나가
그것의 둘레는 태양에게 너무나도
널따란 허리띠가 될 정도이다.　　　　　　105

그것은 최초 움직임의 하늘 꼭대기에서
반사된 빛으로 되었고, 최초 움직임의
하늘은 거기에서 생명과 힘을 받는다.　　108

그리고 녹음과 꽃들이 만발할 때
언덕이 발치에 있는 물에 비치어
치장된 제 모습을 보는 것처럼,　　　　　111

사람들 중에서 위로 돌아간 자들[21]이
모두 그 빛 위쪽을 둘러싼 수천의

20　이성을 갖춘 천사들과 인간들.
21　지상에서의 삶을 마치고 천국으로 돌아간 영혼들을 가리킨다.

계단들에서 제 모습을 비춰 보고 있었다.　　　　　114

맨 아래 계단이 그토록 커다란 빛을
둘러싸고 있다면, 가장 끄트머리의
꽃잎에서 이 장미[22]는 얼마나 넓겠는가!　　　　　117

나의 눈은 그 넓이와 높이 안에서
흐려지지 않았고, 오히려 그 즐거움의
질과 양을 한꺼번에 포착하였다.　　　　　120

그곳에서는 멀고 가까움이 똑같았으니,[23]
하느님께서 직접 다스리는 곳에서는
자연의 법칙이 필요 없기 때문이다.　　　　　123

언제나 봄인 태양께 찬미의 향기를
발산하며 계단을 이루어 널리 퍼지는
그 영원한 장미의 한가운데[24]에서　　　　　126

22　하느님의 빛 주위를 에워싸고 있는 천사들과 축복받은 영혼들의 모습
을 거대한 장미꽃에 비유하고 있다.

23　원문에는 〈가깝고 멂이 더하지도 않고 덜하지도 않았다〉로 되어 있다.
천국에서는 공간의 개념이 없기 때문에, 가깝다고 잘 보이고 멀다고 잘 안 보
이는 것이 아니다.

24　원문에는 〈노란색〉으로 되어 있는데, 꽃의 중심부를 가리킨다.

나는 말하고 싶지만 침묵하는 사람처럼

있었는데, 베아트리체가 이끌며 말했다.

「봐요, 흰옷들[25]의 무리가 얼마나 많은지!   129

우리 도시[26]가 얼마나 넓은지 보아요.

우리의 자리들이 가득 찬 것을 보아요.

이제 소수의 사람들만 더 기다리지요.[27]   132

벌써 위에 놓여 있는 왕관 때문에

그대가 주목하는 저 커다란 자리에는

그대가 이 잔치에서 식사하기 전에,[28]   135

지상에서 황제가 될 위대한 하인리히[29]의

영혼이 앉을 것이니, 그는 이탈리아가

준비되기 전에[30] 바로잡으러 올 것이오.   138

25   축복받은 영혼들.(「천국」25곡 94~96행 참조)
26   천국을 도시에 비유한다. 〈하늘로부터 하느님에게서 내려오는 거룩한
도성 예루살렘〉.(「요한 묵시록」21장 10절)
27   미리 예정된 선택받은 자들의 자리가 거의 다 찼다는 뜻이다. 일부에
서는 세상의 보편적 타락으로 천국에 들어갈 사람이 거의 없다는 뜻으로 해석
하기도 하고, 이제 세상이 막바지 단계에 들어선 것으로 해석하기도 한다.
28   그대가 죽어 천국에 올라오기 전에.
29   신성 로마 제국 황제 하인리히 7세를 가리킨다. 단테는 그가 타락한 이
탈리아를 바로잡으면 고향 피렌체로 돌아갈 수 있을 거라 기대했지만 그는 이
탈리아 원정 중 1313년 갑자기 사망했다.
30   때 이르게.

그대들을 현혹하는 눈먼 탐욕은,

그대들을 마치 굶어 죽으면서 유모를

내쫓는 어린아이처럼 만들었지요.   141

또한 그때는 공개적으로나 비밀리에

그와 함께 길을 가지 않는 자[31]가

거룩한 광장의 책임자[32]일 것이오.   144

하지만 하느님께서 거룩한 임무에 오래

두시지 않으리니, 그는 마술사 시몬이

자기 죄 때문에 있는 곳[33]에 떨어지고,   147

알라냐 사람[34]을 더 아래로 떨어뜨릴 것이오.」

31 당시의 교황 클레멘스 5세로 그는 모든 일에서 하인리히 7세와 대립하
였다.
32 교회(〈거룩한 광장〉)의 책임자인 교황.
33 성직을 거래인 죄인들이 벌받는 지옥 여덟째 원의 셋째 구렁이다.(「지
옥」19곡 참조)
34 알라냐 출신의 교황 보니파키우스 8세.(「지옥」19곡 76~78행 참조)

제31곡

축복받은 영혼들은 새하얀 장미 모양으로 하느님을 에워싸고 있으며, 그 사이로 천사들이 날아다니고 있다. 단테가 넋을 잃고 바라보는 동안 베아트리체는 자기 자리로 올라가고, 성 베르나르두스가 나타난다. 단테는 베아트리체에게 감사의 말을 올린 다음, 성 베르나르두스의 권유에 따라 장미 사이에서 성모 마리아를 본다.

피로써 그리스도께서 신부로 삼으신

성스러운 무리[1]가 내 앞에 보였으니

마치 새하얀 장미의 모양이었다.   3

또 다른 무리[2]가 자신들이 사랑하는 분의

영광과 자신들을 그토록 아름답게 만든

선을 노래하고 관조하면서 날아다녔는데,   6

그 모양은 마치 벌 떼가 꽃으로

날아갔다가 꿀을 만드는 곳으로

다시 돌아오는 것과 같았으니,   9

수많은 꽃잎들로 장식된 그 커다란

1 축복받은 영혼들.
2 천사들.

꽃 속으로 내려갔다가, 사랑이 언제나
머무는 곳으로 다시 올라가곤 하였다.   12

그들의 얼굴은 모두 생생한 불꽃이었고
날개는 황금빛, 옷은 아주 하얀색인데
어떤 눈[雪]도 거기에 미치지 못하였다.   15

그들이 꽃 속으로 내려앉을 때는
날갯짓을 하면서 얻은 평화와 영광을
이 자리 저 자리에 전해 주었다.   18

하지만 날아다니는 그 많은 무리가
위쪽[3]과 꽃 사이에 끼어들어도
찬란한 빛과 시야를 가로막지 않았으니,   21

하느님의 빛은 그 가치에 따라
온 우주에 침투하여 아무것도
그것을 막을 수 없기 때문이다.   24

옛사람과 새사람 들[4]로 가득한
그 확고하고 즐거운 왕국은 사랑과

---

3 하느님이 있는 지점이다.
4 구약과 신약에 나오는 사람들을 가리킨다.

눈을 온통 한 표적[5]에 향하고 있었다.   27

오, 세 겹의 빛이시여, 하나의 별로
빛나며 그들의 눈을 채워 주시니,
이곳 우리의 폭풍우를 굽어보소서!   30

헬리케[6]가 자기 아들과 함께
회전하면서 매일같이 뒤덮고 있는
지방[7]에서 내려오는 야만인들이,   33

라테라노[8]가 인간의 작품들을
능가할 때의 로마와 또한 로마의
장엄한 건물들을 보고 놀랐다면,   36

나는 인간 세상에서 하느님 세상으로,
시간에서 영원으로, 또한 피렌체에서
정의롭고 완전한 사람들에게 왔으니,   39

5   하느님.
6   헬리케(또는 칼리스토)와 그녀의 아들이 큰곰자리와 작은곰자리가 된
이야기에 대해서는 「연옥」 25곡 132행 역주 참조.
7   북극에 가까운 지방이다.
8   로마의 주교좌성당이자 교황의 거처였는데(「지옥」 27곡 86행 참조), 여
기서는 로마가 세상에서 군림하였을 때를 암시한다.

어떤 놀라움으로 가득 찼겠는가!
나는 분명 놀라움과 기쁨 사이에서
듣고 싶지도 않았고 말없이 있었다.   42

그리고 마치 순례자가 자기 서원의
성전[9]을 둘러보며, 벌써 그것이
어떤 모습인지 말해 주고 싶어 하듯이,[10]   45

나는 생생한 빛 사이를 거닐면서
계단들을 향하여 눈을 돌렸으며,
위로, 아래로, 사방을 둘러보았다.   48

다른 분[11]의 빛과 웃음으로 장식되어
사랑을 불어넣는 얼굴들과, 완전히
위엄을 갖춘 몸짓들을 나는 보았다.   51

나의 시선은 어느 한군데에
고정되어 멈추지 않고, 천국의
전체 모습을 이미 파악하였으니,   54

9   자신이 순례하여 방문하겠다고 맹세한 성전이다.
10   나중에 고향에 돌아와 다른 사람들에게 성전에 대해 이야기하고 싶어
하듯이.
11   하느님.

내 마음을 사로잡은 것들에 대해

내 여인에게 질문하기 위해, 나는

다시 불붙은 의욕으로 몸을 돌렸다.　　　　　　　　　57

그런데 내가 찾는 것과는 달랐으니,[12]

베아트리체를 보리라 믿었는데, 영광의

사람들처럼 옷을 입은 노인[13]을 보았다.　　　　　　60

그의 눈과 뺨에는 너그러운 기쁨이

넘쳐흘렀고, 자애로운 아버지에게

어울리는 경건한 몸가짐이었다.　　　　　　　　　63

「그녀는 어디 있습니까?」 나는 곧바로

말했고, 그는 말했다. 「그대의 바람을 채워 주려고

베아트리체는 나를 내 자리에서 불렀으니,　　　　66

최고 높은 계단으로부터 셋째 둘레를

바라본다면, 그녀의 공덕으로 정해진

12　원문에는 〈나는 이것을 의도하였는데, 다른 것이 나에게 대답하였다〉
로 되어 있다.

13　이어지는 102행에서 이름이 밝혀지는 프랑스 출신의 성 베르나르두
스Bernardus(프랑스어 이름은 베르나르. 1091~1153). 시토회 수도자로
1113년 유명한 클레르보 수도원을 세웠으며, 12세기의 가장 탁월한 성직자 중
하나로 꼽힌다.

옥좌에 앉아 있는 그녀를 다시 보리라.」   69

나는 대답도 없이 눈을 들어 올렸고,
자신에게서 영원한 빛을 반사하며
후광을 만들고 있는 그녀를 보았다.   72

천둥 치는 가장 높은 구역에서
바닷속 가장 낮은 곳까지, 인간의
눈이 아무리 멀리 떨어져 있어도,   75

베아트리체와 내 눈 사이만큼 멀지는
않았지만 아무렇지도 않았으니, 그녀의
모습은 흐려짐 없이 나에게 내려왔다.   78

「오, 내 희망에 활력을 부여하고,
나의 구원을 위해 지옥에 발자취를
남기는 것을 감내했던[14] 여인이여,   81

지금까지 내가 본 모든 것은 바로
그대의 능력과 너그러움에 의한
은총이자 힘이라 생각합니다.   84

14 베르길리우스에게 〈어두운 숲〉에서 길을 잃은 단테의 인도를 부탁하기 위해 지옥의 림보에 내려갔던 것을 가리킨다. (「지옥」 2곡 52행 이하 참조)

그대는 그대가 할 수 있었던
그 모든 길, 모든 방법을 통하여
나를 하인에서 자유로 이끌었습니다.   87

그대의 너그러움을 나에게 간직하여
그대가 건강하고 좋게 만들어 준
내 영혼이 육신에서 풀려나게 해주오.」[15]   90

그렇게 기도하자, 그토록 멀어 보이던
그녀는 미소 짓고 나를 바라보더니 다시
영원한 샘물[16] 쪽으로 몸을 돌렸다.   93

그러자 성스러운 노인이 말했다.
「기도와 성스러운 사랑이 나를 보낸
그대의 여행을 완벽하게 마치도록,   96

이 정원을 그대의 눈으로 날아 보아라.
이것을 보면 그대 눈이 하느님의 빛으로
높이 오르는 데 적합하게 될 것이다.[17]   99

15 깨끗하게 구원받은 영혼으로 죽음을 맞이하게 해달라는 뜻이다.
16 하느님.
17 하느님의 빛을 반사하는 축복받은 영혼들을 바라봄으로써 시력이 더
욱 강화되어야 하느님을 직접 바라볼 수 있게 된다.

내가 온통 사랑으로 불타는 하늘의

여왕[18]께서 모든 은총을 베푸시리니,

나는 충실한 베르나르두스이기 때문이다.」   102

가령 크로아티아[19]에서 우리의

베로니카[20]를 보려고 오는 사람이

오랜 열망으로 보는 것에 만족하지 않고,   105

그것이 공개되는 동안 마음속으로

〈나의 주 예수 그리스도, 진정한 주님,

당신의 모습이 이랬습니까?〉 말하듯이,   108

이 세상에서 명상하며 그런 평화를

맛보았던 그분의 생생한 사랑을

바라보면서 나 역시 그러하였다.   111

그분이 말했다. 「은총의 아들이여,

18   성모 마리아. 성 베르나르두스는 특히 성모 마리아 신심을 널리 확산
시켰다.

19   발칸반도 서쪽 아드리아해에 면한 국가로, 여기에서는 멀고 이국적인
지방을 가리킨다.

20   *Veronica*는 〈진짜 모습〉이라는 뜻으로, 그리스도가 십자가를 지고 갈
보리 언덕을 오를 때 어느 여인이 천으로 얼굴의 땀을 닦자 그리스도의 얼굴
모습이 그대로 찍혔다고 한다. 그 거룩한 천은 산피에트로 성당에 보존되어
있다.

350

이 아래 바닥만 본다면, 그대는
이런 행복함을 알 수 없을 것이니,   114

가장 먼 곳의 둘레들까지 바라보아,
이 왕국이 경건히 떠받들고 있는
여왕께서 앉아 계시는 것을 보아라.」   117

나는 눈을 들었고, 마치 아침이면
지평선의 동쪽이 태양이 기우는
저쪽보다 빛나는 것과 마찬가지로,   120

내 눈이 계곡에서 산으로 올라가자,
맨 끝의 부분이 다른 모든 쪽을
빛으로 완전히 압도하는 것을 보았다.   123

그리고 파에톤이 잘못 이끌었던 마차[21]를
기다리는 곳은 더욱 눈부시게 빛나고,
이쪽과 저쪽에서는 빛이 희미해지듯,   126

그 평화로운 황금 불꽃은 한가운데서
가장 생생히 불탔고, 온 사방에서는
모두 똑같이 불꽃이 희미해졌다.   129

21　태양.(「지옥」 17곡 106~107행 참조)

또한 그 한가운데에 수천의 즐거운
천사들이 날개를 펼치고 있었는데,
제각기 눈부심과 모습이 구별되었다.   132

나는 그들의 놀이와 노래에 미소 짓는
아름다움[22]을 보았는데, 그것은
다른 모든 성인의 눈에는 기쁨이었다.   135

비록 내가 상상력만큼 풍부한 말을
갖고 있다 할지라도, 그 즐거움의
최소한이라도 감히 시도하지 않으리.   138

베르나르두스는 내 눈이 그 뜨거운
열기에 온통 집중되어 있음을 보고,
따뜻한 애정의 눈길을 그녀에게 돌렸고,   141

바라보는 내 눈을 더욱 불타게 했다.

22   성모 마리아.

제32곡

성 베르나르두스는 단테에게 새하얀 장미 속에 있는 축복받은 영혼들을 소개해 준다. 하와와 베아트리체를 비롯하여 구약과 신약에 나오는 위대한 인물들과 성인들이다. 또한 죄 없이 죽어 구원받은 어린아이의 영혼들도 있다. 마지막으로, 베르나르두스는 단테에게 성모 마리아의 은총을 기도하라고 권유한다.

자기 기쁨의 원천에 몰입해 있던

그 명상가[1]는 스승의 임무를 맡아,

이렇게 거룩한 말을 시작하였다.　　　　　　　　　　3

「마리아께서 봉합하고 치유하신 상처[2]는

그녀의 발아래에 아름답게 앉아 있는

저 여인[3]에 의해 열리고 덧났었지.　　　　　　　　6

셋째 자리들을 이루는 단계에는

그대가 보다시피, 베아트리체와 함께

라헬[4]이 그녀 아래에 앉아 있단다.　　　　　　　　9

1　모든 마음을 성모 마리아(《자기 기쁨의 원천》)에게 기울이고 있는 성 베르나르두스.
2　인류의 원죄를 가리킨다.
3　하와.
4　야곱의 아내.(「지옥」2곡 101행 참조)

사라,[5] 레베카,[6] 유딧,[7] 그리고 잘못을
뉘우치며 〈나를 불쌍히 여기소서〉[8]
노래했던 자의 고조모였던 여인[9]을   12

그대는 볼 수 있으니, 내가 장미의
꽃잎에서 꽃잎으로 각자 이름을 대며
내려가는 순서대로 계단들에 앉아 있다.   15

그리고 일곱째 계단에서 아래로
마지막 계단까지 히브리 여인들이
모든 꽃잎들을 나누면서 이어지니,   18

그리스도에 대한 믿음이 지향했던
시선에 따라,[10] 이 여인들은 거룩한
계단들을 나누는 벽이 되기 때문이다.   21

5   아브라함의 아내.
6   이사악의 아내.
7   홀로페르네스를 죽여 이스라엘 백성을 구한 여인이다.(「연옥」 12곡 58행 참조)
8   *Miserere mei.* 「시편」 50편의 첫머리에 나오는 표현인데, 이 노래에서 다윗은 밧세바와 간통하고 그녀의 남편 우리야를 죽인 것을 참회하고 있다.
9   다윗의 고조모이자 보아즈의 아내였던 룻.
10   구약의 시대에 장차 도래할 그리스도를 믿었던 영혼들과, 신약의 시대에 이미 도래한 그리스도를 믿었던 영혼들이 서로 구별되어 앉아 있다.

꽃이 모든 꽃잎들로 장식되어 있는[11]

이쪽[12] 편에는, 앞으로 도래하실

그리스도를 믿었던 자들이 앉아 있고,   24

자리들이 중간중간 비어 있는 맞은편

반원에는 이미 도래하신 그리스도를

믿었던 사람들이 앉아 있노라.   27

그리고 이쪽에서 하늘의 여인의

영광스러운 자리와 그 아래 다른

자리들이 경계선을 이루는 것처럼,   30

맞은편에는 언제나 거룩하게 광야와

순교, 그리고 두 해 동안 지옥을

겪으신 위대한 요한[13]의 자리가 있고,   33

그 아래에 경계선을 이루는 프란치스코,

베네딕투스, 아우구스티누스, 그리고

다른 자들이 아래까지 둘러앉아 있다.   36

11   모든 꽃잎, 즉 모든 자리가 이미 가득 차 있는.
12   성모 마리아가 보았을 때 경계선(〈나누는 벽〉)의 왼쪽, 그러니까 단테
가 보았을 때 오른쪽이다. (121행 참조)
13   세례자 요한. 그는 광야에서 거친 음식으로 살았고, 헤로데에 의해 순
교당했으며, 그리스도가 내려올 때까지 약 2년 동안 지옥의 림브에 있었다.

이제 하느님의 높으신 섭리를 보라.
믿음의 서로 다른 두 모습[14]이
똑같이 이 정원을 채울 것이다.   39

또한 두 구역을 한가운데로 나누는
줄의 아래쪽에는, 특정한 조건에서
자기 공덕은 없이 남[15]의 공덕으로   42

앉아 있는 자들이 있음을 알아야 한다.
그들은 모두 진정한 선택을 하기 전에
육신에서 벗어난 영혼들이기 때문이다.[16]   45

그대가 자세히 바라보고 잘 들어 본다면,
어린아이의 목소리와 얼굴 모습으로
그런 사실을 알 수 있을 것이다.   48

그대는 의아한 생각[17]에 말이 없구나.
하지만 그대를 사로잡고 있는 미묘한

14 위에서 말했듯이 그리스도를 믿는 두 가지 방식.
15 그리스도.
16 세례를 받기 전, 즉 현명한 이성으로 선과 악을 선택할 수 있는 능력을
갖추기 전에 죽은 순진한 어린아이들의 영혼이다.
17 세례를 받기 전에 죽은 아이들의 영혼이 서로 다른 곳에 배치되어 있
는 것에 대해 궁금해한다.

356

생각의 단단한 매듭을 내가 풀어 주겠다.   51

이 광활한 왕국 안에서는 슬픔이나
목마름이나 배고픔이 없는 것처럼
우연한 것은 하나도 없느니라.   54

그대가 보는 모든 것은 영원한 법칙으로
정해져 있기 때문에, 반지가 손가락에
정확하게 들어맞는 것처럼 되어 있다.   57

진정한 삶을 향해 서둘러 달려온
이 무리[18]가 아무 이유도 없이
여기에서 높거나 낮은 것이 아니다.   60

더 이상 바랄 것이 전혀 없도록
수많은 사랑과 수많은 즐거움으로
이 왕국을 평온케 하는 왕께서는   63

모든 영혼들을 즐겁게 창조하시면서
원하시는 대로 각자에게 다른 은총을
주셨으니, 여기서는 그것으로 충분하다.   66

18 일찍 죽음을 맞이한 어린아이들.

그것은 어머니의 배 속에서 다투었던

그 쌍둥이[19]를 통해『성경』이 너희에게

명백하고 분명하게 알려 주었던 것이다.   69

따라서 머리카락의 색깔에 따라 그런

은총 중에서 가장 높은 빛은 당연히

그들의 머리에 씌워지는 것이다.[20]   72

그러므로 행동의 어떤 공덕도 없이

그들이 서로 다른 자리에 앉은 것은

단지 최초 직관력[21]의 차이 때문이다.   75

초기 시대[22]에는 순진함과 함께,

단지 부모들의 믿음만으로도

구원을 얻기에 충분하였단다.   78

그 초기의 시대가 끝난 다음에는

남자 아이들의 순진한 날개가 힘을

19 에사우와 야곱. 그들은 어머니의 배 속에 있을 때부터 서로 다투었다고 한다.(「창세기」25장 22절 이하 참조)

20 하느님께서 사람들 각자에게 내주는 은총은 머리카락의 색깔처럼 서로 다르다는 뜻이다.

21 은총으로 태어날 때부터 하느님을 볼 수 있는 예지적 능력이다.

22 아담에서 아브라함의 시대까지. 당시에는 부모들이 장차 올 그리스도를 믿는 것만으로도 어린아이들이 구원을 받았다는 것이다.

얻기 위해서는 할례를 해야 했노라.[23]   81

하지만 은총의 시대가 온 다음에는[24]
그리스도의 완전한 세례가 없는 순진한
아이들은 저 아래[25]에 있어야 한다.   84

이제 그리스도와 가장 많이 닮은
얼굴[26]을 보아라. 그분의 빛만이
그리스도를 뵙게 해줄 수 있으니까.」   87

그토록 높은 곳을 날도록 창조된
거룩한 지성들[27]이 운반하는 커다란
기쁨이 그녀 위로 내리는 것을 보았는데,   90

내가 이전에 보았던 그 어떠한 것도
나에게 그런 경이로움을 주지 못했고,
그렇게 하느님의 모습을 보여 주지 못했다.   93

23 하느님이 아브라함과 계약을 맺은 다음에는 남자아이들이 할례를 받
아야 구원을 받을 수 있었다.
24 예수의 강생 다음에는.
25 림보.
26 성모 마리아.
27 천사들.

그리고 그녀에게 처음 내려왔던 사랑[28]이
〈은총이 가득하신 마리아님, 기뻐하소서〉[29]
노래하며 그녀 앞에서 날개를 펼쳤다.   96

그러자 축복받은 궁전의 온 사방이
그 성스러운 노래에 화답하였으니,
모든 얼굴이 더욱더 밝게 빛났다.   99

「오, 거룩한 아버지, 영원한 예정으로
앉아 계시는 행복한 자리를 떠나
나를 위해 이 아래에 오신 분이시여,   102

마치 불에 타오르는 듯한 사랑으로
너무나도 즐겁게 우리 여왕의 눈을
바라보는 저 천사는 누구입니까?」   105

마치 샛별이 태양으로 치장하듯
마리아의 아름다움으로 장식된 분의
가르침에 나는 또다시 부탁하였다.   108

28 천사 가브리엘을 가리킨다.

29 원문에는 라틴어 *Ave Maria, gratia plena*로 되어 있는데, 성모송의 첫
구절이다. 가브리엘 천사가 성모 마리아에게 예수 잉태를 알리면서 했던 말에
서 유래한다. 〈은총이 가득한 이여, 기뻐하여라. 주님께서 너와 함께 계시다.〉
(「루카 복음서」 1장 28절)

그러자 그분은 말하셨다. 「천사와 영혼들에게
있을 수 있는 모든 용기와 상냥함이
그에게 있고, 우리도 그러길 바라는데,   111

그는 하느님의 아들이 우리의 짐을
지려고 하셨을 때, 마리아께 내려가
종려나무[30]를 갖다 드린 분이기 때문이다.   114

하지만 이제는 내가 말하는 대로
그대의 눈을 옮겨, 이 가장 정의롭고
경건한 제국의 위대한 원로들을 보아라.   117

여왕께 가장 가까이 앉아 있기 때문에
저 위에서 가장 행복한 두 사람은
이 장미꽃의 두 개 뿌리와 같으니,   120

그녀의 왼쪽에서 가까이 있는 분은
자신의 경솔한 입맛으로 인류가
이렇듯 쓴맛을 보게 한 아버지[31]이고,   123

오른쪽에는 거룩한 교회의 나이 든

30 승리의 상징이다.
31 아담.

아버지[32]가 있으니, 그리스도께서 그에게
아름다운 그 꽃[33]의 열쇠를 맡기셨지.					126

그리고 그 곁에는 창과 못으로 얻은[34]
아름다운 신부의 모든 험난한 시절을
죽기 전에 보았던 자[35]가 앉아 있고,					129

또 다른 분[36] 곁에는 변덕스러우며
은혜를 모르고 완고한 백성이 만나를
먹도록 해준 지도자[37]가 앉아 있다.					132

베드로 맞은편에 앉은 안나[38]를 보아라.
자기 딸을 바라보는 데 만족하여
눈도 안 돌리고 호산나를 노래한다.					135

32　성 베드로.

33　교회를 가리킨다.

34　예수 그리스도가 십자가에서 손과 발에 못이 박히고, 창에 찔린 가슴
에서 피를 흘린 것을 가리킨다.

35　복음 작가 요한으로 「요한 묵시록」은 그가 교회의 운명과 관련하여 환
상을 통해 본 것을 기록하고 있다.

36　아담.

37　모세가 불경스러운 이스라엘 백성을 이끌고 이집트에서 나올 때, 광야
에서 먹을 것이 떨어지자 주님은 만나를 내려 주었다. (「탈출기」 16장 13~35절
참조)

38　성모 마리아의 어머니 성 안나.

또 인류의 최고 아버지 맞은편에는

그대가 눈을 숙이고 곤두박질할 때

그대의 여인을 움직였던 루치아가 있다.[39]   138

하지만 그대를 졸리게 하는 시간[40]이

달아나니, 재봉사가 천에 맞추어

치마를 만들듯이 여기에서 마치고,[41]   141

최초의 사랑으로 눈길을 돌려 보자.

그분을 향해 바라보며 그 광채를

최대한 꿰뚫어 보도록 하여라.   144

하지만 혹시 그대의 날개만 움직인다면[42]

나아간다고 믿으면서 물러날지도 모르니,

기도하여 은총을 얻어야 하는데, 바로   147

그대를 도울 수 있는 여인[43]의 은총이다.

39   단테가 세 마리 짐승에 가로막혀 어두운 숲으로 밀려날 때, 성녀 루치
아가 베아트리체에게 도와주라고 말했다.(「지옥」 2곡 100~108행 참조)

40   단테는 천국에 있지만 살아 있는 몸이기 때문에 시간의 여러 제약을
받는다.

41   축복받은 영혼들을 일일이 열거하며 설명하는 것을 이제 그만두겠다
는 뜻이다.

42   단테 혼자의 능력만으로는.

43   성모 마리아.

그러니 그대는 정성껏 내 말을 따르고
마음이 내 말에서 떠나지 않도록 하라.」   150

그리고 이렇게 거룩한 기도를 시작했다.

제33곡

성 베르나르두스는 성모 마리아에게 기도하여, 은총을 바라는 단테가 하느님을 직접 볼 수 있게 해달라고 부탁한다. 눈이 더욱 맑아진 단테는 드디어 하느님의 빛을 직접 바라볼 수 있게 된다. 그리고 그 안에서 삼위일체의 신비를 관조하고, 태양과 모든 별을 움직이는 하느님의 사랑을 본다.

「동정녀 어머니여, 당신 아들의 따님이여,

창조물 중 가장 겸손하고 높으신 분이여,

영원하신 뜻에 의해 확정된 끝이시여,[1]　　　　　　　　3

당신은 인간의 본성을 높이셨으니,

그로써 창조주께서는 스스로 창조물이

되시기를 꺼려 하지 않으셨습니다.　　　　　　　6

당신의 배 안에서 사랑이 불타올랐으니

그 따뜻함으로 영원한 평화 속에서

이렇게 이 꽃[2]이 싹트게 되었습니다.　　　　　　9

여기 우리에게 당신은 눈부신 자비의

1　하느님의 뜻에 따라 예수 그리스도의 어머니가 될 것이라고 결정된 것을 가리킨다.
2　축복받은 영혼들의 장미꽃.

횃불이 되시고, 저 아래 인간들에게는
살아 있는 희망의 샘물이 되십니다.   12

여인이여, 당신은 위대하고 유능하시니,
은총을 바라면서 당신께 가지 않는 자는
날개 없이 날고 싶어 하는 것과 같습니다.   15

당신의 관대함은 원하는 자를
도와주실 뿐 아니라, 많은 경우
원하기에 앞서 오시기도 합니다.   18

당신 안에 자비가, 당신 안에 연민이,
당신 안에 관대함이 있으니, 당신 안에
창조물들의 모든 장점이 모여 있습니다.   21

지금 우주의 가장 낮은 늪[3]에서
이곳까지 오면서 수많은 영혼들의
삶을 하나하나 살펴본 이 사람[4]이   24

당신께 은총에 의한 힘을 기원하오니,
마지막 구원[5]을 향하여 더욱 높이

3 지옥.
4 단테.

눈을 들어 올릴 수 있는 능력을 주십시오.   27

저도 뵙기를 원하면서 이 사람처럼
열렬히 불탄 적이 없었기에, 제 모든 기도를
당신께 드리오니 부족하지 않게 해주십시오.   30

당신은 당신의 기도를 통하여 인간의
모든 구름[6]을 걷어 내시니, 그에게
최고의 기쁨이 펼쳐지도록 해주십시오.   33

여왕이시여, 원하시는 대로 할 수 있는
당신께 다시 한번 기원하오니, 보고 나서
그 애정을 고스란히 간직하게 해주십시오.   36

당신의 보호는 인간의 충동을 이기시니,
베아트리체와 수많은 축복받은 자들이
저의 기도를 위해 손을 모으고 있습니다.」   39

하느님께서 사랑하고 존중하시는 눈[7]은
기도자를 응시하였으며, 그 간절한

5   하느님.
6   지상에 있는 인간의 모든 장애물을 가리킨다.
7   성모 마리아의 눈.

기도를 얼마나 기뻐하는지 보여 주었다.   42

그리고 영원한 빛을 향해 눈을 돌렸는데,
창조물에게는 믿을 수 없을 정도로
너무나도 투명하고 맑은 눈길이었다.   45

나는 마땅히 그렇게 해야만 했듯이
열망의 막바지를 향해 다가가고 있었으니
안으로 소망의 열기를 더 강렬히 불태웠다.   48

베르나르두스가 위를 보라고 눈짓하며
나에게 미소를 지었으나, 나는 벌써부터
그분이 원하는 대로 하고 있었으니,   51

나의 눈은 점차 맑아지면서
그 자체로서 진리이신 고귀한 빛의
빛살 안으로 조금씩 조금씩 들어갔다.   54

이때부터 내가 보았던 것은 언어를
초월했으니, 그 광경에는 언어도 굴복하고,
그 엄청남에는 기억도 굴복해야 하리라.   57

마치 꿈꾸면서 무엇인가 보는 사람이

꿈을 깨고 나면, 각인된 인상만 남고
나머지는 전혀 기억나지 않는 것처럼,　　　　　　60

내가 바로 그러하였으니, 나의 환상은
완전히 끝났으나 거기서 나온 달콤함은
지금도 내 가슴속에 흐르고 있는데,　　　　　63

마치 햇살에 눈이 녹는 듯하고
바람결에 가벼운 나뭇잎들에 적힌
시빌라[8]의 응답이 흩어지는 듯하였다.　　　　66

오, 인간의 개념들을 그토록 초월하시는
최고의 빛이시여, 당신이 보여 주신 것을
조금이라도 기억에 되살아나게 해주시고,　　　69

저의 혀[9]에 충분한 힘을 주시어
당신의 영광의 불티 하나만이라도
미래의 사람들에게 남기도록 해주소서.　　　　72

조금이라도 저의 기억으로 되돌아가고

8　Sibylla. 고대의 예언녀 또는 여사제로, 특히 쿠마이의 시빌라는 수수께
끼 같은 신탁을 나뭇잎에 적어서 바람에 흩날렸다고 한다.
9　이탈리아어 *lingua*는 〈혀〉를 의미하면서 동시에 혀를 이용하는 〈언어〉
를 뜻하기도 한다.

조금이라도 이 시구들에서 울려 나와
당신의 승리를 더 잘 깨닫게 해주소서.   75

그 생생한 빛살에서 겪은 날카로움 때문에,
만약 내 눈을 그분에게서 돌렸더라면
나는 분명 눈이 멀어 버렸을 것이다.   78

그래서, 지금 기억하건대, 좀 더 대담하게
나는 내 눈길을 유지하였고, 그리하여
마침내 무한한 가치에 이르게 하였다.   81

오, 넘치는 은총이여, 그 덕택에 나는
영원한 빛에게 시선을 고정하였으니,
내 모든 시력은 거기에 소진되었노라!   84

그 심오함 속에서 나는 보았노라,
우주에 흩어져 있는 모든 것들이
사랑에 의해 하나로 묶여 있는 것을.   87

실질들과 우연들, 그리고 그 속성들이
모두 융합되어 있었으니, 지금 말하는 것은
단지 한 줄기 초라한 빛에 지나지 않는다.   90

나는 그 결합[10]의 우주적 형상을 보았다고
믿는데, 지금 이런 말을 하는 동안에도
더욱더 커다란 기쁨을 느끼기 때문이다.   93

그 순간이 나에게는, 아르고[11]의 그림자를
포세이돈이 깜짝 놀라 바라본 위업 이후
25세기[12]가 흐른 것보다 깊은 잠이었다.   96

그렇게 나의 마음은 완전히 정지된 채
꼼짝 않고 주의 깊게 응시하였는데,
응시할수록 더욱더 불타올랐다.   99

그러한 빛 앞에서는 거기에서 눈을
돌려 다른 것을 바라본다는 것이
허용되지 않는 불가능한 일이었으니,   102

의지의 대상이 되는 선이 모두 그 안에
모여 있어, 거기에서 완전한 것도

10 실질들과 우연들의 융합을 가리킨다.

11 황금 양털 가죽을 찾아 원정을 떠난 영웅들이 탄 배의 이름이다.(「지
옥」 18곡 87행 역주 참조) 엄청난 배의 위용에 그림자를 본 바다의 신 포세이
돈이 깜짝 놀랐다고 한다.

12 아르고호 원정은 기원전 1223년에 있었다고 믿었는데, 단테의 저승
여행이 1300년에 이루어지고 있으니 2천5백 년의 세월이 흐른 셈이다.

그곳을 벗어나면 불완전한 것이 된다.   105

그러니 지금 내 기억에 비교해 보면
내 이야기는 겨우 젖가슴에 혀를 적시는
어린아이에게도 미치지 못하는구나.   108

내가 관조하던 생생한 빛은 예전에
그랬듯이 언제나 그러한데, 그 안에
여러 모습이 있었기 때문이 아니라,   111

바라볼수록 내 안에서 더욱 강해지는
시력 때문에, 그 단 하나의 모습이
나에게는 여러 개로 변하는 것처럼 보였다.   114

고귀한 빛의 깊고도 맑은 실체 속에서
완전히 동일한 세 가지 빛깔의
세 개의 원이 나타나는 듯했으니,[13]   117

무지개에서 무지개가 비치듯, 하나가
다른 것을 반사하는 듯하였고, 셋째는
그 둘에서 똑같이 발산되는 불 같았다.   120

13 삼위일체의 신비를 가리킨다.

오, 말이란 얼마나 짧고 내 생각에 비해
얼마나 빈약한지! 내가 본 것을 〈조금〉
말한다는 것에도 미치지 못하는구나.　　　　　　123

오, 영원한 빛이여, 홀로 당신 안에 있고,
홀로 깨달으며, 스스로 이해되고 또한
이해하면서 사랑하고 미소하십니다.　　　　　　126

잠시 동안 두루 돌아본 나의 눈에
그렇게 이해되는 그 원[14]은 마치
당신 안에서 반사된 빛처럼 보였으니,　　　　　　129

동일한 색깔의 그 자체 안에 우리의
모습이 그려져 있는 것 같았기에[15]
내 시선은 온통 거기에 집중되어 있었다.　　　　　　132

마치 기하학자가 원을 측정하기 위해
온통 집중해도 자신이 원하는 원리를
발견하지 못하고 아쉬워하는 것처럼,　　　　　　135

그 새로운 광경 앞에서 내가 그랬으니,

14　두 번째 원으로 성자를 가리킨다.
15　예수가 바로 인간으로 태어난 것을 암시한다.

나는 그 모습[16]이 원과 어떻게 합치되고
어떻게 그 안에 들어 있는지 보고 싶었지만,   138

내 날개[17]는 거기에 적합하지 않았다.
다만 내 정신이 섬광[18]에 맞은 듯했고,
그 덕택에 내 소망은 마침내 이루어졌다.   141

여기 고귀한 환상에 내 힘은 소진했지만,
한결같이 돌아가는 바퀴처럼 나의
열망과 의욕은 다시 돌고 있었으니,   144

태양과 별들을 움직이는 사랑 덕택이었다.

16   인간의 형상과 모습.
17   지성의 날개이다.
18   은총의 계시를 가리킨다.

단테와 『신곡』에 대하여

1 『신곡』을 읽기 전에

『신곡(神曲, *La divina commedia*)』은 고전들 중의 고전이라고 할 수 있다. 중세 유럽의 사상과 관념, 의식 세계를 총체적으로 집약하는 풍부한 내용과 상상력을 통해 다른 여러 고전 작품들의 원천이 되었기 때문이다. 고전으로서 『신곡』은 구체적인 한 시대의 산물이지만, 다른 한편으로 시대를 뛰어넘는 작품이다. 그것은 중세를 마무리 짓는 르네상스와 함께 근대의 도래를 예고하는 작품이면서, 동시에 모든 인간의 생생한 현실과 보편적인 삶의 모습을 비춰 주는 거울이 된다. 거기에서는 시간과 공간을 뛰어넘어 바로 우리 자신의 모습까지 찾아볼 수 있다.

『신곡』의 내용을 한마디로 요약하자면 저승 여행 이야기이다. 작가이자 주인공인 단테가 살아 있는 몸으로 일주일 동안 저승의 세 구역, 즉 지옥과 연옥, 천국을 여행하면서 보고 들은 것을 이야기하는 형식으로 되어 있다. 전체적인 줄거리는 간단하지만『신곡』을 읽기는 쉽지 않다. 너무 많은 것을 이야기할 뿐만 아니라 다양한 여러 주제가 한꺼번에 어우러져 있고, 함축적이며 상징적인 의미들이 넘치기 때문이다. 작품 속에 인용되는 등장인물만 해도 수백 명이 넘는다. 그리스 로마의 고전 신화에 나오는 인물이나 괴물을 비롯하여 역사상 실존했거나 전설적인 인물들이 각자 고유한 삶의 사연들과 함께 장엄한 서사시의 모자이크 조각들을 형성한다. 게다가 중세 유럽과 이탈리아 여러 도시의 복잡한 정치 싸움과 대립들, 교황과 황제 사이의 갈등, 스콜라 철학과 신학의 논쟁들, 그리고 단테 자신과 관련된 사건들이 다채로운 씨실과 날실을 형성하고 있다.

　따라서 그 모든 것에 대한 세부적인 내용들, 시대적 상황과 배경, 그 당시 사용되던 언어의 의미와 관례들, 등장인물들의 사상이나 믿음, 중세의 지리와 천문학의 체계, 일반 민중 사이에 널리 퍼져 있던 전설 등에 대한 지식과 정보를 갖추어야 단테의 이야기를 제대로 따라갈 수 있다. 더구나 우리의 관점에서 볼 때 그것은 시간적으로나 공간적으로 동떨어진 세계의 이야기처럼 보인다. 그런 이유로 대부분의『신곡』판본에는 수많은 해설과 설명이 붙어 있다. 때로는 단테의 원문보다 해설이 더 많은 분량을 차지하기도 한다.『신곡』을 충분히 이해하기 위해서는 전용 백과사전이 필요할 정도이며, 실제로 그런 사전들도 나와 있다. 물론 그 모든 것을 파악하고 이해하면서 읽기는 어렵다. 현학적이고 전문적인 연구에나 필요한 자료들도 많기 때문이다. 하지만 단테의 생애를 비롯하여 몇 가지 중요한 사실에 대해서는 미리 알아 두는 것이 바람직하다.

무엇보다 『신곡』은 작가 단테의 개인적이고 자서전적인 이야기이므로 그의 삶과 사상 세계를 더듬어 볼 필요가 있다. 아울러 그를 둘러싼 당시의 시대적 상황에 대해서도 어느 정도 이해하는 것이 좋다. 그리고 작품의 형식과 구조, 구성 방식 등 예술적 특성들과 함께 이야기의 기본 골격을 파악해야 한다. 특히 단테가 묘사하는 저승 세계의 방대하고 체계적이며 치밀한 구조를 머릿속에 상상할 수 있어야 할 것이다. 모든 고전 작품들이 그렇듯 『신곡』도 관련 정보와 자료들을 많이 알수록 고유의 깊은 맛을 느낄 수 있고, 아는 만큼 즐길 수 있다.

여기에서는 『신곡』의 맛을 음미하는 데 필요한 기본 정보들에 대해 간략하게 살펴보고자 한다.(보다 자세한 내용에 대해서는 졸저, 『신곡 읽기의 즐거움-저승에서 이승을 바라보다』, 살림, 2005를 참조하기 바란다.)

2 단테의 생애

단테 알리기에리Dante Alighieri(1265~1321)의 생애와 관련하여 확실한 자료들은 많지 않다. 단테 자신의 글들과 다른 간접 자료를 토대로 개략적인 생애를 재구성해 볼 수밖에 없다. 단테는 1265년 5월 말에서 6월 중순 사이에 이탈리아 중북부의 도시 피렌체에서 태어났다. 세례받을 때의 이름은 두란테Durante였으나 줄여서 단테로 불렀다. 『신곡』에서 단테의 가문에 대한 언급이 나오는데, 「천국」 15~17곡에서 단테의 고조부 카차귀다가 알리기에리라는 성(姓)의 유래와 조상에 대한 이야기를 들려준다.

어린 시절과 성장기의 교육에 대해서는 자세히 알려지지 않았으나, 전통에 따라 중세의 교양 학문인 〈아르테스 리베랄레스artes liberales〉, 즉 3학trivium(라틴어, 논리학, 수사학)과 4학quadrivium(산술, 기하학, 천문학, 음악)을 공부한 것으로 보인다. 또한 프란치스코회 수도원과 도미니쿠스회 수도원에 출입하면서 철학과 신학을 공부하였고, 당시 피렌체의 뛰어난 철학자이며 정치가였던 브루네토 라티니Brunetto Latini(1220?~1294)에게서 가르침을 받기도 하였다. 1286~1287년에는 세계 최초의 대학이 설립된 도시 볼로냐에 체류하면서 여러 문인과 교류하고 새로운 사상과 지식을 접한 것으로 추정된다.

단테의 삶과 문학을 결정짓는 사건은 두 가지로 집약된다. 하나는 베아트리체Beatrice와의 만남이고, 다른 하나는 정치 활동에 따른 망명 생활이다. 두 가지 모두 『신곡』의 탄생에 결정적인 요인이 되었고, 따라서 작품의 이해에 중요한 열쇠를 제공한다.

3 단테와 베아트리체

단테는 1292~1293년에 집필한 『새로운 삶*Vita nuova*』에
서 베아트리체와의 운명적인 만남과 사랑에 대해 이야기한
다. 그녀는 부유한 포르티나리 가문 출신의 비체Bice였을 것
으로 추정된다. 『새로운 삶』에 의하면 단테는 아홉 살 때 베아
트리체를 알게 되었는데, 처음 보는 순간 온몸의 혈관이 떨리
고 영혼이 전율하는 것을 느꼈다고 고백한다. 그녀에 대한 사
랑의 포로가 된 것이다. 그리고 다시 9년 뒤 열여덟 살이 되던
해에, 길거리에서 다른 두 여인과 함께 가던 베아트리체와 마
주쳤고, 그녀는 단테에게 상냥한 인사를 건넸다고 한다. 하지
만 단테는 그녀에 대한 사랑을 감추려고 노력했으며, 일부러
다른 여자에게 관심을 기울이기도 했다고 이야기한다.

당시의 풍습에 따라 단테는 어렸을 때 이미 도나티 가문의
젬마와 결혼이 약속되어 있었고, 1285년 결혼하여 둘 사이에
서너 명의 자녀를 두었다. 한편 베아트리체는 1287년 은행가
출신 바르디 가문의 시모네와 결혼했으나 1290년 스물네 살
의 젊은 나이에 삶을 마감하였다. 그런데 그녀가 세상을 떠난
뒤에도 단테의 사랑은 식지 않았다. 더 이상 베아트리체를 만
날 수 없다는 괴로움 속에서도 사랑은 더욱 강렬해지고 이상
적으로 고양되었다. 그녀의 죽음 이후에 쓴 『새로운 삶』은 그
런 사랑의 노정을 표현하는데, 거기에서 베아트리체는 문학
적 상상력을 통해 완벽하고 이상적인 여인의 이미지로 승화

되었다. 중세 유럽의 시인들 사이에서 유행하던 소위 〈궁정식 사랑*courtly love*〉의 전형적인 모델처럼 보인다. 그러니까 그녀는 현실적인 사랑보다 일종의 문학적 장치로 볼 수도 있다. 어쨌든 베아트리체는 뼈와 살을 갖춘 지상 세계의 여인에서 천상의 여인으로 다시 태어났고, 단테의 문학에 생명력을 불어넣는 원동력이 되었다.

『신곡』의 저승 여행도 실제로는 베아트리체를 만나러 가는 여정이라고 할 수 있다. 단테는 연옥의 산꼭대기에 펼쳐진 지상 천국에서 마침내 베아트리체를 만나는데, 그녀는 천사들이 꽃을 뿌리는 가운데 눈부시게 아름다운 모습으로 하늘에서 내려온다. 그리고 단테를 천국으로 안내한다. 그렇게 『신곡』에서 묘사되는 베아트리체는 하느님의 은총과 구원을 상징한다.

4 정치 활동과 망명

단테의 고향 피렌체는 12세기부터 〈코무네*Comune*〉, 즉 시민들이 대표를 선출하여 통치하는 자치 도시로 발전하였다. 하지만 이탈리아의 다른 도시들처럼 13세기 초부터 〈켈피*Guelfi*〉와 〈기벨리니*Ghibellini*〉 두 당파로 나뉜 정치 싸움에 시달리고 있었다. 그것은 로마 가톨릭교회의 교황과 신성 로마 제국 황제 사이의 오랜 갈등에서 비롯된 싸움이었다. 일반적으로 켈피는 〈교황파〉, 기벨리니는 〈황제파〉로 알려져 있

으나 도식적으로 나눌 수 없고, 각 도시의 상황에 따라 교황이
나 황제에 대한 지지와 입장이 바뀌는 경우가 많았다.

단테가 언제부터 정치에 관심을 갖게 되었는지 분명하지
않으나, 1289년 이웃 도시 아레초의 기벨리니 당파와 벌인 전
투에 참가하였고, 1295년에는 〈의약 조합〉에 가입하면서 본
격적인 정치 활동에 뛰어든 것으로 보인다. 당시 피렌체에는
대략 21개의 크고 작은 조합이 있었는데, 공직에 진출하려면
필히 조합에 가입해야 했다. 의약 조합에는 의사와 약재 판매
상뿐만 아니라, 시인, 보석 세공인, 화가, 서적 판매상도 가입
할 수 있었다.

정치 활동은 비교적 성공적이었다. 1300년에는 여섯 명으
로 구성되는 〈최고 행정 위원 *priore*〉의 자리에 오르기도 하였
다. 임기는 고작 2개월이었지만 정부의 가장 높은 직위였다.
하지만 당파 싸움의 와중에서 성공은 오래가지 못했다. 단테
는 아버지 때부터 궬피파에 속했다. 피렌체에서는 두 당파가
번갈아 권력을 장악하다가 1266년 이후 궬피파가 정권을 잡
았다. 그런데 13세기 말에 궬피는 다시 〈백당(白黨, Bianchi)〉
과 〈흑당(黑黨, Neri)〉으로 나뉘어 대립하였다. 단테는 백당에
속했다. 백당은 피렌체의 자치와 자율성을 주장하였고, 흑당
은 교황 보니파키우스 8세(재위 1294~1303)의 정책에 우호
적이었다. 보니파키우스 8세는 피렌체에 대한 영향력을 강화
하기 위해 프랑스 왕 필리프 4세와 손을 잡았다. 그리하여 필
리프 4세의 동생인 발루아의 백작 샤를은 1301년 10월 군대

를 이끌고 피렌체로 향하였는데, 명목상으로는 평화를 중재
하기 위한 것이라고 주장하였지만 실제로는 흑당을 지원하기
위해서였다.

당시 〈100인 평의회〉에 속해 있던 단테는 위급한 상황을
해결하기 위해 다른 두 동료와 함께 로마에 특사로 파견되었
다. 교황 보니파키우스 8세를 직접 만나 설득하고 사태를 원
만하게 해결하기 위해서였다. 하지만 1301년 11월 흑당은 샤
를의 도움으로 정권을 장악하였고, 백당에 대한 보복이 시작
되었다. 단테는 공금 횡령과 부정부패 혐의로 기소되었고 법
정에 출두하라는 명령을 받았다. 로마에서 돌아오는 길에 단
테는 그 소식을 들었고 피렌체로 돌아가지 않았다. 그러자 피
렌체 법정은 1302년 1월 궐석 재판에서 단테에게 벌금형과
함께 공직을 금지시킨다는 판결을 내렸다. 이어서 3월에는 단
테의 재산을 몰수하고 만약 체포될 경우 화형에 처한다고 선
고하였다. 그리하여 단테의 망명 생활이 시작되었고, 이탈리
아의 여러 도시를 전전하는 신세가 되었다.

단테는 고향 피렌체로 돌아가기 위해 다방면으로 노력하
였다. 망명 초기에는 기벨리니 당원들까지 동조 세력으로 규
합하여 무력으로 정권을 탈환하려고 시도했으나 실패하였다.
1310년 신성 로마 제국의 황제 하인리히 7세가 군대를 이끌
고 이탈리아반도로 내려왔을 때에도 단테는 흑당을 몰아낼
절호의 기회로 생각하였다. 그러나 1313년 피렌체로 향하던
황제의 갑작스러운 죽음과 함께 또다시 희망은 물거품이 되

었다. 1315년 피렌체 당국은 정치적 망명자와 추방된 사람들에게 사면을 베풀었다. 그러나 굴욕적인 조건을 요구하였고, 단테는 이를 거부함으로써 고향으로 돌아갈 기회는 완전히 사라졌다.

1312년에서 1318년까지 상당히 오랫동안 단테는 베로나의 영주 칸그란데 델라 스칼라의 궁정에 머물렀다. 1318년부터는 이탈리아 동부의 해안 도시 라벤나의 영주 귀도 노벨로 다 폴렌타에게 의탁하였다. 1321년 8월 단테는 영주의 부탁으로 베네치아에 사절로 파견되었는데, 돌아오는 길에 말라리아로 추정되는 열병에 걸렸다. 병에서 회복되지 못한 단테는 9월 13일과 14일 사이에 죽었고, 그의 유해는 지금도 라벤나에 잠들어 있다.

5 『신곡』 해설

집필 시기와 제목, 형식

『신곡』은 망명 생활 중에 탄생하였다. 고향을 잃은 방랑의 고통과 괴로움이 위대한 걸작을 탄생시키는 계기가 되었던 것이다. 정확한 집필 시기는 알 수 없으나 대략 1307년경에 쓰기 시작하여 죽기 직전에 완성된 것으로 추정된다. 고향 피렌체로 돌아갈 희망을 버리지 않았던 단테에게 『신곡』의 집필은 하나의 위안이 되었을 것이다. 베아트리체에 대한 사랑이 고통을 통해 이상적으로 승화되었듯이, 삶의 고난 속에서 탄생한 『신곡』은 영원한 진리와 정의를 추구하는 시인의 열정을 완벽하게 구현하고 있다. 또한 그런 만큼 단테의 개인적인 삶과 고뇌, 희망과 좌절이 고스란히 드러난다.

단테는 자기 작품을 〈코메디아*comedia*〉(현대 이탈리아어로는 *commedia*)라고 불렀다.(「지옥」 16곡 128행, 21곡 2행) 코메디아는 〈희극〉을 의미하는데 아리스토텔레스가 『시학』에서 분석하는 〈비극〉과 대비된다. 단테는 비극이란 〈고귀한 주제〉를 〈고상한 문체〉로 다루는 최고의 문학 장르라고 생각하였다. 중세 유럽의 문인들은 대부분 라틴어를 보편적 언어로 사용했는데, 단테는 피렌체 민중의 언어인 〈속어(俗語, *volgare*)〉로 작품을 썼다. 말하자면 라틴어의 고상한 문체가 아니라 속어의 저속한 문체로 썼으며, 또한 저승 여행이라는 세속적인 주제를 다루고, 행복한 결말로 끝나기 때문에 그렇게 불렀던 것이다.

그러나 단순히 희극이라 부르기에는 너무나도 고귀하고 장엄한 서사시로 승화되었고, 그런 이유로 나중에 보카치오는 〈거룩하다〉는 의미의 형용사 *divina*를 앞에 붙였다. 최초의 단테 학자로 꼽히는 보카치오는 단테가 죽은 지 반세기가 지난 1373년 피렌체 당국의 허락을 받아 단테와 『신곡』에 대하여 강연하기도 하였다. 보카치오의 지적에 따라 1555년 베네치아에서 인쇄된 판본에서 *La divina commedia*라는 제목이 처음으로 사용된 이후 일반적으로 그렇게 부른다. 따라서 우리말로 그대로 옮기면 〈거룩한 희극〉 정도가 되겠지만, 여기에서는 오랜 관용에 따라 〈신곡〉으로 옮겼다.

『신곡』의 예술적 구성 형식은 기하학적인 치밀함을 특징으로 한다. 고전 서사시의 전통에 따라 운문으로 되어 있는데, 각 시행(詩行)은 11음절로 이루어져 있고, 3개 행이 한 단락을 이루는 〈3행 연구(聯句)〉로 구성되었다. 또한 음악성과 리듬을 유지하도록 각운(脚韻)을 맞추고 있는데, 단테가 고안해낸 〈사슬 운(韻)〉은 사슬의 고리처럼 각운이 한 행 건너 반복되도록 되어 있다. 도식적으로 보면 aba bcb cdc ded… xyx yzy z 하는 식으로 맞추어져 있다.

단테는 유난히 3이라는 숫자를 사랑하였고, 특히 베아트리체에 대한 거의 모든 것을 3과 연결시켰다. 『새로운 삶』에서 3의 3배수인 아홉 살에 베아트리체를 처음 만났고, 다시 9년이 지난 열여덟 살에 길거리에서 마주쳤다고 이야기하는 것부터 그렇다. 그것은 가톨릭의 핵심 교리인 삼위일체의 신비와 관련된 거룩한 숫자 때문이라고 한다. 『신곡』에서도 3의 유희가 펼쳐진다. 『신곡』은 세 개의 〈노래편*cantica*〉, 말하자면 「지옥」, 「연옥」, 「천국」으로 구분된다. 또한 각 노래편은 모두 33편의 〈노래*canto*〉(편의상 〈곡[曲]〉으로 번역하였다)로 되어 있는데, 맨 앞에다 서곡, 즉 「지옥」 1곡을 덧붙여 모두 100곡이 된다. 100이라는 숫자는 3의 33배수가 되는 99에다 1을 덧붙인 숫자로 완성을 상징한다. 각 노래는 115행에서 160행 사이로 그 길이가 일정하지 않으며, 전체적으로 총 1만 4,233행에 달하는 방대한 분량으로 되어 있다.

여행의 시기와 기간, 안내자

『신곡』에서 이야기하는 저승 여행이 언제, 어떻게 이루어졌는지 살펴보는 것도 읽기의 즐거움을 더해 줄 것이다. 여행 날짜와 시간에 대한 실마리들은 작품 속에서 찾아볼 수 있다. 단테의 여행은 1300년 부활절을 전후하여 일주일 동안 이루어진다.

1300년은 여러 가지 면에서 의미 있는 해였다. 우선 단테는 인생을 70세로 보았는데, 1300년은 바로 삶의 한중간인 35세가 되는 해였다. 또 새로운 세기가 시작되는 해였으며, 그것을 기념하기 위해 교황 보니파키우스 8세는 최초의 〈희년(禧年, *Jubilaeum*)〉으로 제정하였다. 하느님의 사랑과 은총을 기리고 인류를 구원하기 위해 대사면(大赦免)을 내리는 〈거룩한 해〉로 정한 것이다. 희년에 교황청이 있는 로마를 순례하고 죄를 참회하면 사면을 받는다는 것이었다. 최초의 희년으로 선포된 1300년에는 전 유럽과 심지어 아시아에서도 수많은 사람이 은총을 받기 위해 로마까지 순례하였다고 한다. 「지옥」 18곡에서는 당시 로마에 모여든 많은 군중의 행렬에 대해 묘사한다. 희년의 전통은 지금까지 이어지고 있다.

구체적인 여행 날짜는 『신곡』에서 다양한 방식으로 제공되는 정보를 통해 알 수 있다. 예를 들어 「지옥」 21곡에 나오는 악마의 말은 가장 분명한 증거가 된다. 여러 정보를 종합해 볼 때 「지옥」 1곡에서 말하는 〈어두운 숲속〉에서 단테가 길을 잃었던 것은 부활절 직전의 성목요일, 달력으로 환산하면 4월

7일 밤이다. 그리고 이튿날 성금요일에 베르길리우스를 만나 본격적으로 지옥 여행을 시작하는 것은 해가 저므는 저녁 6시 무렵이다. 단테는 만 하루, 그러니까 24시간 동안에 지옥을 둘러보고 다음 날 성토요일 저녁에 지구의 중심에 도착한다. 그리고 지하 동굴을 기어올라 부활절인 일요일 새벽에 연옥의 해변에 도달한다. 연옥의 순례는 부활절 일요일부터 만 사흘 낮과 밤에 걸쳐 이루어진다. 그런 다음 4월 13일 수요일 아침 단테는 연옥의 산꼭대기에 있는 지상 천국으로 올라가고, 거기에서 꿈에 그리던 베아트리체를 만난다. 그리고 그녀와 함께 만 하루 동안에 걸쳐 아홉 개의 하늘로 날아오르고, 마침내 하느님이 있는 최고의 하늘 〈엠피레오Empireo〉에 도착하고 거기에서 여행은 끝난다.

단테의 저승 여행은 두 명의 안내자가 인도한다. 지옥과 연옥은 고대 로마의 위대한 시인 베르길리우스 Publius Vergilius Maro(B.C. 70~B.C. 19)가 안내하고, 천국은 베아트리체가 안내한다. 베르길리우스는 인간의 지성을 상징하고, 베아트리체는 하느님의 은총을 상징한다. 베르길리우스는 로마의 건국 신화를 노래한 서사시 『아이네이스Aeneis』를 남겼는데, 단테는 그를 문학과 삶의 정신적 스승으로 섬겼다. 하지만 그는 그리스도를 몰랐고 세례를 받지 않았기 때문에 천국에 올라갈 수 없다. 인간 지성의 한계 때문이다. 아무리 뛰어난 지성을 가진 사람도 하느님의 은총 없이 혼자 힘으로 는 구원을 받을 수 없다. 따라서 천국 여행은 베아트리체의 안내로 이루어진다.

저승 세계의 구조

『신곡』에서 묘사되는 저승 세계는 놀라울 정도로 체계적이고 기하학적이며 건축학적인 구조를 자랑한다. 지옥과 연옥, 천국의 구체적인 위치와 규모, 형상은 단테의 풍부한 상상력을 단적으로 보여 준다. 그것은 중세의 천문학과 지리적 지식과 믿음을 토대로 한다. 특히 지구의 형상과 천체의 구조에 대한 당시의 지배적인 관념을 유효적절하게 활용하고 있다. 지옥과 연옥은 주로 단테가 상상해 낸 것이지만, 천국의 구조는 기원후 2세기경 알렉산드리아 출신의 천문학자 프톨레마이오스의 견해를 따르고 있다. 그것은 물론 가톨릭의 공식적인 입장과 일치하는 것이었다.

지구가 공처럼 둥글다는 사실은 고대부터 이미 알려져 있었다. 다만 구체적인 규모와 형상에 대한 관념은 제한적이었다. 『신곡』에서 묘사하는 바에 의하면, 지구의 북반구에만 육지가 있어 사람들이 거주할 수 있고, 남반구는 완전히 물로 잠긴 대양이라고 생각하였다. 또한 인간이 사는 북반구의 중심은 성지 예루살렘이고, 동쪽 끝은 인도, 서쪽 끝은 스페인이며, 인도와 스페인은 바로 지구를 두 개의 반구로 나누는 경계선에 위치한다고 믿었다. 그렇다면 예루살렘을 중심으로 인도와 스페인은 각각 경도(經度) 90도의 거리, 말하자면 시간상으로 여섯 시간의 차이가 나는 거리에 있다.

그리고 지구는 바로 우주의 중심이었다. 고정된 지구를 중심으로 겹겹이 둘러싼 아홉 개의 하늘이 고유의 행성이나 별들과 함께 서로 다른 속도로 회전하고 있는 것으로 보았다. 천동설의 우주관은 하느님의 천지 창조 이야기와 어울리는 것이었다. 지구가 태양의 둘레를 돈다는 지동설이 등장하려면 코페르니쿠스와 갈릴레이가 태어날 때까지 몇 세기를 기다려야 했다.

그런 관념을 토대로 단테는 『신곡』에서 나름대로 저승 세계의 위치와 형상, 구체적인 지형과 지리를 상상해 냈다. 지옥은 지하에 있고, 연옥은 남반구 대양의 한가운데에 높이 솟아 있으며, 천국은 하늘에 있다. 그리고 각 구역은 정교한 세부 구조를 자랑한다. 저승 세계의 주민은 당연히 영혼들인데, 그들은 각자 지상에서 어떤 삶을 살았느냐에 따라 배치되는 곳이 다르다. 단테는 죄의 유형들을 놀라울 정도로 체계적이고 자세하게 분류하고 있다.

지옥의 입구는 예루살렘 아래에 있다. 지옥은 예루살렘과 지구의 중심을 연결하는 직선을 축으로 하여 끝때기 모양으로 펼쳐진 형상이다. 말하자면 반경이 서로 다른 여러 개의 〈원(圓)〉들로 구분되는데, 아래로 내려갈수록 좁아진다. 그 원들은 죄의 유형에 따라 크게 보아 아홉 개로 나뉘고, 일부는 다시 여러 구역으로 구별된다. 예를 들어 일곱째 원은 3개 구역, 여덟째 원은 10개 구역, 아홉째 원은 4개 구역으로 세분된다. 아래로 내려갈수록 무거운 죄를 지은 영혼들이 있기 때문에 형벌과 고통은 더 심해진다. 단테와 베르길리우스는 고통스럽게 형벌을 받고 있는 영혼들 사이로 내려가면서 일부 영혼과 대화를 나누기도 한다. 때로는 각 영혼의 일화가 독립적인 이야기를 이루어 극적인 드라마처럼 다가오기도 한다. 24시간의 여행 끝에 두 시인은 지옥의 마왕 루키페르Lucifer가 있는 지구의 중심에 도착한다. 그리고 지구의 중심에서 남반구 쪽으로 뚫린 좁은 동굴을 기어올라 연옥의 해변에 도착한다.

연옥은 남반구의 대양 한가운데에 높다랗게 솟아 있는 산이며, 바로 예루살렘의 정반대쪽 대척(對蹠) 지점에 있다. 연옥 산의 구조는 크기가 서로 다른 일곱 개의 원반 또는 원기둥들이 포개져 위로 올라갈수록 좁아지는 모습으로 되어 있다. 영혼들은 가파른 산허리 위에 일종의 선반처럼 평평하게 펼쳐진 곳에서 죄를 씻는다. 일곱 구역은 가톨릭의 일곱 가지 〈대죄(大罪)〉인 교만, 질투, 분노, 나태, 인색, 탐식, 음욕의 죄에 대한 형벌을 받는 곳이다. 그리고 산꼭대기에는 태초의 에덴동산 같은 지상 천국이 펼쳐져 있다.

천국은 프톨레마이오스의 견해에 따른 아홉 개의 하늘과 그 너머에 있는 엠피레오로 이루어진다. 지구를 중심으로 투명한 아홉 개의 천구(天球)가 겹겹이 둘러싸고 서로 다른 속도로 회전하고 있다고 믿었던 것이다. 지구에서 가장 가까운 달의 하늘을 비롯하여 수성, 금성, 태양, 화성, 목성, 토성, 붙박이별들의 하늘, 그리고 그 모든 하늘들을 회전시키는 〈최초 움직임*primum mobile*)의 하늘이 있으며, 아홉 품계로 구별되는 천사들이 고유의 정해진 하늘을 관장한다. 마지막으로 그 너머에 하느님이 자리하고 있는 최고 빛의 하늘 엠피레오가 온 우주를 움직이며 생명을 부여하고 있다.

그렇게 치밀하게 구상된 저승 세계를 순례하면서 단테는 수많은 영혼을 만나고 이야기를 나누기도 한다. 단테의 펜은 생생하고 실감 나는 삶의 현장으로 독자를 안내 한다. 방문하는 장소에 대한 생생한 묘사는 그곳에 있는 영혼들의 고유한 삶과 연결되어 현실감 넘치는 파노라마를 펼친다. 그러면서 각 일화는 마치 초현대식 멀티미디어 작품처럼 또렷하고 선명한 이미지들을 남긴다. 『신곡』을 읽는 동안 우리의 머릿속에서 펼쳐지는 강렬한 이미지들은 종종 책을 덮은 뒤에도 오랫동안 여운을 남긴다. 그리고 그것들은 우리 자신의 삶과 연결되고 우리의 삶을 되돌아보게 만든다. 단테의 저승 이야기는 바로 이승에서 살아가는 우리 자신에 대한 이야기이기 때문이다.

6 번역의 저본(底本)에 대해

이 책이 나오고 얼마 지나지 않아 일부 예리한 독자들이 번역의 저본에 대한 언급이 없다고 지적해 주었다. 사실 무엇을 출발 텍스트로 삼아 번역하였는지 밝히지 않았기 때문에, 혹시 영어나 다른 외국어로 번역된 텍스트에서 중역(重譯)된 것이 아닌가 하는 의심을 받아도 할 말이 없게 되었다. 개인적으로 처음에 의도한 것은, 『신곡』에 대한 간략한 〈해설〉 이외에 〈역자 후기〉를 덧붙이고, 거기에다 번역과 관련된 이야기를 하려고 하였다. 하지만 여러 이유로 〈역자 후기〉를 붙이지 못했고, 결과적으로 궁금증과 오해의 여지를 남기게 되었다. 그런 불찰에 대해 독자 여러분께 사과의 말씀을 드리면서 늦게나마 번역의 저본과 관련된 사항을 밝히고자 한다.

결론부터 말하면 이 책은 나탈리노 사페뇨 Natalino Sapegno(1901~1990) 교수가 해설한 판본(Firenze, La Nuova Italia, 1991)을 출발 텍스트로 삼아 번역한 것이다. 물론 궁극적인 의도는 단테가 쓴 텍스트를 원본으로 삼아 번역하려는 것이었다. 하지만 단테가 직접 쓴 『신곡』의 원고는 전해지지 않을 뿐만 아니라, 단테의 어떤 자필 기록도 남아 있지 않다. 『신곡』은 16세기 중반 인쇄된 판본으로 나오기 전까지 14세기와 15세기에 걸쳐 수많은 필사본 형태로 전 유럽에 확산되었다. 〈이탈리아 단테 학회Società Dantesca Italiana〉의 목록에 의하면 지금까지 발견된 필사본들만 해도 8백 종이 넘는데, 그것은 『성경』 다음으로 많은 숫자라고 한다. 거기에는 가장 오래된 1330년대의 필사본을 비롯하여 1360년대 보카치오가 자필로 옮겨 적은 귀중한 필사본도 포함되어 있다. 그런데 필사본들 사이에는 불가피하게 여러 가지 차이들이 나타날 수밖에 없었다.

1888년 창립된 〈이탈리아 단테 학회〉의 계획들 중 하나는 단테의 모든 저술에 대하여 일종의 표준 판본을 제공하는 것이었다. 『신곡』에 대한 작업은 주세페 반델리Giuseppe Vandelli(1865~1937)에 의해 이루어졌고, 1902년부터 잠정적인 판본들이 나오기 시작하였다. 하지만 결정적 판본은 20세기 후반에 들어와 조르조 페트로키Giorgio Petrocchi(1921~1989)에 의해 완성되었고, 1966~1967년 총 4권으로 된 『옛 보급판에 따른 신곡La Commedia secondo l'antica vulgata』(Milano, Mondadori)으로 출판되었다(개정판은 1995년에 나왔다). 이것이 일종의 표준 판본으로 간주될 수 있다.

사페뇨 역시 이것을 기준으로 하였다. 사페뇨의 해설판은 1955~1957년 초판이 간행된 후 1968년과 1985년에 개정판이 나왔고 수십 차례에 걸쳐 거듭 인쇄될 정도로 널리 보급되었다. 사페뇨에 의하면, 초판과 1968년의 개정판은 반델리와 여러 학자의 판본을 토대로 하였고 1985년의 세 번째 개정판은 페트로키의 판본을 토대로 하였다. 현재 시중에 나와 있는 『신곡』의 해설판들도 거의 모두 마찬가지일 것이다. 다만 학자에 따라 해설의 방식이나 분량, 수준 등에서 차이가 있을 뿐이다. 따라서 『신곡』의 번역에서는 누구의 해설판을 기준으로 했느냐가 별로 중요하지 않을 수도 있다. 해설은 그야말로 단테의 텍스트를 이해하거나 분석하는 데 도움이 될 뿐이다.

따라서 사페뇨의 해설판을 출발 텍스트로 삼았지만 번역 과정에서 다른 해설판이나 번역본 들도 참조하였다. 이탈리아어 해설로는 앞에서 말한 반델리의 1928년 판본(Milano, Hoepli, 1979)과 카를로 드라고네Carlo Dragone의 해설과 풀어쓰기(Milano, Edizioni Paoline, 1985)도 참조하였다.

영어 번역본으로는 도러시 세이어스Dorothy Leigh Sayers (1893~1957)의 번역(Penguin Classics, 1949~1962)과, 인터넷에 공개되어 있는 제임스 핀 코터James Finn Cotter의 비교적 최근 번역(www.italianstudies.org/comedy/index.htm)을 많이 참조하였다. 일부 구절에 대해서는 롱펠로Henry Wadsworth Longfellow(1807~1882)와 맨덜봄Allen Mandelbaum(1926~2011)의 번역도 참고하였는데, 이 두 번역본은 인터넷상에 나란히 실려 있다(http://dante.ilt.columbia.edu/new/comedy/index.html).

기존에 이루어진 한국어 번역본들도 참조하였다. 지금까지 20종이 넘는 한국어 번역본들이 출판되어 있으나 정체불명의 번역이나 번안도 많기 때문에 참조할 만한 것은 별로 없고, 다만 우리나라 최초의 『신곡』 완역본으로 간주되는 최민순 신부(1912~1975)의 번역(경향잡지사, 1957~1959)과 한형곤 교수의 번역(삼성출판사, 1978)을 참조하였다. 이 모든 해설판과 기존의 번역들은 단테의 텍스트를 이해하고 간단한 역주를 붙이는 데 커다란 도움을 주었다.

위대한 고전 작품들에 공통적인 현상이겠지만, 『신곡』의 번역은 언제나 미완성이 될 수밖에 없을 것이다. 아무리 훌륭한 번역도 단테의 텍스트가 갖고 있는 고유의 아름다움과 맛

까지 전달하기는 어려울 것이기 때문이다. 기호가 닿는 대로
부족한 점들을 보완할 계획이다.

김운찬

단테 알리기에리 연보

1265년 출생　5월 중순에서 6월 중순 사이에 피렌체에서 태어남. 아버지는 궬피파에 속하는 알리기에로 디 벨린초네Alighiero di Bellincione였고, 어머니는 아바티 가문의 돈나 벨라Donna Bella degli Abati로 알려져 있음.

1266년 1세　산조반니 세례당에서 두란테Durante라는 이름으로 세례를 받음. 이를 줄여서 단테로 부름.

1274년 9세　포르티나리Portinari 가문의 딸 비체Bice, 즉 베아트리체를 처음으로 만나 사랑에 빠짐.

1283년 18세　길에서 우연히 베아트리체와 마주침. 귀도 카발칸티Guido Cavalcanti, 귀토네 다레초Guittone d'Arezzo 등의 시인들과 교류하면서 〈달콤한 새로운 문체dolce stil novo〉의 주요 시인으로 활동함. 또한 인문학자 브루네토 라티니Brunetto Latini에게서 많은 것을 배움.

1285년 20세　어렸을 때 이미 결혼이 약속되어 있던 젬마 도나티Gemma Donati와 결혼. 둘 사이에 세 명 또는 네 명의 자녀가 태어남.

1289년 24세　캄팔디노Campaldino 전투에 기병으로 참가. 이 전투에서 피렌체와 루카의 궬피파가 아레초의 기벨리니파를 격파함.

1290년 25세　베아트리체 사망. 이후 베아트리체는 단테의 문학적 상상력을 통해 작품 속에서 이상적인 여인의 이미지로 승화됨.

1292년 27세　『새로운 삶*La vita nuova*』을 집필하기 시작한 것으로 추정됨.

1295년 30세　〈의약 조합〉에 가입하면서 정치 활동을 시작한 것으로 추정됨.

1300년 35세　6월 여섯 명으로 구성되는 임기 2개월의 〈최고 행정 위원*priore*〉으로 선출됨.

1301년 36세　〈100인 평의회〉의 위원으로 여러 가지 활동을 함. 10월, 교황 보니파키우스 8세의 비호하에 프랑스 발루아의 백작 샤를이 군대를 이끌고 피렌체로 내려왔고, 사태를 수습하기 위해 단테는 로마 교황청에 사절로 파견되었는데, 그동안 궬피 흑당이 권력을 잡고 정적들을 쫓아내기 시작함. 로마에서 돌아오던 단테는 공금 횡령과 부정부패 혐의로 기소되어 법정으로 출두하라는 명령을 받았으나 출두를 거부함.

1302년 37세　3월, 피렌체 법정은 궐석 재판에서 단테에게 영구 추방령과 함께 만약 체포될 경우 화형에 처한다고 선고하였고, 이때부터 망명 생활이 시작됨.

1304년경 39세　『향연(饗宴)*Convivio*』, 『속어론(俗語論)*De vulgari eloquentia*』을 집필한 것으로 추정됨.

1306년 41세　8월, 말라스피나Malaspina의 손님으로 루니자나Lunigiana에 머무름.

1307년경 42세　『신곡』을 집필하기 시작한 것으로 추정됨.

1310년경 45세　『제정론(帝政論)*Da monarchia*』을 집필한 것으로 추정됨.

1312~1318년 47~53세　칸그란데 델라 스칼라Cangrande della Scala의 손님으로 베로나Verona에 머무름.

1315년 50세　피렌체 정부는 정치적 이유로 추방된 자들과 망명자들에 대한 사면을 제의하였으나, 단테는 굴욕적인 조건을 받아들일 수 없다고 거부함.

1318년~1321년 ^{53~56세}   귀도 노벨로 다 폴렌타Guido Novello da Polenta의 손님으로 라벤나Ravenna에 머무름.

1321년 ^{56세}   귀도 노벨로의 사절로 베네치아에 파견되었다가 돌아오던 중 말라리아로 추정되는 열병에 걸렸고, 9월 13일과 14일 사이의 밤에 사망함.

열린책들 세계문학 095 신곡 |천국|

옮긴이 김운찬 한국외국어대학교 이탈리아어과와 동 대학원을 졸업하였고, 이탈리아 볼로냐대학교에서 움베르토 에코의 지도하에 화두(話頭)에 대한 기호학적 분석으로 박사 학위를 취득하였다. 현재 대구가톨릭대학교 프란치스코칼리지 교수로 재직 중이다. 저서로 『현대 기호학과 문화 분석』, 『신곡 — 저승에서 이승을 바라보다』, 『움베르토 에코』가 있으며, 옮긴 책으로 단테의 『향연』, 아리오스토의 『광란의 오를란도』, 타소의 『해방된 예루살렘』, 에코의 『논문 잘 쓰는 방법』, 『이야기 속의 독자』, 『일반 기호학 이론』, 『문학 강의』, 칼비노의 『우주 만화』, 『팔로마르』, 『교차된 운명의 성』, 파베세의 『달과 불』, 『레우코와의 대화』, 『피곤한 노동』, 비토리니의 『시칠리아에서의 대화』, 마그리스의 『작은 우주들』 등이 있다.

지은이 단테 알리기에리 **옮긴이** 김운찬 **발행인** 홍예빈
발행처 주식회사 열린책들 **주소** 경기도 파주시 문발로 253 파주출판도시
전화 031-955-4000 **팩스** 031-955-4004
홈페이지 www.openbooks.co.kr **이메일** literature@openbooks.co.kr
Copyright (C) 김운찬, 2007, 2009, *Printed in Korea.*
ISBN 978-89-329-1017-8 04880 **ISBN** 978-89-329-1499-2 (세트)
발행일 2007년 7월 31일 초판 1쇄 2009년 8월 30일 초판 7쇄 2009년 12월 20일 세계문학판 1쇄 2025년 11월 15일 세계문학판 21쇄

열린책들 세계문학
Open Books World Literature